dtv
premium

Maria Nurowska

Dein Name geht dir voraus

Roman

Aus dem Polnischen
von Paulina Schulz

Deutscher Taschenbuch Verlag

Die Übersetzung wurde vom Book Institute – the © POLAND Translation Program – gefördert.

Der Inhalt dieses Buches wurde auf einem nach den Richtlinien des Forest Stewardship Council zertifizierten Papier der Papierfabrik Munkedal gedruckt.

Deutsche Erstausgabe
Dezember 2007
Deutscher Taschenbuch Verlag GmbH & Co. KG,
München
www.dtv.de

Titel der polnischen Originalausgabe:
Imię twoje

Umschlagkonzept: Balk & Brumshagen
Umschlaggestaltung: Stephanie Weischer
unter Verwendung eines Fotos von plainpicture/Millennium
Satz: Greiner & Reichel, Köln
Gesetzt aus der Berling 10,25/13,25'
Druck und Bindung: Kösel, Krugzell
Gedruckt auf säurefreiem, chlorfrei gebleichtem Papier
Printed in Germany · ISBN 978-3-423-24635-4

»Dein Name geht dir voraus ...« – diese Worte eines befreundeten Professors aus Jerusalem schienen nun Bestätigung zu finden.

Ihr Name ... Wer war diese Frau, welche Rolle hatte sie im Leben des Mannes gespielt, mit dem Elizabeth seit achtzehn Jahren verheiratet war?

Sie war schon sehr lange unterwegs, zwei Mal hatte sie an Flughäfen umsteigen müssen – und noch immer konnte sie nicht fassen, dass alles das tatsächlich *passierte*. So etwas hätte im Drehbuch ihres Lebens nicht vorkommen dürfen, sie war für diese Rolle, die sie nun zu spielen hatte, nicht geeignet. Es musste sich um eine Verwechslung handeln, die sich bald aufklären würde. Und dann könnte sie ihr altes Leben wieder aufnehmen.

Doch inzwischen war ihr bewusst geworden, dass nichts mehr so sein würde, wie es einmal war. Tatsachen – so unglaublich sie auch klingen mochten – waren nun einmal Tatsachen; Elizabeth konnte sie nicht mehr aus ihrem Bewusstsein löschen:

Ihr Mann, Jeffrey Connery, wissenschaftlicher Mitarbeiter an der New York University, war nach Osteuropa geflogen und dort verschollen. Seit Wochen hatte sich Elizabeth alle Mühe gegeben, um ihn ausfindig zu machen, und am Ende nur von der Botschaft in Kiew die Auskunft erhalten, ihr Mann habe das Territorium der Ukraine wieder verlassen. Angeblich genau am sechzehnten September 2000. Doch er war nicht nach New York zurückgekehrt, meldete sich weder bei seiner Ehefrau noch bei irgendjemandem aus seiner Familie. Auch seine Freunde wussten von nichts. Sein letzter Brief trug das Datum des dreißigsten August. Darin schrieb Jeff, er käme nach Hause zurück, er habe den Flug schon gebucht. Er schrieb auch, dass in der Ukraine spannende Dinge geschähen und dass er sehr zufrieden sei mit dem Material, das er zusammengetragen hatte. Einiges sei sogar »sensationell«.

Ein wenig hatte sich Elizabeth darüber gewundert, denn ihr Mann wollte eigentlich nur Materialien für einen Aufsatz über alte sakrale Kunst sammeln. Was konnte daran so sensationell sein? Sein Freund Edgar sagte im Spaß, dass Jeff wohl die übriggebliebenen orthodoxen Kirchen in der Ukraine zu zählen versuche und deshalb so viel zu tun habe.

In seinem letzten Brief hatte ihr Mann auch zum ersten Mal den Namen seiner Mitarbeiterin genannt. Zuvor hatte er sie immer nur als seinen »Cityguide im Rock« bezeichnet. Nun hieß es plötzlich: »Oksana hat mir sehr geholfen.«

Oksana … Ein geheimnisvoller, beunruhigender Name … Konnte diese junge Frau vielleicht etwas mit Jeffreys Verschwinden zu tun haben? War er verschollen – oder womöglich entführt worden? Leider wies alles darauf hin. Aber was hatte es mit dieser Oksana zu tun? Elizabeth kannte Jeff gut genug, um zu wissen, dass er niemals von sich aus einfach so den Kontakt zu ihr abbrechen würde. Der Beamte im State Department, zu dem sie durch die Vermittlung ihrer Mutter gelangt war, hatte nämlich so etwas angedeutet. Er nannte Elizabeth eine schwindelerregend hohe Zahl von Menschen, die als vermisst galten, und fügte hinzu, dass es sich dabei in der Regel um Männer handelte, die schlicht und einfach ihre Frauen verlassen hatten. »Abgehauen«, so formulierte der Typ das. Elizabeth war verletzt; ihre Ehe war anders, sie waren glücklich miteinander. Wenn Jeff schwieg, konnte es nur bedeuten, dass er keine Möglichkeit hatte, Kontakt aufzunehmen, sich bei ihr zu melden.

Vielleicht hätte sie damals ja mitkommen sollen ... Dieser Gedanke ließ ihr keine Ruhe. Doch sie begleitete ihn eigentlich nie auf seinen Reisen, und er tat das ebenso wenig. Sie trennten stets das Berufliche vom Privaten; Elizabeth hatte ihre Geschäftsreisen, er hatte seine. Sie trafen sich zu Hause, in ihrer Wohnung in Manhattan. Bisher hatte sie nie darüber nachgedacht, wie ihre Ehe auf Außenstehende wirken könnte. Das hatte ihr erst neulich ihre Mutter bewusst gemacht, als sie fragte:

»Fehlt dir Jeffrey wirklich? Ihr seht euch doch sowieso kaum.«

Zugegeben, sie sahen sich tatsächlich selten, aber das hieß keineswegs, dass sie einander fremd geworden wären. Ihre Beziehung hatte sich im Laufe der Jahre verändert, genauso wie sich ihre Gesichter und ihre Sicht auf die Dinge verändert hatten; sie hatten an Erfahrung gewonnen, aber das änderte nichts an der Art, wie sie einander wahrnahmen. Sie waren eine untrennbare Einheit – und sollte einer von ihnen verschwinden, wäre das für den anderen eine Katastrophe.

Und so fühlte sich Elizabeth gerade. Wie am Rande einer Katastrophe. Noch wollte sie den schlimmsten Gedanken nicht zulassen: dass sie einander möglicherweise nie wiedersehen würden. Sogar jetzt, als sie plante, in dieses Land am Ende der Welt zu fahren, um Jeffs persönliche Habe zu identifizieren, die angeblich in der Wohnung seiner Mitarbeiterin, dieser Oksana, gefunden worden war.

Elizabeth wollte nicht glauben, dass diese Frau etwas mit Jeffs Verschwinden zu tun haben könnte. Er hatte ihr doch vertraut. Und überhaupt: Was hätte jemand für einen Grund haben sollen, Jeff zu entführen? Wegen des Lösegeldes? Da hätten sie bei anderen durchaus mehr Erfolg haben können, bei irgendwelchen Politikern, Geschäftsleuten, Berühmtheiten, Schauspielern. Aber Jeff? Ein Wissenschaftler ohne einen Pfennig? Obwohl, in jenem seltsamen Land waren angeblich ein paar Dollar schon viel wert. Nein, Geld als Motiv für eine Entführung konnte man ausschließen. Andererseits hätte er in irgendwelche Machenschaften verwickelt sein können. Drogen etwa? Nein, das war absurd. Jeff war sehr vorsichtig, und Osteuropa war doch kein Südamerika oder Afrika, wo man mit allem rechnen musste.

Nur: Was wusste sie schon über dieses Osteuropa? Sofern die Ukraine überhaupt noch zu Europa gezählt werden konnte. Jeffs Großmutter riet ihr dringend von dieser Reise ab, obwohl Jeff doch ihr Lieblingsenkel war.

»Ihm wirst du nicht helfen können, und stattdessen könnte dir etwas zustoßen!«, hatte sie mit vor Aufregung zitternder Stimme gesagt. »Du hast keine Ahnung, wie es dort zugeht; dort kann einem alles passieren!«

Dann erzählte sie, dass ihr Ehemann, Jeffs Großvater, kurz nach dem Ende des Zweiten Weltkrieges in einem der von der Sowjetunion unterworfenen Länder des Ostblocks eingesperrt worden war. Aber das war doch vor über einem halben Jahrhundert, widersprach Elizabeth, die Sowjetunion existiert doch schon seit acht Jahren nicht mehr. Die Beziehungen zwischen den Großmächten gestalten sich heute vollkommen anders. Man war allgemein der Meinung, dass der neue russische Präsident – im Gegensatz zum letzten – ein sehr zivilisierter Mensch war.

Ehrlich gesagt interessierte sich Elizabeth gar nicht sonderlich für Politik. Ihre Neigungen gingen in eine völlig andere Richtung. Schon vor langer Zeit hatte sie sich in die Fresken des Michelangelo in der Sixtinischen Kapelle verliebt und dort so viel Zeit verbracht, dass es zusammengerechnet mehrere Jahre ergeben würde. Sie war Kunsthistorikerin und schrieb gerade an ihrer Doktorarbeit über die Fresken der Renaissance. Die Figuren, die der geniale Künstler zum Leben erweckt hatte, beschäftigten ihre Fantasie seit langem – und die »Erschaffung der Welt« hatte sie sogar ganz aus der Nähe betrachtet, von einem Gerüst aus, das direkt unter dem Gewölbe angebracht war. Sie hatte damals das Glück gehabt, dass man ihr erlaubt hatte, die Sixtina auch während der Renovierungsarbeiten betreten zu dürfen. Nun, ehrlich gesagt, hatte sie gar keine Erlaubnis bekommen, doch wenn sie sich etwas in den Kopf gesetzt hatte, ließ sie sich nicht davon abbringen ... Und als sie so dastand und die Figuren betrachtete, ihre Gesichtszüge, ihre Extremitäten, das Spiel der Muskeln auf Bauch und Oberschenkeln, da begann sie darüber zu sinnieren, wer hier wirklich der Schöpfer war: Gott oder Michelangelo.

»Beide!«, hatte Jeff damals scherzhaft gemeint, als sie ihm diese Gedanken anvertraute. »Der gute Mike hat die Materie erschaffen und Gott hauchte ihr die Seele ein.«

Momentan beschäftigte sie sich mit Brueghel dem Älteren, dem einzigen Künstler der Niederlande im sechzehnten Jahrhundert, der sich nicht, wie alle anderen, der italienischen Mode verschrieben hatte, sondern seinem Stil treu geblieben war. Dafür schätzte sie ihn sehr. Um das Original der »Heuernte« aus dem Zyklus »Die Jahreszeiten« zu sehen, wollte sie eigens nach Prag fahren, wo das Bild in der Nationalgalerie hing. Sie plante und plante, und nie wurde etwas daraus: Jeff und sie wollten sich schon seit Monaten mal in Prag treffen, doch entweder war er verhindert oder ihr hatte der Termin nicht gepasst. In der Zwischenzeit unternahm sie zwei Reisen nach Europa, zuerst nach Italien, dann nach Holland, nach Amsterdam, und später auf den Spuren des Meisters weiter nach Brüssel und Antwerpen, in seine Heimat. Dort sammelte sie Materialien für ihre Doktorarbeit.

Italien, die Niederlande, das war das richtige Europa, jenes Europa, das sie gut kannte – während das andere Europa – im Osten – ein instinktives Unbehagen bei Elizabeth weckte;

wie alles, das man nicht kennt und auch nicht kennen lernen will.

»Ich weiß ja, dass sie in diesem Prag die Nationalgalerie haben, aber gibt es dort auch Hotels?«, hatte sie Jeff mal am Telefon gefragt, halb ernst, halb im Scherz. Aber er schien es persönlich genommen zu haben.

»Ja, ich weiß, es ist ein tapferes Volk, dieser Valesa, dieser Arbeiter, hat doch den Kommunismus gestürzt …«, sagte sie dann, um die Situation zu entschärfen.

»Wałęsa«, korrigierte er sie. »Und er ist kein Tscheche, sondern Pole! Es war in Polen!«

»Ja, genau«, ging sie sofort darauf ein, betont munter. »Ich habe ihn mit Havel verwechselt.«

Doch Jeff fand ihre Ignoranz gar nicht komisch und legte auf. Als sie die Nummer seines Zimmers noch einmal wählte, antwortete ihr die Empfangsdame in gebrochenem Englisch, dass das Zimmer Nummer sieben nicht antworten würde. Das Zimmer Nummer sieben antwortete den ganzen folgenden Abend nicht, und Jeff verzieh ihr ihre Ignoranz erst am darauffolgenden Tag. So kam es wieder einmal nicht dazu, dass sie sich in Prag trafen.

Und nun reiste sie an einen Ort, an dem sie sich womöglich auch nicht begegnen würden, obwohl er dort die letzten Monate verbracht hatte. Man sagte ihr, er habe das Land verlassen, doch ihre Intuition sagte ihr etwas anderes – Jeff war immer noch in der Ukraine.

Elizabeth betrachtete verstohlen die anderen Passagiere im Flugzeug. Wer waren sie? Was zwang sie dazu, sich an einen so verbotenen Ort wie diese Stadt im wilden Osten Europas zu begeben …? Verwundert musste Elizabeth feststellen, dass ihre Mitpassagiere vollkommen normale Gesichter hatten, normal gekleidet waren, sich normal verhielten. Der

Mann direkt neben ihr las das *Time*-Magazin. Somit befand er sich wohl in einer ähnlichen Situation wie Elizabeth – und doch konnte sie auf seinem Gesicht keinerlei Regung erkennen. Es sei denn, dass es nicht seine erste Reise in diesen Teil der Welt war.

»Wissen Sie zufällig … Dieser Ort, wo wir hinfliegen … Ist das eine große Stadt?«, fragte sie unsicher.

Er blickte sie über den Rand seiner Brille an. »Je nachdem, was Sie unter *große Stadt* verstehen. So groß wie New York? Finden Sie, dass New York eine große Stadt ist?«

»Ja, schon«, antwortete sie, plötzlich eingeschüchtert.

Der Mann lächelte beinahe unmerklich. Er war nicht mehr jung, hatte grau melierte Schläfen und Falten um den Mund herum – doch seine Augen waren jung, sie hatten sich eine gewisse jugendliche Frische erhalten, sie blickten ein wenig spöttisch und frech. »Nun: Es ist keine so große Stadt wie New York, aber klein ist sie auch nicht. Sie liegt auf sieben Hügeln, genau wie Rom. Und obendrein hat sie sechs Namen. Offiziell heißt sie Lwiw. Manche Leute sagen aber auch Lemberg.«

Diese Antwort erschien Elizabeth wie Blasphemie. Wie konnte man irgendeine unbekannte Stadt am Rande Europas, die auch noch sechs verschiedene Namen hatte, mit Rom vergleichen, wo man auf Schritt und Tritt der Historie begegnete, wo man die Gegenwart der vergangenen Jahrzehnte und des menschlichen Genies spürte!

Der Mann lächelte wieder: »Und dennoch: Lemberg ist eine große Stadt.«

Elizabeth fühlte sich ertappt, als hätte der Fremde ihre Gedanken gelesen. Das Gespräch brach ab; er nahm seine Lektüre wieder auf, und sie tat so, als ob sie schliefe. Unter den halbgeschlossenen Lidern hervor beobachtete sie ihn verstohlen. Wer war dieser Mann? Sicherlich kein Landsmann von ihr, aber nach seiner Art, sich auszudrücken, war zu erkennen, dass er hervorragend Englisch sprach. Der Akzent war wohl kanadisch, sein Aussehen wiederum ließ auf einen Engländer schließen. Doch nein, er konnte kein Engländer sein, da stimmte der Akzent nicht. Außer, wenn seine Familie aus den ehemaligen englischen Kolonien stammte, aber diese Idee war wohl zu wahnwitzig. Obwohl, allein schon die Tatsache, dass sie in diesem Flugzeug nach Lwiw saß, war ebenso absurd. Sie versuchte, sich die Landung in irgendeinem Gebüsch vorzustellen.

»Kennen Sie diese Region gut?«, fragte sie weiter.

Und wieder schaute er sie aufmerksam an. »Meinen Sie diesen Teil von Europa oder die Stadt an sich?«

»Die Stadt«, erwiderte sie rasch.

Er lächelte. »Ich kenne diese Stadt sehr gut«, vernahm sie die Antwort.

Sie wartete darauf, dass er dem noch etwas Genaueres hinzufügen möge. Doch er schwieg.

»Ich fahre zum ersten Mal hin, und ... ich fühle mich etwas unsicher.«

»Ich glaube nicht, dass Ihnen irgendwelche Gefahren drohen. Es ist ja schließlich Europa. Es unterscheidet sich zwar ein wenig von dem Europa, das Sie wohl kennen werden, aber so sehr nun auch wieder nicht.«

Elizabeth zuckte ärgerlich mit den Schultern. »Woher wollen Sie wissen, was ich mir vorstelle?«, warf sie ein.

Er blieb ihr die Antwort schuldig, und das Gespräch brach wieder ab. Elizabeth schloss die Augen. Sie versuchte einzuschlafen, doch dazu war sie zu aufgeregt. Sie kehrte mit ihren Gedanken zum Objekt ihrer Studien zurück, zu Pieter Brueghel dem Älteren.

Die Meinungen zu seinem Schaffen waren bis heute geteilt. Die einen sahen in ihm den Bewunderer des Lebens in seinen primitivsten Erscheinungsformen: Arbeit auf dem Feld, vor Anstrengung gebeugter Rücken, Schweiß – all das präzise, geradezu liebevoll aufgezeigt. Die anderen sahen in diesen Darstellungen Ironie, wenn nicht sogar Karikatur. Für die einen war Brueghel ein moralisierender Humanist, der mit gesundem Abstand die Wirklichkeit betrachtete – für die anderen ein Maler der »traditionellen Weisheit«, der Affirmationen des Lebens, vertieft in die alltäglichen Mühen seines Volkes. Es gab auch keinerlei Konsens bezüglich der Frage, inwiefern seine Gemälde die Verfolgungen, die Morde der Inquisition, den Terror der damaligen Zeit anprangerten. Elizabeth mochte seine frühen Zeichnungen am liebsten, die Brueghels Reisen in den Süden widerspiegelten – aber auch die Allegorien, in denen sie Ähnlichkeiten zum Schaffen von Hieronymus Bosch auszumachen glaubte.

»Stört Sie das Licht nicht?«, hörte sie plötzlich die Stimme ihres Nachbarn.

»Nein, nein, kein bisschen!«, erwiderte sie hastig. »Sie können im Flugzeug wohl auch nicht schlafen, wie es scheint …«

»Wenn ich müde bin, schlafe ich überall ein«, sagte er.

»Das ist eine seltene Fähigkeit, und sehr praktisch«, bemerkte sie.

Er schaute zu ihr herüber. »Ich vermute, dass Sie nicht so oft unterwegs sind.«

»Im Gegenteil. Ich könnte behaupten, dass das Flugzeug mein zweites Zuhause ist, doch es ist ein Zuhause, in dem … zu dem …« Ihr fehlte das richtige Wort. »Zu dem ich kein Vertrauen habe.«

»Und genauso wenig vertrauen Sie auf den Ausgang dieser Reise.« Ihr war, als hätte sie in der Stimme des Fremden einen Anflug von Ironie vernommen.

»Ich weiß einfach nicht, was mich erwartet.«

»Das weiß niemand!«

Sie lachte. »Das ist eine philosophische Antwort. Sind Sie Philosoph von Beruf?«

Der Mann erhob sich unvermittelt und verbeugte sich vor ihr. »Mein Name ist Andrew Sanicki. Ich bin Anwalt.«

Elizabeth blieb nichts anderes übrig, als sich ebenfalls vorzustellen. »Nun verstehe ich, warum Sie so präzise in Ihren Antworten sind. Aber ich habe immer noch nicht viel über Lemberg von Ihnen erfahren.«

Er machte eine vage Geste. »Ich wusste nicht, wofür genau Sie sich interessieren …«

»Es interessiert mich zum Beispiel, ob das Hotel, in dem ich ein Zimmer gebucht habe, der europäischen Norm entspricht.«

»Jetzt muss ich besonders vorsichtig sein mit den Antworten! Um welches Hotel handelt es sich?«

Elizabeth griff nach ihrer Handtasche und holte ein Notizbuch hervor. »Hotel George«, antwortete sie nach einer Weile. »An der … Straße … einer Straße mit einem sehr schwierigen Namen; vielleicht können Sie ihn entziffern?«, fragte sie zum Schluss mit einem Lächeln.

»Ich muss nicht nachsehen, ich kenne dieses Hotel. Hmmm, was kann ich Ihnen darüber sagen … Seine beste Zeit hat es hinter sich. Wie alles in dieser Stadt übrigens. Aber Sie hätten es schlimmer treffen können.«

»Bitte, machen Sie mir keine Angst!«

Ihr Reisegefährte breitete ratlos die Arme aus: »Wenn Sie schon das Risiko einer Reise in ein fremdes Land auf sich genommen haben, sollten Sie auch auf das Schlimmste gefasst sein.«

»Aber gewiss, gewiss doch«, beeilte sie sich, ihm zuzustimmen. »Alles, was ich brauche, ist eine warme Dusche und saubere Bettwäsche.«

Und wieder lächelte er sanft: »An dieser Stelle sollte ich wohl eine Anekdote über das Hotel George zum Besten geben. Am Anfang des vorigen Jahrhunderts gehörte dieses Hotel zu den besten, luxuriösesten der Stadt. Später Jugendstil, würde ich meinen, viele Ornamente, etwas überladen – Jugendstil eben. Große hohe Zimmer mit Stuck an den Decken. Ein pompöser Ballsaal von enormen Ausmaßen, mit einer Galerie für das Orchester und für die Zuschauer im ersten Stock. Im Erdgeschoss wiederum befand sich ein riesiger Speisesaal, sehr eindrucksvoll, sehr elegant. Was allerdings die sanitären Anlagen anbelangte … Nun, hier merkte man die primitive Einstellung der damaligen russischen Machthaber. Es gab eine einzige Toilette pro Stock, ein Holzkämmerchen mit einem Loch in der Mitte, mit einem Abzugsrohr, das an den Schornstein angeschlossen war und die Gerüche abziehen lassen sollte. Leider wollte es nicht so recht funktionieren …«

Elizabeth starrte den fremden Mann gespannt an. »Inzwischen hat doch sicher jedes Zimmer eine eigene Toilette …«

»Damals gab es zwei Toiletten«, fuhr er fort, als ob er ihren Einwand nicht gehört hätte. »Eine im Erdgeschoss und eine im ersten Stock. Man durfte sie jedoch nicht so einfach benutzen! Baden war in der damaligen Zeit verpönt, man betrachtete es als gesundheitsschädlich und entgegen den herrschenden Sitten. Badewannen wurden zweckentfremdet, man bewahrte in ihnen Champagner auf für die Galadiners – oder auch lebende Karpfen …« Bei diesen Worten schaute er Elizabeth an. »Warum lachen Sie nicht? Das war doch die Anekdote, die ich Ihnen erzählen wollte …«

»Ich hätte wahrscheinlich gelacht, wenn mich der Gedanke nicht quälen würde, dass ich wohl besser ein anderes Hotel gewählt hätte …«

»Das wäre in dieser Stadt genauso riskant.«

»Wie ich sehe, wollen Sie mich auf das Schlimmste vorbereiten. In der Stadt, in die ich mich gerade begebe, gibt es keine Kanalisation, ist das richtig? Wollen Sie mir damit sagen, dass dort der Dreck wie im Mittelalter auf die Straßen gekippt wird?«

Sofort wurde der Mann ernst. »Nein. Was ich Ihnen sagen wollte, ist, dass es eine sehr unglückliche Stadt ist. Nach der Phase des Aufblühens wurde sie zum Untergang verurteilt. Diese Stadt stirbt, unerträglich langsam, unter entsetzlichen Schmerzen – seit über einem halben Jahrhundert …«

Elizabeths Reisebegleiter verstummte und löschte das Lämpchen über seinem Sitz. Sein Gesicht verschwand im Schatten.

Wer ist dieser Mann wohl?, überlegte Elizabeth. Was ist das für ein Mensch? Was hat er mit dieser Stadt zu tun?

Schon der Gedanke an Lemberg verursachte ihr ein unbehagliches Gefühl. Und dieser Sanicki verstärkte diese Unruhe mit seinen Erzählungen nur. Alles, was er sagte, klang geheimnisvoll, zweideutig. Man konnte ihr Gespräch nicht als den üblichen Smalltalk von zwei Reisenden bezeichnen. Dieser Mann machte den Eindruck, als hätte er eine wichtige Mission zu erfüllen. Woher kam er? Wo fuhr er hin? War die Stadt Lwiw sein Ziel – oder war sie nur eine Zwischenstation?

»Ich habe Sie schon am John-F.-Kennedy-Airport gesehen …«, begann sie unsicher.

»Sie sind mir ebenfalls aufgefallen …«, vernahm sie die Stimme aus der Dunkelheit.

»Und nun fliegen wir wieder mit derselben Maschine …«

»Ein Interkontinental-Flug.«

»Sind Sie aus New York?«

»Sie wissen sehr wohl, dass ich kein New Yorker bin, das werden Sie am Akzent bemerkt haben …«, erwiderte er.

»Nun ja … Ich weiß, dass Sie kein gebürtiger New Yorker sein können. Ich hätte eher auf Kanada getippt.«

»Ich bin auch kein Kanadier …«

»Aber Sie haben längere Zeit dort verbracht, schätze ich?«

»In der Tat.«

»Würden Sie mir verraten, wer Sie sind?«

»Ich habe mich Ihnen bereits vorgestellt …«

»Ich kenne lediglich Ihren Namen und Ihren Beruf, das war es auch schon … Bitte verzeihen Sie mir, ich bin sonst nicht so aufdringlich …«

Und wieder brach das Gespräch ab.

Das Flugzeug landete auf einem Betonstreifen, und nicht, wie sie befürchtet hatte, in einem Gebüsch. Das Empfangsgebäude des Flughafens erstaunte Elizabeth trotzdem in jeder Beziehung. Alles hätte sie erwartet, aber nicht, dass das Gebäude beinahe ein Palast war, mit einer gläsernen Kuppel. Elizabeth war, als fände sie sich in Wien zur Zeit des Kaisers Franz Joseph wieder; und sie hatte den Eindruck, als wäre sie schon einmal hier gewesen.

Alles, was sich ihren Augen darbot, machte einen sonderbar vertrauten Eindruck auf sie. Die Landschaft, die sich hinter der Scheibe des Wagens vorbeischob, erinnerte sie an keine, die sie schon bereist hatte, weckte in ihr keine Assoziationen – und war ihr dennoch nicht fremd. Es war, als spräche diese seltsame, auf sieben Hügeln sich erstreckende Stadt in ihren herbstlichen Farben zu ihr – doch sie konnte ihre Sprache nicht verstehen.

Der Taxifahrer, der sie in ihr Hotel brachte, sah aus wie ein Grieche, mit seinen dunklen Haaren und der dunklen Haut; als er lächelte, bemerkte sie sein schadhaftes Gebiss. Das Lächeln war für sie und den Mann die einzige Form der Kommunikation, denn er sprach offenbar keine andere Sprache außer dem Ukrainischen. Zum Glück hatte ihr Herr Sanicki am Flughafen dieses Taxi besorgt und dem Fahrer das Ziel genannt. Niemand erwartete sie am Flughafen, obwohl der amerikanische Konsul versprochen hatte, einen seiner Mitarbeiter zu schicken. Doch vielleicht gab es Schwierigkeiten, von Kiew hierher zu gelangen.

An der Rezeption wartete die Nachricht auf sie, dass Vizekonsul Smith am darauffolgenden Morgen erscheinen werde, um mit ihr zusammen zur Staatsanwaltschaft zu gehen. Sie nahm es mit Erleichterung auf – sie war erschöpft und träumte nur noch davon, ins Bett zu fallen.

Ihr Zimmer sah genauso aus, wie es ihr Sanicki beschrieben hatte. Es erinnerte an einen tiefen, feuchten Brunnen, mit einer stuckverzierten Decke. Es gab zwar ein Badezimmer mit Dusche, doch mittendrin hörte das warme Wasser auf zu fließen, und Elizabeth musste sich den Rest Seife mit dem Handtuch abwischen. Nur gut, dass sie sich zuvor schon die Haare mit dem lauwarmen, tröpfelnden Wasser ausgespült hatte. Schließlich kroch sie unter die klamme Bettdecke – kein Wunder, weil die Heizkörper trotz der Kälte nicht funktionierten.

Trotz der Unannehmlichkeiten, die sie schon vor der Ankunft befürchtet hatte, hielt das sonderbar vertraute Gefühl, das sie gleich nach der Landung überkommen hatte, auch weiterhin an. Vielleicht war es die Hoffnung, dass Jeff hier irgendwo war, vielleicht spürte sie seine Anwesenheit in ihrer Nähe. Doch es war noch etwas anderes. Sie hatte das Gefühl, als wäre ihr altes Leben nicht mit ihr aus dem Flugzeug gestiegen … Als ob sich ihre Vergangenheit plötzlich von ihr abgetrennt hätte und Elizabeth sich selbst betrachten konnte – als die Person, die sie einmal war.

Plötzlich musste sie an einen Streit denken, den sie mit ihrer Mutter gehabt hatte, als sie noch ganz klein war.

»Mama, geh nicht schon wieder weg heute Abend! Ich will nicht allein sein!«

»Warum soll ich nicht hingehen?« Mutters verwunderter Blick. »Diese Menschen warten auf mich.«

»Aber sie warten nicht so lange wie ich …«

»Ich verstehe nicht, was du meinst, Kind.«

Nie hatte sie es verstanden. Sie hatten einander nie verstehen können; weder als Elizabeth noch ein kleines Mädchen war noch später. Für ihre Mutter war die Mutterschaft ein Fluch. Gleichzeitig war ihr bewusst, dass sie in ihrer Rolle versagte, und es ließ ihr keine Ruhe. Perfektionistin, die sie war, erwartete sie, dass alles, was sie anpackte, zu Ende gebracht und abgehakt werden konnte. Doch die Sache mit ihrer Tochter konnte nicht zu Ende gebracht werden – jedes Treffen mit Elizabeth führte es ihr vor Augen.

Und sie selbst? Was erwartete sie von ihrer Mutter? Nichts mehr. Nein. Sie hatte keine Lust mehr, ihre Kindheit zu analysieren und zu überlegen, warum sie nicht so verlaufen war wie die von anderen Kindern. Sie erinnerte sich noch an ihr Erstaunen, als sie sah, wie der Vater einer Freundin seine Tochter auf den Arm genommen hatte und durch den Garten trug.

»Ist sie krank?«, fragte die kleine Elizabeth.

»Nein, ihr fehlt nichts.«

Elizabeth konnte sich an kein einziges Mal erinnern, dass ihre Eltern sie getragen hätten. Ihr Vater und ihre Mutter nahmen sie ja nicht einmal auf den Schoß.

Warum musste sie gerade jetzt daran denken? Vielleicht, weil sie ahnte, dass ihr Leben sich gerade veränderte ... Während der gesamten Zeit ihrer Ehe hatte sie nie Bilanz gezogen; vielleicht war das falsch, vielleicht hatte sich in all den Jahren etwas angesammelt in ihrem Unterbewusstsein, wie unbezahlte Rechnungen.

Es würde schwer für sie werden, falls sie Jeff nicht fand und allein weitermachen müsste. Wenn sie jemand gefragt hätte, wie sie bisher gelebt hatte, hätte sie nicht gewusst, was sie sagen sollte. Das, was der Wahrheit am nächsten käme, wäre die Antwort: bequem. Sie hatte mit Jeff ein bequemes Leben, in einer geräumigen Wohnung; sie hatten keine Geldsorgen, weil ihre Bedürfnisse eher bescheiden waren. Beide lasen viel und gaben Unmengen für Bücher aus oder für Reisen, die ihnen jedoch meist von den jeweiligen Auftraggebern finanziert wurden, als Dienstreisen oder Stipendien. Außerdem verkaufte sich Elizabeths Buch über Michelangelo sehr gut, die Übersetzungsrechte waren in weitere Länder verkauft worden, und Elizabeth bekam seit einiger Zeit ganz gute Tantiemen.

»Es sieht aus, als hättest du einen Bestseller gelandet!«, sagte Jeff mal im Scherz, doch er freute sich ehrlich für sie. Obwohl sie ähnliche Berufe hatten, gab es zwischen ihnen keinerlei Konkurrenz. Sie war studierte Kunsthistorikerin, er war – wie sein Vater und Großvater – Architekt, der jedoch bald die reinen Entwürfe zugunsten des Studiums von alten Gebäuden aufgab. Auch er schrieb Fachbücher, vor allem über Fragen der Restaurierung. Und genau wie seine Ehefrau entfernte er sich in seiner Arbeit von der Gegenwart. Sie beide waren sich ähnlich, sie verstanden sich gut. Und Elizabeth spürte, wie ungerecht es wäre, wenn das Schicksal sie trennen würde …

Das schrille Klingeln des Telefons weckte sie auf. Im Hörer erklang die Stimme des Vizekonsuls Smith: »Ich warte auf Sie an der Rezeption.«

»Tut mir leid, ich habe verschlafen«, sagte sie zerknirscht.

»Dann treffen wir uns am besten im Hotelrestaurant, ich werde Ihnen beim Frühstück Gesellschaft leisten.«

Als sie den Wasserhahn an der Dusche aufdrehte, hörte sie nur ein langgezogenes Zischen; einige kleine Tropfen fielen hinunter. Aus dem Hahn des Waschbeckens kam ein ebensolches boshaftes Rauschen. Somit hatte sie keine andere Wahl, als sich mit dem Mineralwasser, das sie am Tag zuvor auf dem Nachttisch vorgefunden hatte, das Gesicht zu waschen und die Zähne zu putzen.

Mister Smith stand vom Tisch auf, als er sie herankommen sah. Er war ein großer, hagerer Mann, mit einem ausgeprägten Adamsapfel, der lustig über der Krawatte hüpfte, wenn der Vizekonsul sprach oder schluckte. Allerdings hatte er zum Verschwinden von Elizabeths Mann eigentlich gar nichts zu sagen.

»Warum wurde diese Frau festgenommen?«, fragte Elizabeth, während sie mit dem lauwarmen, in reichlich Fett schwimmenden Rührei kämpfte. »Besteht die Regierung eigentlich immer noch darauf, dass mein Mann das Staatsgebiet der Ukraine verlassen haben soll?«

Der Adamsapfel hüpfte ein paar Mal aufgeregt – es bedeutete wohl, dass sich Smith auf die schwierige Aufgabe vorbereitete, ihr etwas zu erklären. »Sie untersuchen alle Möglichkeiten, verfolgen alle Spuren ...«

»Und deswegen wurde eine Frau festgenommen und ihrer Freiheit beraubt, die vielleicht vollkommen unschuldig ist?«

Smith zuckte nervös zusammen. »Frau Oksana Krywenko wurde lediglich wegen einer Aussage vorgeladen.«

»Aber warum wird ihr überhaupt vorgeworfen, etwas mit dem Verschwinden meines Mannes zu tun zu haben? Die Tatsache, dass sie ihn gekannt hat, ist wohl kein ausreichender Grund, sie zu verdächtigen.«

»Sie war der letzte Mensch, der Mister Connery gesehen hatte, bevor er die Ukraine verließ.«

Elizabeth riss sich zusammen, um nicht zu explodieren. Sie hatte mittlerweile genug davon, sich solche Geschichten anhören zu müssen.

»Mein Mann hat das Gebiet der Ukraine nicht verlassen!«, rief sie aufgebracht. »Ich möchte es Ihnen noch einmal mit Nachdruck mitteilen und ich erwarte vom Konsulat Hilfe bei der Suche nach ihm.«

Der Vizekonsul setzte eifrig zu einer Antwort an: »Aber selbstverständlich, selbstverständlich! Wir haben bereits ein

Schreiben an die ukrainische Regierung aufgesetzt mit der Frage, was in der Sache Ihres Mannes unternommen worden ist. Sie haben uns mitgeteilt, dass eine Untersuchung eingeleitet wurde.«

Elizabeth schob ihren Teller von sich und stand auf.

»Wir können los«, sagte sie in einem eisigen Ton.

Auf dem Weg zur Staatsanwaltschaft betrachtete sie die Straßen, an denen sie vorbeifuhren. Mister Smith hatte das Auto dabei, mit dem er – trotz der beträchtlichen Entfernung – aus Kiew angereist war. Er erzählte ihr, dass er schon gestern aufgebrochen sei, Lwiw jedoch erst spätnachts erreicht habe.

Elizabeth schaute sich die Gebäude an, weniger die Menschen. Jetzt war sie nicht mehr so empört über den Vergleich mit Rom, denn auch hier spürte man eine Vergänglichkeit, die man in ihrer Heimat nicht wahrnahm. Sie fragte sich, warum dieser Sanicki meinte, Lwiw sei eine unglückliche Stadt. Sie sah nicht unglücklich aus; eher hätte Elizabeth die Behauptung riskiert, dass sie Würde ausstrahlte. Hier passte alles zusammen: die Gebäude, die Grünanlagen, die Bäume, als hätte ein erleuchteter Schöpfer die Stadt komponiert. So etwas konnte nur die Hand Gottes vollbracht haben … Doch das Gebäude der Staatsanwaltschaft wurde ganz gewiss nicht von Gottes Hand entworfen – es prangte wie eine graue Geschwulst auf dem schönen Körper der Stadt.

Auch das Aussehen des Staatsanwalts überraschte Elizabeth, denn der Mann hinter dem Schreibtisch ähnelte frappierend Winston Churchill – es fehlte nur noch die berühmte Zigarre zwischen den Zähnen. Was die Zähne des Staatsanwalts anging, so erlebte Elizabeth einen weiteren Schock, denn einige von ihnen waren aus Gold. Jeff hätte sich gewiss nicht die blöde Bemerkung verkneifen können, der Herr Staatsanwalt sei ein goldiger Mann.

Im Raum waren noch zwei andere Personen anwesend: die Protokollführerin, eine ältere Frau mit einem müden Gesicht, und die Dolmetscherin, ein junges, zierliches Mädchen mit farblosem Teint und straßenköterblonden Haaren. Auch sie hatte ein schadhaftes Gebiss. Elizabeth überlegte, ob dies eine nationale Eigenschaft der Ukrainer war. Nein, doch nicht – denn dass Andrew Sanicki hässliche Zähne hätte, das konnte sie nicht behaupten; er hatte ein strahlendes Lächeln. Allein das genügte, um einen Weltbürger aus ihm zu machen – wenn er nur wollte. Und dennoch, er war hierher zurückgekehrt, in diese unglückliche Stadt, wie er sie nannte …

Nach anfänglichen Formalitäten, nachdem Elizabeth ihren Pass vorzeigen und einige Fragen zu ihrer Person beantworten musste, drückte der Staatsanwalt einen Klingelknopf. Die Tür ging auf und ein junger Mann kam herein; er trug einen Koffer in der Hand, den Elizabeth ohne Schwierigkeiten als das Gepäck ihres Mannes identifizieren konnte. Darin fand sie seine Hemden, Pullover, Wäsche, sogar die Lesebrille in einem alten abgewetzten Lederetui. Sie kannte die Sachen genau, die da auf dem Tisch lagen: die Pullover mit Lederflecken am Ellbogen, die Hemden, die sie so oft von der Reinigung abgeholt hatte, und die Brille, die Jeff immer wieder verlegte und die sie suchen musste. Es gab außerdem noch ein paar Bücher, die Jeff immer auf Reisen dabei hatte. Während sie die persönliche Habe ihres Ehemannes durchsah, warteten alle anderen Personen im Raum in angespanntem Schweigen auf ihr Urteil.

»Ja, es sind die Sachen meines Mannes«, sagte Elizabeth nach einer Weile langsam.

Seit dem Moment, da der junge Mann den Koffer in diesen seelenlosen Raum getragen hatte, schien die Zeit schneller zu vergehen. Plötzlich interessierte sich der Staatsanwalt brennend dafür, was Elizabeth zu erzählen hatte, und nachdem seine Neugierde gestillt war, zeigte er wieder einmal seine Goldzähne in einem strahlenden Lächeln.

Die Zeit verging schneller und Elizabeth nahm sogar die Geräusche plötzlich ganz anders wahr, die von draußen und von innen. Auch ihre Sehkraft verstärkte sich – sie bemerkte sogar die Spuren von Fliegenexkrementen auf dem Portrait des Nationaldichters über dem Kopf des Beamten. Ähnliche Empfindungen mussten die Menschen nach der Einnahme von Drogen haben ... Doch sie selbst konnte sich diesen Zustand nicht erklären. Woher diese Aufregung, Euphorie beinahe, beim Anblick von Jeffs persönlichen Sachen? Eigentlich sollte sie niedergeschlagen sein, denn das Vorhandensein dieser Dinge bestätigte eher ihre schlimmsten Vermutungen.

Doch nein. Für Elizabeth war es das Zeichen, dass Jeff nicht aus der Ukraine ausgereist war, dass er am Leben war und sie sich bald wiedersehen würden. Jetzt erschien alles möglich. Sogar sich mit dem Staatsanwalt ohne die Hilfe der Dolmetscherin zu verständigen; was einiges vereinfachen würde. Vizekonsul Smith, der von der amerikanischen Botschaft abgestellte Beamte, sprach kein Ukrainisch und verstand die Sprache nur schlecht, so dass er Elizabeth nichts nutzte. Und außerdem irritierte Elizabeth seine gleichgültige Art – nur der auf und ab springende Adamsapfel verriet, dass er irgendwelche Emotionen hatte.

»Die Verdächtige hat es bestätigt«, übertrug die Dolmetscherin die Worte des Staatsanwalts.

»Aber warum sollte mein Mann seine Sachen bei dieser Frau deponieren? Niemand lässt seinen Koffer stehen, wenn er zum Flughafen will, um nach Hause zu fliegen. Das kann nur bedeuten, dass Jeffrey die Ukraine nicht verlassen hat! Er ist noch im Land!«

Der Staatsanwalt verzog das Gesicht, als hätte er Zahnschmerzen. »Nein, es bedeutet nur, was es bedeutet: dass sein

Koffer hiergeblieben ist. Mehr nicht. Und wir versuchen gerade festzustellen, wo sich der Besitzer befindet.«

»Warum haben Sie dann diese Frau Krywenko verhaften lassen?«

Der Staatsanwalt antwortete lange nicht, als müsse er überlegen.

»Das sind Details der polizeilichen Untersuchung«, sagte er schließlich. »Wir sind nicht verpflichtet, diese an Außenstehende weiterzugeben.«

»Moment mal, hier geht es um meinen Mann! Ich habe das Recht, alles zu erfahren, ich muss es wissen! Ich will die Wahrheit wissen, egal, wie sie ausfallen mag!«, explodierte Elizabeth schließlich.

»Wir kennen die Wahrheit noch nicht. Und Sie können uns dabei nicht helfen. Fahren Sie lieber zurück nach Hause.«

Elizabeth glaubte, sie hätte nicht richtig gehört. »Wie? Ich soll zurück nach Hause? Ich bin doch gerade erst angekommen!«

Der Staatsanwalt lächelte säuerlich. »Sie sollten lediglich die persönliche Habe Ihres Mannes identifizieren, mehr hatten wir nicht von Ihnen erwartet.«

»Und was wird aus Jeffrey?«

»Wir werden Sie über den Verlauf der Untersuchung informieren.«

Nach diesen Worten sprang Elizabeth vom Stuhl auf. Der Mann hinter dem Schreibtisch saß stoisch in seinem Sessel und betrachtete sie kühl. Sie hielt seinem Blick stand.

»Ich werde ohne meinen Mann nicht von hier wegfahren«, sagte sie mit Nachdruck.

»Die Untersuchung kann sich aber eine Weile hinziehen …«

»Dann werde ich so lange in der Ukraine bleiben.«

»Das wird nicht möglich sein. In zwei Tagen läuft Ihr Visum ab, Mrs Connery …«

»Ich werde es verlängern lassen.«

Der Staatsanwalt lächelte wieder. »Ich bezweifle, dass Ihnen das möglich sein wird.«

»Ach ja? Und warum? Bin ich hier eine Art *persona non grata*? Ein unbequemer Zeuge eurer Unfähigkeit? Zuerst wollt ihr mir einreden, dass mein Ehemann das Land verlassen haben soll, und nun macht ihr einen Rückzieher!«

»Nein, wir ziehen nichts zurück«, lautete die Antwort. »Wir untersuchen den Fall lediglich.«

»Das könnte euch so passen! Eine Untersuchung kann man über Jahre verschleppen, um sie schließlich wegen Mangels an Beweisen einzustellen! Nein, ich werde hierbleiben und euch beobachten! Und schon gar nicht werde ich die Ukraine verlassen, bevor ich nicht diese Frau getroffen habe …«

Es wurde ganz still.

»Das wird nicht möglich sein«, hörte sie nach einer langen Weile die Antwort.

»Und warum nicht? Ich habe doch ein Anrecht darauf, als Ehefrau des Verschollenen. Solltet ihr mir verbieten, Frau Krywenko zu treffen, werde ich eine Pressekonferenz organisieren. Die Welt soll erfahren, wie man hier in der Ukraine eine Frau behandelt, die vom anderen Ende der Welt gekommen ist, um ihren Ehemann zu suchen …«

Elizabeth schwieg, erschöpft von ihrem Ausbruch. Sie hatte keine Kraft mehr und musste sich setzen.

»Ich betrachte die Vernehmung als beendet«, zischte der Staatsanwalt hinter seinen Goldzähnen hervor. »Ich wünsche Ihnen eine gute Heimreise!«

Auf dem Weg zum Auto machte Smith ihr Vorwürfe; sie hätte zu scharf mit dem Beamten gesprochen, sei nicht diplomatisch gewesen.

»Sie sind doch der Diplomat, nicht ich«, antwortete sie. »Und Sie haben sich diplomatisch zurückgehalten.«

»Hier helfen keine Erklärungen oder Einwände. Sie wissen es nun mal besser. Doch die Drohungen, Sie würden eine Pressekonferenz einberufen ... Das war nicht nötig, vielmehr, es war gefährlich! Es ist nicht sicher hier, dieses Land macht gerade einen Wandel durch, und es geschehen hier grausame Dinge, die Ukraine wird von schmutzigem Geld regiert ...«

»Was interessiert es mich, was hier vorgeht!« Sie hob die Stimme. »Ich will meinen Mann wiederfinden!«

Der Vizekonsul räusperte sich, als hätte er etwas im Hals. »Aber das Verschwinden Ihres Mannes hat doch mit der Situation im Lande zu tun! Das eine bedingt das andere.«

»Ach, so ist das? Und was raten Sie mir?«

Mister Smith räusperte sich zum wiederholten Male. »Es wäre am besten, wenn Sie auf den Rat des Staatsanwalts hören und zurück nach New York fliegen. Hier können Sie rein gar nichts ausrichten.«

»Dann danke ich Ihnen für den Rat und erwarte nichts mehr von Ihnen. Ich möchte Sie nur bitten, mir bei der Verlängerung meines Visums behilflich zu sein.«

»Das hängt nicht von uns ab. Es ist die Angelegenheit der hiesigen Behörden.«

Elizabeth zuckte mit den Schultern. »Wofür sind Sie dann überhaupt da? Wozu haben wir eine Botschaft in Kiew? Damit Sie und Ihre Kollegen das Geld der amerikanischen Steuerzahler verschwenden können?«

»Sie sind verbittert«, erwiderte Smith und öffnete ihr die Wagentür.

»Nein, danke. Ich werde zu Fuß gehen. Ich brauche ein bisschen Bewegung.«

»Das wäre nicht klug, Sie kennen die Stadt doch gar nicht!« Der Mann sah ehrlich besorgt aus. »Und Sie können niemanden nach dem Weg fragen, die Leute hier sprechen kein Englisch.«

»Ich komme schon klar«, sagte sie bestimmt und lief los.

Anfangs ging sie sehr rasch, dann wurde sie immer langsamer, bis sie sich nur noch durch die unbekannten Straßen schleppte. Die Menschen um sie herum rempelten sie an, bis sie irgendwann einfach stehen blieb. Sie wusste nicht, wie sie weitergehen sollte. Sie merkte, dass die Straße, auf der sie sich befand, anstieg; hinter einer Mauer aus bräunlich-roten Blättern erblickte sie den Turm einer Kirche. So lief sie in diese Richtung weiter.

Plötzlich bemerkte sie, dass sie auf Pflastersteinen aus Basalt ging. »Wer weiß, ob diese von Pferdehufen abgeschliffenen Steinquader nicht schon im Mittelalter hier lagen …«, dachte sie bei sich, und diese Tatsache tröstete sie ein wenig und bewirkte, dass sie sich heimischer fühlte. Sie begann ein Gespür für die Schönheit dieser Gasse zu entwickeln. Die Sonne drang durch die Wolken und die herbstlichen Farben erstrahlten in ihrem Licht. Elizabeth setzte sich auf eine Bank unter einem ausladenden Baum mit gewaltigen, knorrigen Ästen und rot-goldenen Blättern. Es konnte ein alter Ahorn sein, doch sie war sich nicht sicher.

Elizabeth war sich über nichts sicher. Die Euphorie, die sie verspürt hatte, als sie Jeffs Habseligkeiten betrachtete, war gänzlich verflogen – und nun kam ihr die Tatsache, dass ihr Ehemann seine Sachen irgendwo zurückgelassen hatte, nicht mehr hoffnungsvoll, sondern nur noch bedrohlich vor. In ihrem Kopf rasten Gedanken, auf die sie keine Antwort fand. Doch was noch schlimmer war: Sie hatte hier niemanden, der ihr bei der Suche nach Antworten helfen könnte. Das Einzige, was man hier von ihr erwartete, war, zu verschwinden.

Eine alte Frau setzte sich neben sie auf die Bank. Sie war ärmlich gekleidet; trotz beinahe sommerlicher Temperaturen trug sie ein wollenes Kopftuch, das ein von Falten zerfurchtes Gesicht umrahmte. Die zarte, gelbliche Haut ihres Gesichtes bedeckte ein feines Fältchennetz, doch die Augen waren sonderbar jung in diesem versteinerten Antlitz. Die Greisin lächelte Elizabeth an und entblößte leere Kauleisten. Dann fragte sie die Amerikanerin etwas auf Ukrainisch.

Elizabeth holte aus ihrer Tasche den ukrainisch-englischen Sprachführer heraus und suchte nach den nötigen Redewendungen: »Ich Amerikanerin, nicht sprechen Ukrainisch«, stotterte sie im Bewusstsein, die Sprache erbarmungslos zu malträtieren.

Die alte Frau nickte verständnisvoll und fragte völlig unerwartet: *»Parlez-vous français?«*

»*Oui*. Ich spreche Französisch«, erwiderte Elizabeth erstaunt.

»Sind Sie auf Urlaub hier, in unserem schönen Lemberg?«

»Nein, es ist kein Urlaub. Ich habe hier etwas zu erledigen.«

»Nun ja, diese jungen Menschen heute, dauernd rennen sie herum, haben immer etwas Wichtiges zu tun. Und uns Alten bleiben nur die Erinnerungen ...«

Während des Gesprächs wurden Elizabeth zwei Dinge bewusst: dass die Französischkenntnisse ihrer Gesprächspartnerin perfekt waren und dass diese Frau – obwohl sie wie eine Stadtstreicherin aussah – ein hochintelligenter Mensch war. Sie erzählte Elizabeth, sie sei Polin, und die Stadt habe früher zu Polen gehört.

»Wir nennen sie Lwów. Unsere Nation besaß im neunzehnten Jahrhundert keinen eigenen Staat. Die Russen, Österreicher und Preußen hatten Polen unter sich aufgeteilt.«

»Aber Polen existiert doch?«, sagte Elizabeth.

»Ja, nach dem Ersten Weltkrieg wurde Polen noch einmal

neu gegründet und wir haben unsere Gebiete zurückbekommen, aber das blieb nicht lange so ...«

Die alte Dame schüttelte verneinend den Kopf. »Wissen Sie, damals, im Jahre neunzehnhundertachtzehn, als die Großen Mächte darüber nachdachten, in welchen Grenzen Polen wiederauferstehen sollte, kämpften meine Landsleute mit der Waffe in der Hand um diese Stadt. Mitunter waren es sehr junge Menschen, Kinder beinahe ... Der französische Marschall Ferdinand Foch, unser großer Freund, hatte sich sehr für uns eingesetzt. *Lwów hat mit lauter Stimme gesprochen: Polen ist hier!* Das waren seine Worte ...«

»Ich wusste nicht, dass es sich damals so abgespielt hat«, gab Elizabeth ehrlich zu. »Wir haben auch um unsere Unabhängigkeit gekämpft ...«

»Ja, aber ihr Amerikaner hattet euer Land nicht verloren ... Ihr hattet mehr Glück, oder ihr wart klüger als wir. Heute denke ich, dass wir Polen unsere Unabhängigkeit als Nation nicht verdient haben ...«

»Jede Nation hat das Recht auf Unabhängigkeit.«

Die Greisin nickte langsam. »Hätten Sie Lust, einen Tee bei mir zu trinken?«, schlug sie vor.

»Ich möchte Ihnen keine Umstände machen ...«

»Sie stören mich nicht. Wissen Sie, ich lebe allein, seit über einem halben Jahrhundert. Mein Ehemann, meine Kinder ... Sie sind alle tot ... Und ich bin schon sechsundneunzig Jahre alt und lebe noch.«

Elizabeth traute ihren Ohren kaum. Diese zerbrechliche alte Frau war Zeugin eines ganzen Jahrhunderts!

»Es wäre mir eine Ehre, bei Ihnen zu Gast sein zu dürfen«, sagte sie.

»Ich wohne hier um die Ecke«, sagte die alte Frau und erhob sich so behende von der Bank, dass Elizabeth Mühe hatte, mit ihr Schritt zu halten. Sie gingen eine steile Straße hinunter, überquerten mehrere weitere Straßen und kamen am Marktplatz an, direkt vor dem Brunnen mit dem Neptun-Standbild. Die umliegenden Bürgerhäuser hatten wunderschöne Fassaden und waren sorgfältig restauriert. Elizabeth musste stehen bleiben, um jede von ihnen gebührend zu bewundern. Besonders beeindruckte sie die Westseite des Marktes; dort hatte jedes der Häuser ein eigenes Antlitz, eine besondere Farbe, eine unverwechselbare Atmosphäre.

»Es sind Patrizierhäuser«, erklärte ihr die alte Frau. »In dem rot gestrichenen residierte einst der Oberbürgermeister. Meine Familie lebte in einem anderen Teil der Stadt, aber mir wurde die Wohnung weggenommen, weil sie für mich allein zu groß war. Diese hier teile ich ebenfalls mit mehreren Menschen, es sind alles Fremde ... Ich habe hier ein Zimmer und eine Küche.«

Elizabeth half der Greisin, das schwere, eisenbeschlagene Tor zu öffnen, und betrat hinter ihr den dunklen Windfang, in dem ein schlimmer, muffiger Geruch herrschte. Der Gestank wurde immer intensiver, je näher sie dem Treppenhaus kamen, es war, als würde die Luft dicker werden. Elizabeth ging in völliger Dunkelheit die Treppe hinauf und ihr war, als müsste sie gleich ersticken. Endlich blieben sie vor einer Tür stehen.

»Da klauen welche Glühbirnen, deswegen ist es hier so dunkel«, entschuldigte sich die alte Frau und steckte erstaunlich sicher den Schlüssel ins Schloss – obwohl sie das Schlüsselloch blind finden musste.

Auch der Flur der Wohnung war nur ungenügend beleuchtet; auf der Garderobe türmten sich Mäntel und Jacken, auf dem Boden standen unzählige alte Schuhe.

»Die gehören meinen Nachbarn«, erklärte die Gastgeberin wieder.

Nach einigen Augenblicken betraten sie nun ihre Wohnung. Sie war klein und eng, vollgestellt mit Möbeln, die – genauso wie ihre Besitzerin – Zeugen des vergangenen Jahrhunderts waren. An einer der Wände hing ein zerschlissener handgeknüpfter Kelim, auf den ein Bild der Heiligen Mutter Gottes geheftet war. Auf einer wunderschönen Renaissance-Kommode standen Fotografien von Menschen mit edlen Gesichtszügen, es waren alte und junge Männer darunter, Frauen, Mädchen mit Schleifen im Haar und Rüschenkleidern, kleine Jungs in Schuluniformen. Elizabeth schaute gebannt auf das Foto einer jungen Frau von außergewöhnlicher Schönheit: Sie lächelte sanft und blickte vor sich, in die unbekannte Zukunft.

»Was ist wohl aus ihr geworden …?«, fragte sich Elizabeth und bekam umgehend Antwort.

»Das bin ich, zu den Zeiten meiner Jugend …«, sagte die Greisin, als sie aus der kleinen Küche ein Tablett mit zwei Tassen ins Wohnzimmer brachte.

Der schwarze Tee schmeckte nach nichts; anscheinend war er schon zu lange in der Dose aufbewahrt worden und hatte das Aroma verloren.

»Ich erlaube mir nur zu besonderen Gelegenheiten, schwarzen Tee zu trinken«, sagte die Gastgeberin. »Zum letzten Mal an Weihnachten … In meiner Situation ist es ein Luxus …«

Bei diesen Worten spürte Elizabeth einen Kloß im Hals. Sie blickte diese fremde Frau mit dem verwitterten Gesicht und den grauen, zu einem Dutt frisierten Haaren an und hatte das Gefühl, sie schon lange zu kennen.

»Warum sind Sie nicht weggegangen?«

»Meine Familie ist hier … Sie liegen hier begraben, meine Eltern, mein Bruder, der neunzehnhundertachtzehn bei den Kämpfen um Lwów umgekommen war … Er war keine vierzehn Jahre alt … Ich besuche meine Familie oft … Obwohl mein Brüderchen kein Grab hat … Als 1939 die Russen hier einmarschiert sind, schändeten sie den Friedhof der heldenhaften Kinder, der ›Kleinen Adler‹, wie man sie hier nennt. Die Panzer zerstörten die marmornen Platten, die übriggebliebenen wurden geklaut. Schließlich fingen Leute an, dort Müll auszukippen …«

»Das ist empörend!«

»Ich wundere mich über gar nichts mehr. Meine Augen haben zu viel gesehen …«

»Und Ihr Ehemann, Ihre Kinder?«

Die alte Frau lächelte melancholisch. »1941, als die Stadt den Deutschen in die Hände fiel, wurde mein Ehemann erschossen, zusammen mit anderen Universitätsprofessoren … Er war ein in der ganzen Welt bekannter Astronom, er hieß Jan Klonowski. Und mein Name ist Anna Klonowska.«

»Ich bin Elizabeth Sue Connery.«

Schweigend tranken sie ihren Tee.

»Haben Sie hier noch jemanden, ich meine … außer den Toten?«

»Nein, ich bin ganz allein. Aber ich habe mich daran gewöhnt. Das Einzige, was mich traurig macht, ist, dass ich hier nur so selten Musik hören kann. Ich habe ein altes Grammophon und ein paar Platten, aber die Nachbarn beschweren sich, wenn ich sie höre, die knarren so.«

Elizabeth bemerkte in diesem Moment in der Ecke des Zimmers ein uraltes Grammophon, das auf einem Tischchen stand. Sie hätte nicht gedacht, dass es solche Gegenstände außer in Museen noch irgendwo gab.

»Welche Musik hören Sie denn gern, Madame Anna?«

»Klassische Musik, Bach, Beethoven … Wissen Sie, meine Mutter war Pianistin, sie gab Konzerte in der ganzen Welt. Ich habe die Liebe zur Musik wohl mit der Muttermilch eingesogen. Leider habe ich selbst nie ein Instrument gespielt, aber meine Tochter … Sie war sehr begabt … Ihr Professor war der Meinung, dass sie eine große Zukunft vor sich habe … Doch sie hatte keine Zukunft mehr … Neunzehnhundertfünfundvierzig wurden wir in ein Lager gebracht – ich und meine beiden Kinder. Nur ich kam da lebend heraus …«

»Die Deutschen haben Sie und Ihre Kinder verschleppt?«

Die Greisin lächelte mit einem traurigen Ausdruck in den Augen. »Die Russen, die Russen waren es. Wir kamen in ein Lager nach Sibirien. Ich weiß, es ist schwer, da den Überblick zu behalten. Die Stadt kam von einer Hand in die andere, stand unter verschiedener Herrschaft, doch sie war immer polnisch geblieben. Die Ukrainer glauben, dass sie ihnen gehört, weil es nun ihr Staatsgebiet ist. Aber diese Erde, diese Steine … Jede Stadt hat ihre Seele, und die Seele von Lemberg ist polnisch.«

Ähnlich dachte Elizabeth über ihre Stadt. Doch um es zu begreifen, um die Seele von New York zu begreifen, musste sie erst hier nach Lwiw kommen, in diese Stadt mit der seltsamsten Geschichte, die man sich ausmalen konnte. Sie war durch die Begegnung mit der greisen Polin zutiefst bewegt. Ihr tragisches Schicksal sprach etwas in Elizabeth an – vielleicht, weil sie sich selbst gerade in einer Krise befand. Tausende von Meilen von zu Hause weg und ganz auf sich allein gestellt.

»Madame Anna, wissen Sie … ich bin hergekommen, um meinen Ehemann zu suchen«, vertraute sie ihrer Gastgeberin an. »Er ist Wissenschaftler, er wollte Material für ein Buch sammeln, aber … jetzt ist er spurlos verschwunden. Niemand weiß, was mit ihm passiert ist …«

»Und was sagt die Regierung?«

»Der Staatsanwalt meinte, dass sie eine Untersuchung führen …«

Die alte Dame schüttelte nachdenklich den Kopf. »Die lügen. Das alte System basierte auf Lügen, und die neue Regierung hat es einfach übernommen. Die Kommunisten haben uns ohnehin immer noch in der Hand.«

»Sie wollen, dass ich ausreise. Übermorgen läuft mein Visum ab. Ich weiß nicht, was ich tun soll …«

Elizabeths Gesprächspartnerin überlegte eine Weile. »Sie können nicht wegfahren, bevor die Angelegenheit geklärt ist.

Sie müssen wissen, was mit Ihrem Mann los ist! Die hiesige Regierung ist korrupt bis auf die Knochen. Jeder, der einen Zipfel der Macht in der Hand hält, versucht daran zu verdienen, jeder stiehlt, kombiniert, wie er kann, sogar der Präsident ... Das Einzige, was Sie tun können, ist, diese Leute zu kaufen.«

»Und wie komme ich an die zuständigen Leute heran?«, fragte Elizabeth ratlos.

»Das kann ich Ihnen nicht sagen ... ich bin zu alt ... Doch ich muss Sie warnen. Diese Leute sind rücksichtslos, grausam. Ein Menschenleben bedeutet ihnen nichts. Das haben sie während der Zeit des kommunistischen Regimes gelernt: dass der Einzelne nichts zählt. Ich zum Beispiel bekomme umgerechnet zehn Dollar Rente – doch für Wohnung, Strom und Wasser zahle ich insgesamt fünfzehn. Wenn ich nicht nach und nach meine Habe verkaufen würde, müsste ich Hungers sterben. Doch ich brauche nicht viel ... ich ernähre mich von Brötchen, die ich in Milch aufweiche ...«

Elizabeth starrte sie entsetzt an: »Zehn Dollar Rente? Im Monat? Das kann wohl nicht sein ... Das ist unmöglich ...«

»In diesem Land ist alles möglich. Hier verschwinden auch Menschen spurlos ...«

Die Worte der alten Polin klangen in Elizabeths Ohren nach, als sie wieder auf der Straße stand. »Hier verschwinden Menschen spurlos ...« – dies war wohl, was ihr der Vizekonsul Smith klarmachen wollte, damit sie nicht etwa auf die Idee kam, illegal in der Ukraine zu bleiben. Es könnte für sie tödliche Gefahr bedeuten ...

Ich darf also nichts riskieren, dachte Elizabeth bei sich. Ich muss diese Visum-Verlängerung irgendwie erreichen. Dieser Heini aus dem Konsulat wird mir natürlich nicht dabei helfen, daran hat er ja keine Zweifel gelassen.

Aber wer konnte ihr helfen? Plötzlich musste sie an diesen Rechtsanwalt denken. Den Mann aus dem Flugzeug. Wie hieß er doch gleich? Andrew Sanicki. Sie hatte seine Visitenkarte dabei, doch es wäre wohl nicht angebracht, einfach so bei ihm vorbeizuschauen – sie sollte sich besser zuvor telefonisch ankündigen. Aber Zeit zu verlieren hatte sie auch nicht.

Sie blickte umher: Sie befand sich auf einer belebten Straße, voller abgehetzter Menschen und rasender, hupender Autos. Es gab teure Limousinen, aber auch zahllose abgewrackte Lastwagen, die dicke Rußwolken ausstießen. Niemand schien sich daran zu stören, die Polizei hielt die giftigen Luftverpester nicht an. Die Fahrer der LKWs fühlten sich vollkommen sicher; einer von ihnen warf seine Kippe aus dem Fenster, direkt vor Elizabeths Füße – wäre sie nicht ausgewichen, hätte die brennende Zigarette sie getroffen.

»Was für eine unglückliche Stadt …«, erinnerte sie sich an Sanickis Worte und seufzte.

Sie wollte sich einen ruhigen Platz zum Telefonieren suchen und kehrte um, in Richtung Marktplatz. Sie überquerte ihn diagonal und hielt an dem Brunnen mit der Diana-Figur. Sie blickte in ihre steinernen Augen und fand darin kein Verständnis. Die Augen der Hunde in der Begleitung der Göttin waren genauso leblos. Sie holte ihr Mobiltelefon aus der Tasche und wählte die Nummer des Rechtsanwalts.

Sanicki hob selbst ab.

»Natürlich erinnere ich mich an Sie«, meinte er höflich. »Ich habe an Sie gedacht. Wie kommen Sie in unserer Stadt zurecht?«

»Ich möchte mich gern mit Ihnen treffen, wenn es möglich wäre …«

»Aber selbstverständlich. Wann denn?«, fragte er rasch.

»Ich richte mich nach Ihnen, Sie sind sicherlich sehr beschäftigt …«

»Ich habe bis fünf Uhr zu tun, danach stehe ich zu Ihrer Verfügung. Soll ich Sie im Hotel abholen?«

Elizabeth versuchte, ihre Gedanken zu ordnen. Er war hier sicherlich prominent, so vermutete sie zumindest – vielleicht wäre es besser, wenn man sie nicht zusammen sah.

»Mir wäre es lieber, wenn … wenn … wir uns irgendwo in der Stadt treffen könnten«, stammelte sie.

»Aber Sie kennen die Stadt doch gar nicht!«

»Ein bisschen kenne ich Lemberg schon. Ich sitze gerade bei Diana der Jägerin und werde von ihren Hunden bewacht«, versuchte sie zu scherzen.

»Es ist kurz vor eins. Bis fünf Uhr ist noch viel Zeit. Es könnte sein, dass Ihnen Dianas Gesellschaft irgendwann langweilig wird. Ich überlege gerade, welchen Treffpunkt ich Ihnen vorschlagen könnte. Ich möchte, dass es etwas Spezielles ist, aber mir fällt momentan noch nichts ein …«

»Mister Sanicki, mir liegt viel an einem Gespräch mit Ihnen. Und … ich muss auf Diskretion bestehen.«

Der Mann verstummte.

»Sind Sie in Schwierigkeiten?«, fragte er nach einer Weile vorsichtig.

»Ja, ich habe große Probleme. Könnten wir uns also am Diana-Denkmal treffen? Um fünf?«

Sie hatte nun vier Stunden vor sich, die sie irgendwie herumkriegen musste. Sie könnte einen Spaziergang durch die Stadt machen, allerdings dabei aufpassen, dass sie sich nicht allzu weit von dem Diana-Denkmal entfernte. Wenn sie sich einmal verlief, würde sie den Marktplatz nicht mehr finden. Wie soll ich mich denn verständigen?, dachte sie. Einen zweiten solchen Zufall wie mit Frau Klonowska wird es nicht mehr geben.

Elizabeth entschloss sich, ihre Mutter anzurufen, obwohl

es in New York erst kurz vor sieben war; sie würde ihre Mutter eben wecken müssen. Sie saß auf der steinernen Umrandung des Brunnens und drückte auf die Kurzwahl. Schon bald hörte sie die verschlafene Stimme:

»Elizabeth, was ist los?!«

»Ich habe Jeffs persönliche Sachen identifiziert.«

»Und was ist mit Jeff?«

»Ich weiß es nicht. Er ist verschollen ...«

Ihre Mutter seufzte: »Nun ja. Es ist, wie ich es dir gesagt habe – dein Besuch in der Ukraine hat keinen Sinn. Du kannst dort nichts ausrichten. Komm zurück.«

»Ich kann nicht weg, nicht, bevor ich Jeff gefunden habe!«

»Woher willst du wissen, dass er nicht tatsächlich die Ukraine verlassen hat? Wie lange willst du denn da herumsitzen?«

»Ich weiß nicht. Aber ich versuche herauszufinden, was mit ihm geschehen ist. Deswegen muss ich hierbleiben, an dem Ort, wo sich seine Spur verliert.«

»Hilft dir der Konsul wenigstens?«

»Er hat einen Mitarbeiter abgestellt, der sich darum kümmern soll. Ein gewisser Smith, Vizekonsul. Helfen kann er mir auch nicht. Wenn ich ehrlich sein soll, ist er mir eher im Weg. Und ich bin ihm bloß lästig. Wir gehen uns bloß auf die Nerven, am liebsten würde er mich wohl ins Flugzeug setzen und nach Hause schicken. Alle hier wollen, dass ich verschwinde.«

Ihre Mutter seufzte erneut: »Ich werde mich mit Wright in Verbindung setzen, ich rufe das Department an, und er soll den Leuten an der Botschaft ein bisschen Feuer unter dem Arsch machen.«

»Nein, Mutter, bitte nicht!« Elizabeth erschrak. »Ich habe schon meine eigenen Pläne, und die Beamten vom Konsulat würden alles nur verkomplizieren.«

»Was denn für Pläne, um Himmels willen?«

»Kann ich dir am Telefon nicht erzählen. Ich melde mich wieder. Tschüs, Mum.«

»Elizabeth!«, hörte sie ihre Mutter noch rufen, als sie die Verbindung unterbrach.

Sie stand von der Umfassung des Brunnens auf und lief los, einfach nur geradeaus. Sie überquerte eine Straße nach der anderen, und wieder hatte sie das Gefühl, schon einmal hier gewesen zu sein. Ihr war, als seien ihr die Häuserfassaden, die Türme der Kirchen, die geschnitzten Holztore und die Bögen an den Eingängen nur allzu bekannt. Und plötzlich ging es ihr auf: Diese Stadt erinnerte sie an Florenz.

Einst hatte sie sich mit Jeff in einem Café an der Kreuzung zweier Straßen verabredet, deren Namen ihr später entfallen waren. Sie hatte krampfhaft versucht, sich an diese Ecke zu erinnern, an dieses kleine Café mit der bunten Markise über der Eingangstür. Doch sie fand das Café nicht – Jeff und sie trafen sich erst abends im Hotel wieder.

Und hier würden sie sich ebenfalls nicht treffen. Jeff ahnte ja gar nicht, dass sie hier in Lemberg war – der Stadt, wo er die letzten Monate verbracht hatte. Und vielleicht war er immer noch hier ...

Elizabeth betrat eine der Kirchen. Im Inneren war es so kalt, dass ihr ein Schauer über den Rücken lief. Dann wurde ihre Aufmerksamkeit von einer auffälligen Kanzel angezogen, welche die Form des Petrus-Bootes hatte. Dann entdeckte sie ein Flachrelief aus Marmor und Alabaster in einem der Seitenschiffe, welches die Vertreibung von Adam und Eva aus dem Paradies darstellte. Sie überlegte, ob sie nicht versuchen sollte zu beten – doch sie wusste nicht, wie. Auf die Knie fallen und mit eigenen Worten zu Gott sprechen? Jeff und sie waren keine gläubigen Menschen.

Aus den Augenwinkeln beobachtete sie auf einer Bank eine kniende Frau mit dem Gesicht in den Händen. Die wusste ganz bestimmt, wie man mit Gott sprach; Elizabeth beneidete sie beinahe darum: Sich jemandem anvertrauen können, vollkommen vertrauen, Hilfe und Verständnis erwarten, das musste echte Erleichterung bringen ...

Sie verließ die Kirche und war überrascht von der Helligkeit und Wärme des Tages draußen. Es war nahezu heiß, so dass sie ihre Wildlederjacke auszog und nur noch eine kurzärmelige Hemdbluse trug. Der gestrige Abend und die Nacht waren sehr kalt gewesen, doch im Moment betrug die Temperatur sicherlich über zwanzig Grad.

Elizabeth befand sich plötzlich auf einer Promenade, die sie an die Champs-Élysées erinnerte – es gab viele Spaziergänger, junge Pärchen, Mütter mit Kinderwagen. Eine von ihnen fragte sie etwas.

»Nicht verstehen ...«, stammelte Elizabeth. Die junge Frau lächelte und zeigte auf die Uhr am Handgelenk der Amerikanerin. Elizabeth zeigte ihr das Zifferblatt, und die andere nickte.

Sie bemühte sich, sich den Weg einzuprägen, und bog in eine Straße ein, die sie vor ein imposantes Empire-Bauwerk führte; es musste sich darin eine kulturelle Institution befinden, vielleicht ein Museum. Sie zögerte und überlegte, ob sie hineingehen sollte, doch in diesem Moment bemerkte sie das Gebäude auf der anderen Straßenseite – eine Gemäldegalerie.

Endlich befand sich Elizabeth in der Welt, in der sie sich auskannte. In der Welt, aus der Jeffs Verschwinden sie so brutal herausgerissen hatte. Jetzt erst wurde ihr bewusst, wie schmerzhaft sie diese Welt in den letzten Tagen vermisst hatte. Und nun betrachtete sie Gemälde von Tizian, Caravaggio – und Brueghel dem Älteren. Es konnte kein Zweifel daran bestehen, dass dies hier ein Bild von Brueghel dem Älteren war! Keine Imitation, sondern das Original der »Mahlzeit der Schnitter«, entstanden in derselben Schaffensphase wie das Gemälde in Prag. Es war sonderbar, dass dieses Kunstwerk in keinem kunsthistorischen Nachschlagewerk auftauchte – zumindest in denen nicht, die Elizabeth kannte.

Sie wusste nicht, wie viel Zeit sie in der Galerie verbracht hatte, und als sie auf die Armbanduhr blickte, erschrak sie: Es war schon Viertel nach vier. Draußen dämmerte es schon, die Straßenlaternen waren angegangen. Sie rannte beinahe, als sie die Champs-Élysées (wie sie die Promenade bei sich nannte) überquerte und in das Gewirr der Straßen eintauchte, die sie zurück zum Marktplatz führen sollten. Sie nahm an, dass es kein Problem würde – doch es war alles andere als einfach. Die Situation in Florenz von vor einigen Jahren sollte sich wohl wiederholen: Wieder war Elizabeth sich sicher, dass gleich um die Ecke ein bekanntes Gebäude auftauchen würde. In diesem Fall sollte es eines der Häuser am Marktplatz sein oder der Brunnen mit der Diana-Skulptur; doch immer wieder stieß sie auf weitere Straßen. Sie versuchte, die Passanten nach dem Weg zu fragen, doch sprach sie wohl das Wort *Rynok*, das sie in ihrem Reiseführer fand, falsch aus, denn niemand verstand, was sie meinte.

»*Market* …«, versuchte sie es in ihrer Verzweiflung schließlich auf Englisch. »*The monument … Diana with the dogs* …«

Es war schon lange nach fünf. Wie zum Trotz antwortete ihr nur die elektronische Stimme im Mobiltelefon von Sanicki, dass der Teilnehmer momentan nicht erreichbar sei. Das Schlimmste war, dass es Elizabeth schien, als ob sie im Kreis herumrannte. Sie erkannte immer wieder Ausschnitte von Straßen, die sie zuvor schon durchquert hatte. Sie beschloss, zurück zu den »Champs-Élysées« zu laufen und von dort aus noch einmal zu versuchen, den richtigen Weg zum Markt zu finden. Schließlich gelang es ihr und sie kam aus dem Chaos von Straßen auf den offenen Platz. Sie blieb stehen und versuchte zu rekonstruieren, wie sie beim ersten Mal hierhergekommen war, als plötzlich ein großer Wagen vor ihr hielt.

Erst als der Fahrer ausgestiegen war, erkannte sie ihn: Es war der Rechtsanwalt Sanicki. »Endlich habe ich Sie gefunden!«

»Ich habe mich verlaufen, die Straßen verwechselt ...«, sagte sie mit zitternder Stimme. »Niemand konnte mir den Weg erklären ... Sie haben mich einfach nicht verstanden!«

»Höchste Zeit, dass Sie Ukrainisch lernen«, witzelte er und öffnete ihr die Wagentür. »Wo fahren wir hin?«

»Dorthin, wo ich mich vor menschlichen Blicken verstecken kann ...«

Der Mann überlegte eine Weile.

»Ich kenne einen solchen Ort ... Es ist allerdings etwas außerhalb ...«

»Ist es weit?«

»Von der Innenstadt aus gesehen eine halbe Stunde mit dem Auto.«

»Gut, dann lassen Sie uns dorthin fahren.«

Das Auto fuhr beinahe lautlos an, und trotz der Unebenheiten auf den Straßen war die Fahrt sehr angenehm.

»Was ist das für ein Wagen?«

»Ein Volvo.«

»Wohl ein neueres Modell?«

»In der Tat.«

»Deswegen habe ich es nicht gleich erkannt. Meine Mutter hat nämlich eine Schwäche für diese Marke.«

»Sie hat einen guten Geschmack.«

Sie fuhren eine Weile schweigend und Elizabeth schaute aus dem Fenster. Das Licht der Straßenlaternen durchbrach die Dunkelheit; in ihrem Schimmer sah die Stadt völlig anders aus als am Tag. Die Bäume warfen lange Schatten und die Fassaden der Häuser verschwanden abwechselnd in der Dunkelheit oder tauchten aus ihr hervor, je nach dem Winkel des Lichteinfalls. Es schien, als würden sich die Gebäude bewegen.

»Wie fühlen Sie sich in Lemberg? Hat die Stadt zu Ihnen gesprochen?«, fragte Sanicki.

»O ja. Es ist eine bemerkenswerte Stadt. Wäre ich unter anderen Umständen hierhergekommen, ich hätte sicherlich mehr zu berichten.«

»Wie sind nun Ihre momentanen Umstände?«

»Ich habe gerade keine Kraft, das alles zu erzählen ... Vielleicht, wenn wir uns in Ruhe hingesetzt haben ...«

Sanicki lächelte liebenswürdig. »Ich verstehe. Verzeihung, es war nicht meine Absicht, Sie zu drängen.«

Danach fuhren sie schweigend weiter. Je weiter sie aus der Innenstadt herausfuhren, desto mehr veränderte sich die Bebauung. Nach den großen, ehrwürdigen Patrizierhäusern erschienen Villen, von Gärten umgeben, dann kamen schlichte Häuschen und immer kleinere Grundstücke. Der Weg führte bergauf, durch eine mit alten Bäumen bewachsene Allee; und nach einer Weile erblickte Elizabeth die Fassade einer Jugendstil-Villa mit einer wunderschönen geschnitzten Veranda.

Sie gingen drei Stufen hinauf und traten dann ein. Die Eingangshalle war vollgestellt mit alten Kommoden, auf denen Pyramiden aus Äpfeln aufgetürmt waren. Der Geruch schien das ganze Haus zu durchdringen. Wie aus dem Boden gewachsen erschien eine üppig gebaute Frau mit gutmütigem Gesicht und einem dicken Zopf, der um ihren Kopf herumgeschlungen war. Sie begrüßte Sanicki wie einen alten Bekannten und reichte dann Elizabeth ihre weiche, warme Hand zur Begrüßung.

Die Gastgeberin führte die beiden die Treppe hoch zu einem kleinen Zimmer, dessen eine Wand fast vollständig verglast war. Von dort aus eröffnete sich ein Ausblick auf die im Tal liegende Stadt – man konnte die beleuchteten Türme der Kirchen direkt vor sich sehen. Elizabeth wunderte sich, dass es so viele waren.

»Lemberg ist die Stadt der Türme«, sagte Sanicki. »Sehen

Sie diese grünlich glänzende Kuppel, auf der rechten Seite? Das ist die Boim-Kapelle. Meiner Meinung nach ist es ein Kleinod, das an die Sixtinische Kapelle heranreicht, ein in schwarzen Sandstein gehauenes Kleinod; die Figuren, die Friese und Reliefs verankern sich für immer im Gedächtnis. Waren Sie noch nicht dort?«

Elizabeth schüttelte verneinend den Kopf. »Aber ich bin zufällig in die Galerie geraten und da habe ich ein Bild von Brueghel dem Älteren gefunden, von dessen Existenz ich keine Ahnung hatte ... Wissen Sie, ich schreibe gerade eine Arbeit über ihn.«

»Was sind Sie denn von Beruf?«

»Kunsthistorikerin.«

Sanicki lachte. »Einen Kunsthistoriker nach Lemberg bringen heißt einen Fuchs in den Hühnerstall schicken!«

»Vielleicht komme ich eines Tages noch einmal her ...«, erwiderte Elizabeth traurig. »Unter anderen Umständen.«

Die Besitzerin des Restaurants trat ein, um ihre Bestellung entgegenzunehmen. Elizabeth verspürte keinen Hunger, obwohl sie seit dem Frühstück nichts gegessen hatte. Ihr Begleiter überredete sie jedoch, einige ukrainische Spezialitäten zu kosten: den Borschtsch und die Kartoffelpuffer in Steinpilzsoße. Als Beilage zur Suppe gab es eine Art Teigkugeln mit Knoblauch. Es schmeckte ihr sehr.

Sie speisten allein, obwohl in dem Raum noch drei andere Tische standen. Entweder kamen an dem Abend nur wenige Besucher oder aber es war ein Zimmer für besondere Gäste. Während des Essens musterte Elizabeth ihr Gegenüber verstohlen.

Sanicki hatte ein interessantes, männliches Gesicht und einen perfekt gebauten Körper, obwohl er etwas größer hätte sein können. Er achtete mit Sicherheit sehr auf sich: Seine Hände waren gepflegt, mit polierten Nägeln. Elizabeth achtete sehr auf die Hände ihrer Gesprächspartner, sie war der

Meinung, dass Hände viel über den Menschen aussagen – und in diesem Fall stimmte etwas nicht: Sanickis Hände waren zu zierlich für seinen Körper, beinahe weiblich. Jemand mit solchen Händen hätte von sanftem Naturell sein müssen, doch das war Sanicki durchaus nicht. In seiner Haltung spürte man eine ironische Distanz; er wirkte beinahe spröde. Doch in Wirklichkeit wusste sie gar nichts über ihn. Sie waren sich unterwegs zufällig begegnet, hatten einige Sätze gewechselt, und das war alles. Ob er ihr würde helfen wollen? War es überhaupt richtig, sich mit ihrem Anliegen an ihn zu wenden?

»Elizabeth ...«, hörte sie plötzlich ihren Namen und zuckte zusammen. »Würden Sie mir jetzt bitte erklären, worum es geht?« Er sagte es sehr sanft, sehr persönlich. Sie wollte antworten, doch plötzlich traten ihr die Tränen in die Augen.

Er wartete, bis sie sich ausgeweint hatte. Schließlich fasste Elizabeth sich wieder und begann zu erzählen, eins nach dem anderen. Sie erzählte von ihrem Mann, von seiner Reise in die Ukraine, von seinem Verschwinden, vom Verhör durch den Staatsanwalt, von ihrer Verzweiflung.

Sanickis Gesicht blieb undurchdringlich. Sie konnte nicht einschätzen, wie er reagieren würde, ob er sich entscheiden würde, ihr zu helfen, ob er sich herausreden oder geradezu ablehnen würde.

»Übermorgen läuft mein Visum ab. Und der Staatsanwalt hat mir keinerlei Hoffnungsschimmer gelassen, dass ich es verlängern könnte.«

Sanicki steckte sich eine Zigarette an. »Warum glauben Sie, dass Sie hierbleiben sollten? In dieser Phase werden Sie mehr erreichen können, wenn Sie Druck auf das State Department ausüben – und diese Leute wiederum Druck auf unsere Regierung ausüben.«

Sie schüttelte verneinend den Kopf.

»Das kann meine Mutter übernehmen, die hat da Beziehungen. Aber ich … Ich muss hier einiges in Erfahrung bringen. Ich muss diese Leute so lange belästigen, bis sie mir helfen. Sie werden mich erst loswerden, wenn ich meinen Ehemann gefunden habe!«

»Das klingt wie kindliche Spielereien …«

»Sie haben gut reden!«, explodierte sie.

Sanicki berührte leicht ihre Hand. »Ich weiß, dass Sie gerade Schlimmes durchmachen. Aber ehe ich mir ein Urteil in dieser Angelegenheit erlauben kann, muss ich mehr darüber wissen. Möchten Sie mich in dieser Angelegenheit als Rechtsanwalt beauftragen? Oder soll ich mich als Privatperson umhorchen?«

Diese Frage überraschte sie. Sie hatte nicht damit gerechnet, dass er so förmlich mit ihr umgehen könnte. Natürlich hätte es Vorteile, wenn er ihr Rechtsanwalt war. Aber gegen wen sollte er ermitteln? Gegen die Regierung? Die behauptete doch, dass Jeffrey die Ukraine längst verlassen hatte. Und die Leute, die ihren Ehemann entführt hatten, würde man nicht so ohne weiteres finden.

»Aber … aber ich möchte hier eine inoffizielle Untersuchung führen … Wie können Sie dann mein Bevollmächtigter sein?«

»Wenn Sie mich damit betrauen, kann ich in Ihrem Namen arbeiten, egal, wo Sie sich aufhalten. Als Erstes müssen wir Kontakt mit dieser Oksana Krywenko aufnehmen.«

Elizabeth starrte ihn mit weit offenen Augen an. »Aber die ist doch verhaftet worden. Sie wollten mich nicht zu ihr lassen!«

»Aber mich schon.«

Elizabeth kam gegen zehn Uhr abends zurück ins Hotel. Im Foyer wartete schon der verärgerte Konsul auf sie. »Wo waren Sie nur? Ich dachte schon, Sie wären auch entführt worden.«

»Ich habe mich verirrt …«, gab sie zu.

»Sie hätten sich ein Taxi nehmen sollen.«

»Ja, das habe ich dann auch getan«, log sie, ohne das Gesicht zu verziehen.

Nachts hatte sie wirre Träume – es war die Wiederholung des Szenarios ihrer Wanderung durch die Stadt, bevor sie Sanicki traf. Doch dieses Mal war die Kulisse alptraumhaft: Die Fassaden der Häuser waren zerstört, statt der Fenster gähnten Löcher wie leere Augenhöhlen, die Türen waren herausgerissen oder hingen an nur einem Scharnier, überall lag zerbrochenes Glas, das unter ihren Schuhen knirschte. Elizabeth sah keine Menschen, und ihre Verwirrung steigerte sich ins Entsetzen. Einige Male liefen ihr abgemagerte, verwilderte Katzen über den Weg. Ein rotes Kätzchen sprang ihr, durchdringlich fiepend, direkt vor die Füße. Ohne zu wissen, warum, ging sie in eins der zerstörten Häuser hinein. Sie ging die Treppe hoch, auf der ebenfalls zerbrochenes Glas lag. Alle Zimmertüren standen offen, in den Räumen herrschte eine entsetzliche Unordnung, Bücher lagen auf dem Fußboden herum, auf den Betten lagen zerwühlte Decken. In einer der Wohnungen klingelte das Telefon und Elizabeth – überzeugt, dass dieser Anruf ihr galt – ging in diese Richtung.

Sie erblickte einen weitläufigen Salon, in dem zu ihrer Verwunderung alles an seinem Platz war: In der Mitte des Raumes lag ein großer Perserteppich, die Bücher standen in ordentlichen Reihen auf den Regalen, auf einem kleinen Tisch neben dem Ledersofa standen Teerosen in einer Vase aus Glas. Obwohl das Telefon immer noch klingelte, konnte sie es nicht finden. Sie versuchte, sich zu orientieren, aus welcher Richtung das Klingeln kam, und jetzt schien es plötzlich wieder, als käme es von draußen her. Sie schob den Vorhang zur Seite und schrie auf: Direkt vor sich erblickte sie das Gemälde von Pieter Brueghel dem Älteren, das sie in der Galerie entdeckt hatte; es war vollkommen zerstört, die Leinwand war voller Löcher und hing aus dem Rahmen.

Das Telefon klingelte immer noch. Es war Sanicki.

»Wir müssen uns unbedingt treffen!«, sagte er.

Sie trafen sich eine halbe Stunde später unten im Hotelrestaurant.

»Ich komme direkt aus dem Untersuchungsgefängnis …«, sagte Sanicki, sichtlich schockiert. »Ich habe Frau Krywenko gesehen. Die Angelegenheit ist schlimmer, als ich gedacht habe.«

Elizabeth starrte ihn gespannt an. Er musste kurz unterbrechen, weil die Kellnerin gerade den Kaffee brachte. Es war Frühstückszeit, die Hotelgäste konnten unterschiedliche Speisen aus dem Angebot des Büfetts wählen, doch Elizabeth hätte nichts hinunterbringen können.

»Haben Sie von der Affäre Gongadze gehört?«

Sie schüttelte schweigend den Kopf.

»Georgij Gongadze ist ein ukrainischer Journalist, der am selben Tag wie Ihr Ehemann verschwunden ist. Es hätte ein Zufall sein können. Es war aber keiner. Diese Oksana Krywenko hat es vorhin bestätigt. Ihr Ehemann wollte sich vor seiner Abreise mit ihm treffen. Er hatte seine Sachen bei dieser Frau zurückgelassen, ging zu dem Treffen mit dem Journalisten – und ist nicht mehr zurückgekommen. Keiner der beiden Männer ist zurückgekommen.«

»Davon wusste ich nichts. Niemand hat mir etwas davon gesagt!«

»Nun, irgendjemandem muss sehr viel daran gelegen haben, dass das Verschwinden der beiden Männer nicht in Verbindung gebracht wird …«

»Wie einfach …«, sagte sie bitter. »Jetzt verstehe ich, warum

Jeffs Dolmetscherin eingesperrt werden musste. Sie wollen sie mundtot machen.«

»Ja, danach sieht es aus ...«

»Bis jetzt habe ich in einer ganz anderen Welt gelebt – von der, wie ich vermute, jetzt nicht mehr viel übrig ist«, sagte Elizabeth und lächelte traurig. »Diese Nacht hatte ich einen Traum: Ich sah das Gemälde von Brueghel dem Älteren, vollkommen zerstört ...«

»Ach, Träume ...«, meinte Sanicki beinahe verächtlich. »Wir haben andere Probleme. Wir müssen überlegen, wie es jetzt weitergehen soll. Elizabeth, es ist kein Spiel, ich würde Ihnen wirklich von einem illegalen Aufenthalt hier abraten, sonst geraten Sie in ernsthafte Gefahr.«

»Ein legaler Aufenthalt kommt nicht in Frage, denn sie werden sich weigern, mein Visum zu verlängern. Und ich werde nicht zurück nach Hause fahren!«

Eine Weile starrten sie einander an. »Gut also«, sagte er schließlich. »Ich werde sehen, was ich für Sie tun kann. Wir haben nicht viel Zeit, Ihr Visum läuft bald ab.« Er blickte auf seine Armbanduhr. »Es ist fast zehn. Lassen Sie uns um dreizehn Uhr treffen, bis dahin weiß ich mehr.«

»Wir könnten uns am Diana-Brunnen treffen«, schlug sie vor.

»Finden Sie den Weg dorthin?«

»Diesmal ja. Mein Schutzengel vom Konsulat hat mir einen Stadtplan mitgebracht. Ich kann zu Fuß dorthin gehen; außerdem möchte ich jemanden besuchen ...«

Sanicki wurde misstrauisch: »Wer ist es? Es könnte ein Spitzel sein, ein inoffizieller Mitarbeiter der Regierung, der auf Sie angesetzt wurde ...«

Elizabeth schüttelte den Kopf. »Nein, es ist eine alte Frau, eine Polin, sie ist fast hundert Jahre alt ...«

Sie verabschiedeten sich. Sanicki war schon an der Tür, als sie seinen Namen rief. Er blieb stehen und drehte sich um.

»Warum tun Sie es? Warum tun Sie so viel für mich?«, fragte sie.

Er lächelte nur und verließ den Raum.

Mit dem Stadtplan in der Hand fühlte sich Elizabeth viel sicherer. Sie erkannte bereits einige Stellen; an eine Straße erinnerte sie sich besonders gut. Sie blieb stehen und schaute sich die Fassaden an – dann kam die plötzliche Erkenntnis. Sie hatte diese Gebäude im Traum gesehen! Mit abblätterndem Putz und ausgeschlagenen Fenstern sahen sie zwar anders aus, doch waren es zweifelsohne dieselben Häuser: dieselben Balkons, Gesimse, Säulen.

Sie versuchte, den Namen der Straße zu entziffern – Or-mi-an-ska … Es bestand kein Zweifel daran, dass sie noch nie hier gewesen war. War es vielleicht ein prophetischer Traum? Doch was wollte dieser Traum ihr sagen? Wovor warnen? Würde diese wunderschön restaurierte Straße zerstört werden? Oder hatte sie vor der Renovierung so ausgesehen? Es ging ja nicht, dass mitten im Stadtzentrum Ruinen standen. Es mochte vielleicht schlimm um diese Stadt stehen, doch so schlimm nicht.

Es sei denn, man ging in der Zeit zurück … bis zum Zweiten Weltkrieg. Elizabeth beschloss, es nachzuprüfen, mit Sicherheit konnte sie irgendwo Fotoalben mit der Dokumentation des Wiederaufbaus von Lemberg auftreiben. Diese Stadt hatte sicherlich wie andere europäische Städte während des Kriegs gelitten. Hinzu kam, dass sie zu immer anderen Staaten gehört hatte, hier waren polnische, ukrainische, deutsche und russische Soldaten hindurchmarschiert – wie Frau Klonowska ihr berichtet hatte.

Sie kaufte für die Polin eine Dose englischen Tee und ging los, um sie zu besuchen. Im Halbdunkel stieg sie die Treppe hoch, ertastete blind den Klingelknopf und drückte darauf.

Nach einer Weile hörte sie schwere Schritte herannahen. Durch die offene Tür schlug ihr der Gestank nach gekochtem Kohl ins Gesicht. Im Lichtstreifen erblickte sie einen Mann in Unterhemd und Jogginghose. Er hatte einen roten Stiernacken, riesige Armmuskeln, von Tätowierungen bedeckt. Er sagte etwas zu ihr, was sie nicht verstehen konnte.

»Anna Klonowska«, sagte sie deutlich.

Der Mann drehte sich wortlos um und verschwand in der Tiefe des Flurs. Elizabeth klopfte an die Tür der alten Dame, öffnete sie vorsichtig und ging hinein.

Die Greisin saß in einem Sessel am Fenster und blickte verloren vor sich hin; ihre Hände lagen ruhig in ihrem Schoß. Hätte Vermeer sie so gesehen, hätte er sie gewiss gemalt. Das Bild würde zwischen dem »Milchmädchen« und der »Briefleserin« hängen.

Frau Klonowska erkannte Elizabeth sofort und freute sich sichtlich. Sie saßen am Tisch, tranken Tee – den diesmal Elizabeth aufgebrüht hatte. Sie wuselte herum in der kleinen engen Küche, zwischen den armseligen Möbeln und Alltagsgegenständen und dachte über das Leben ihrer Gastgeberin nach.

Anna Klonowska war in einer anderen Epoche zur Welt gekommen, hatte im Luxus gelebt, die Liebe ihrer Familie erfahren – und nun fristete sie ihr Dasein in Einsamkeit, mit einem Grobian als Nachbarn. Nachdem Elizabeth ihn gesehen hatte, konnte sie verstehen, warum die alte Dame die Gemeinschaftstoilette nicht benutzen mochte, sondern lieber eine halbe Treppe hinunter stieg. Dort befand sich ein allgemein zugängliches Klosett, dessen Zustand einiges zu wünschen übrig ließ. Davon hatte sich die Amerikanerin selbst überzeugen können – und musste die Örtlichkeit sofort verlassen.

»Was für ein schöner Tee, sehr fein!«, schwärmte die alte Frau und nahm noch einen Schluck. »Was für ein Aroma!

Zum letzten Mal habe ich so etwas Köstliches beim englischen Hofe getrunken …«

»Und was haben Sie dort gemacht?«, fragte Elizabeth interessiert.

»Ich habe meine Mutter begleitet. Sie spielte für den König, für den ganzen Hofstaat; und nach dem Konzert hat uns die Queen zum Tee eingeladen …« Das Aroma dieses Tees durchdrang den ganzen Raum.

»Welcher König war es denn?«

»George der Fünfte – selbstverständlich hatte er eine täuschende Ähnlichkeit mit seinem Vetter, dem letzten Zaren von Russland. Ich hatte die Ehre, ihn persönlich kennen zu lernen, ihn und seine Familie. Eine seiner Töchter war in meinem Alter … wir haben sogar mal vierhändig Klavier gespielt, aber es war wohl nicht besonders gut, denn meine Mutter verzog das Gesicht …«

Elizabeth lauschte ungläubig den Erzählungen. Konnte die alte Dame eine derart blühende Fantasie haben? Für die Amerikanerin klang es, als hätte ihr jemand erzählt, er habe mit Präsident Lincoln Tee getrunken …

»Du glaubst mir nicht, mein Kindchen?«, stellte die alte Frau fest. »Manchmal kann ich es selbst nicht glauben, es ist schon so lange her … Aber ich habe es tatsächlich erlebt … Der Zar zum Beispiel war ein überaus schüchterner, stiller Mensch, er hat ganz leise gesprochen, man musste ihm auf die Lippen schauen. Und die Zarin hatte eine unangenehme, durchdringende Stimme … Weißt du, wie sie gestorben sind?«

Elizabeth nickte.

»Und alles nur, weil ihr Vetter sie nicht nach England hineinließ, als sie vor den Bolschewiken flüchteten! Er hat ihren Tod auf dem Gewissen. Die ganze Familie wurde auf die grausamste Weise ermordet. Die Großfürstinnen, die doch so unschuldig waren, so gut … Anastasia hat damals ihr Collier, das mir so gut gefallen hat, abgenommen und wollte es mir schenken … Doch meine Mutter erlaubte nicht, dass ich es annahm, es war zu kostbar … Manchmal denke ich noch an sie, diese Mädchen. Ich hatte auch kein einfaches Leben, aber es war schön, ich habe meinen Mann sehr geliebt, ich durfte die Freuden des Mutterseins erleben, und ihnen war es nicht vergönnt …«

Die Greisin war in Gedanken versunken, die Hand mit der Teetasse erstarrte in der Luft.

»Wie kam es denn, dass Ihre Mutter am Zarenhof empfangen wurde? Sie war doch Polin … und Polen und Russen haben einander doch nie besonders gemocht, oder?«

»Meine Mutter war Künstlerin. Der junge Zar hatte eine Romanze mit der Primaballerina Krzesińska, die auch Polin war. Alle waren in sie verliebt, der Onkel des Zaren hatte ihr sogar ein Palais in Sankt Petersburg gekauft.«

Elizabeth hörte Frau Klonowska zu und versuchte, nicht über ihre eigene Situation nachzudenken. Sie hatte keine Ahnung, wie ihr weiteres Leben verlaufen würde, welche Entscheidungen sie zu treffen hätte. Alles hing nun von dem Gespräch mit Sanicki ab.

»Wie alt bist du, mein Kind?«, fragte Madame Anna unvermittelt.

»Achtunddreißig.«

»Ach, du bist noch so jung … Du hast noch so viel vor dir. Hast du ein Kind?«

»Nein, wir haben keine Kinder. Irgendwie haben mein Mann und ich noch nicht darüber nachgedacht.«

Die alte Frau schüttelte bedauernd den Kopf. »Das ist nicht gut, gar nicht gut, ein Ehepaar sollte Kinder haben, wenigstens eines!«

»Ich glaube, wir sind kein typisches Ehepaar«, sagte Elizabeth. »Wir sind einander die liebsten Freunde, aber ich glaube … wir leben ein wenig nebeneinanderher.«

»Das verstehe ich nicht«, sagte die Ältere, immer noch etwas irritiert. »Entweder man liebt sich oder nicht.«

Elizabeth rieb sich die Stirn. »Ich weiß nicht, ob wir uns je in dem üblichen Sinn geliebt haben ... Aber wir mögen uns sehr!«

»Das verstehe ich erst recht nicht!«, rief Anna Klonowska aus. »Vielleicht sind wir Europäer in dieser Hinsicht ganz anders als die Amerikaner und können euch nicht begreifen.«

Elizabeth lachte. »Amerikaner unterscheiden sich gar nicht von den Europäern, was die Gefühle angeht. Es ist nur so, dass jemand, der uns von außen betrachtet, unsere Beziehung schwerlich begreifen kann. Sogar meine Mutter versteht nicht, wie wir leben. Und trotzdem sind wir schon seit achtzehn Jahren zusammen, und es geht uns gut miteinander.«

»Also liebt ihr euch doch!«, seufzte die Greisin erleichtert.

»Na gut, ja, wir lieben uns ...«, lenkte Elizabeth ein und blickte verstohlen auf ihre Uhr.

Es war kurz vor halb eins; sie musste sich bald verabschieden und zu dem Treffen mit Sanicki aufbrechen. Sie wusste, dass schwierige Entscheidungen bevorstanden.

»Frau Klonowska, ich weiß nicht, wann wir uns wiedersehen, aber wir werden uns sicherlich wiedersehen!«, sagte sie und erhob sich.

Sie umarmten einander zum Abschied, und Elizabeth machte sich auf die beschwerliche Reise durch das dunkle Treppenhaus. Bald stand sie wieder draußen an der frischen Luft und atmete tief durch. Bei der alten Dame war es sehr stickig gewesen, und an den Gestank im Treppenhaus wollte Elizabeth gar nicht erst denken.

Sanicki erwartete sie schon an der verabredeten Stelle. Sein Gesicht war ernst, verschwunden war der leicht ironische Ausdruck, der die Distanz zu den Dingen dieser Welt betonte.

»Wenn Sie trotz allem hierbleiben wollen, hätte ich folgenden Vorschlag: Sie checken in Ihrem Hotel aus, passieren die ukrainisch-polnische Grenze an einem Grenzübergang – und abends kehren sie über einen anderen in die Ukraine zurück.«

»Und wenn sie mich nicht wieder ins Land lassen?«

»Die Grenzbeamten werden keinen Grund dafür haben. Sie haben doch ein gültiges Visum, Mrs Connery.«

Sie überlegte lange. Dann sagte sie: »Einverstanden. Aber ich werde es erst morgen tun. Ich werde früh auschecken; bis zur Grenze ist es, soweit ich weiß, nicht weit.«

Sanicki blickte sie an, sichtlich erstaunt. »Warum erst morgen? Morgen läuft Ihr Visum ab und es könnte Probleme mit der Wiedereinreise geben.«

»Das Visum ist bis Mitternacht gültig«, sagte sie mit Nachdruck. »Ich könnte ja behaupten, dass ich noch etwas kaufen wollte oder etwas im Hotel vergessen hätte – solche Vorkommnisse sind doch nicht ungewöhnlich.«

»Viel sicherer wäre es, es gleich heute zu versuchen«, beharrte er auf seiner Idee.

Elizabeth blickte dem Anwalt direkt in die Augen. »Ich kann es nicht heute tun. Heute muss ich die Dolmetscherin meines Mannes besuchen.«

»Sie sitzt doch in der Untersuchungshaft!«

»Ich werde schon an sie herankommen …«

Sanicki ließ sich auf der Mauer nieder, als ob ihn plötzlich die Kräfte verlassen hätten. Er holte eine Zigarette aus seiner Zigarettendose und steckte sie sogleich wieder zurück.

»Es ist vollkommen unmöglich!«, sagte er.

»Nichts ist unmöglich«, erwiderte sie ruhig. »In diesem Land kann man für Geld alles kaufen. Das hat man mir so gesagt.«

Beide schwiegen. Stille breitete sich aus.

Elizabeth überlegte fieberhaft, an wen sie sich wenden

könnte, falls Sanicki ihr seine weitere Hilfe verweigerte. Wer könnte ihr helfen? Der Einzige, der noch in Frage kam, war dieser diensteifrige überkorrekte Vizekonsul Smith. Nur … war Smith jemand, der eine solche waghalsige Tat vollführen konnte? Man sah ihm an der Nasenspitze an, dass er ein Feigling war. Aber vielleicht könnte sie ihm drohen, ihn unter Druck setzen, sagen, dass sie sonst nicht aus der Ukraine ausreisen würde. Die Leute im Konsulat wollten doch auch nur, dass sie so schnell wie möglich wieder nach Hause fuhr. Es waren doch einfache Beamte – und kein Beamter mag Probleme dieser Art.

»Wir haben zu wenig Zeit, um das zu organisieren, aber ich könnte es nach Ihrer Rückkehr versuchen«, hörte sie Sanickis Stimme.

»Andrew! Ich weiß doch gar nicht, ob ich wirklich hierher zurückkehren werde. Es könnte sein, dass sie mich nicht wieder hereinlassen. Und ich muss diese Frau treffen! In einem normalen Land würde man es mir ohne Probleme erlauben; schließlich war sie der letzte Mensch, der meinen Ehemann gesehen hatte. Stellt dieses Treffen ein großes Risiko für Sie dar?«

Sanicki lächelte. »Für mich wäre es kein Risiko. Ich befasse mich persönlich nicht mit solchen Dingen, wie Bestechungsgelder zu verteilen – doch es gäbe da jemanden … Aber es wäre riskant, vor allem für Sie!«

»Ich bin zu allem entschlossen. Ich muss einfach wissen, was mit meinem Mann passiert ist! Ich muss ihn finden, tot oder lebendig …«

»Diese Frau wird Ihnen auch nicht mehr erzählen können als das, was sie mir gesagt hat. Ist das ein solches Risiko wert?« Er fuhr sich durch die Haare.

»Ich brauche dieses Gespräch …«, sagte sie leise.

Sanicki dachte lange über etwas nach. Elizabeth blickte ihn hoffnungsvoll an.

»Na gut. Ich werde mich darum kümmern«, sagte er schließlich. »Aber ich sage Ihnen noch einmal: Es wäre vernünftiger, schon heute auszureisen.«

Sie verabschiedeten sich voneinander und Elizabeth kehrte in ihr Hotel zurück. Der erste Mensch, den sie in der Halle traf, war der Vizekonsul Smith.

»Ich habe Sie gerade gesucht«, sagte er entschuldigend. »Uns ist nämlich nicht klar, wie Ihre weiteren Pläne aussehen. Morgen läuft Ihr Visum für die Ukraine ab ... Haben Sie eine Reservierung für einen Flug?«

»Ich habe vor, über Polen auszureisen«, erwiderte sie. »Mein Rückflug nach New York geht sowieso von Warschau aus. Ich werde mir ein Taxi nehmen, um etwas von dem Land sehen zu können.«

Smith strahlte, als er das hörte. »Ich könnte Sie bis zur Grenze fahren.«

»Vielen Dank. Eine gute Idee. Ich möchte gleich morgen früh aufbrechen.«

»Sehr gut, großartig!«

Sie aßen gemeinsam im Hotelrestaurant zu Mittag. Elizabeth wollte den ukrainischen Borschtsch bestellen, der ihr in der Villa vor der Stadt so geschmeckt hatte, doch sie fand ihn nicht auf der Speisekarte. Stattdessen bestellte sie Rouladen mit Graupen, in irgendeiner Soße, die ihr nicht sonderlich schmeckte. Und auch der Wein, den sie bestellten, war nicht gut, zu sauer.

»Darf ich Sie vielleicht in die Oper einladen?«, schlug Smith vor, während er mit beinahe chirurgischer Präzision seine Roulade zerlegte.

Elizabeth fand sein Gebaren ein wenig albern und betrachtete seine Hände: knochig, mit langen Fingern und rund gefeilten Nägeln. Diese Hände passten perfekt zum Besitzer.

»Vielen Dank. Aber ich bin ein wenig erschöpft. Und außerdem ist mir nicht danach, auszugehen.«

»Das verstehe ich, das verstehe ich vollkommen!«, lenkte er sofort ein. »Ich dachte nur, dass es Sie vielleicht ein wenig von Ihren traurigen Gedanken ablenken könnte ... Es gibt hier eine weltberühmte Sängerin, Frau Gruszecka, wenn ich den Namen richtig erinnere. Der Herr Generalkonsul und seine Gattin sind oft bei ihren Auftritten anwesend. Und auch unsere Gäste finden diese Künstlerin großartig.«

»Vielleicht ein anderes Mal ...«

»Ja, gewiss doch.«

Elizabeth entschuldigte sich kurz, und als sie zum Tisch zurückkehrte, vernahm sie die Fetzen eines Gesprächs, das Smith am Mobiltelefon führte.

»Mrs Connery wird morgen das Territorium der Ukraine verlassen. Ich werde sie persönlich an der polnischen Grenze abliefern.«

Elizabeth bemerkte in seiner Stimme eine enorme, nicht zu überhörende Erleichterung. Als er sie sah, beendete er das Telefonat abrupt.

»Die vom Konsulat machen mir Druck ...«, versuchte er, sich zu rechtfertigen. Doch es war kein Zweifel daran, dass er derjenige war, der angerufen hatte. Die Formulierung »abliefern« war vielleicht nicht sonderlich höflich, aber was erwartete sie schon von Leuten wie ihm ...

Erleichtert verabschiedete sie sich von Smith und ging auf ihr Zimmer. Dort legte sie sich aufs Bett und starrte an die Decke. Sie fühlte sich sehr erschöpft. Hatte sie überhaupt die Kraft, weiterzumachen? Es kam ihr vor, als würde sie eine Nadel im Heuhaufen suchen. Aber es ging doch um ihren Ehemann ... Was fühlte sie, wenn sie an ihn dachte? Bisher war sie stets überzeugt, dass sie alles über ihren Mann wusste, dass Jeff ihr alles erzählte, dass sie jeden seiner Gedanken kannte – und trotzdem schien er ein eigenes Leben zu führen, von dem sie keine Ahnung hatte. Warum hatte er sich mit diesem Journalisten getroffen? Wollte er sich im Freiheitskampf in diesem Land engagieren?

Aber das Land war doch frei, es hatte nach so vielen Jahren endlich die Unabhängigkeit erlangt ... Und wenn die Ukraine nicht mit dieser Unabhängigkeit umzugehen wusste, dann war das nicht Jeffs Problem, sondern das ihrer Bürger. Er war fremd hier, genauso wie sie. Welches ›sensationelle Material‹ hatte er in seinem letzten Brief gemeint? Waren es diese Unterlagen, die sie beide ins Unglück gestürzt hatten? Worum konnte es sich darin handeln? Sie war sicher, dass es nichts Berufliches war, dass es nicht darum ging, die übrig gebliebenen orthodoxen Kirchen zu zählen, wie es sein Freund Edgar genannt hatte.

Sie fand keine Antwort auf all diese Fragen. Und auch nicht auf die wichtigste: War das, was sie mit Jeff verband, so stark, dass sie dafür ihr Leben aufs Spiel setzen wollte? War es das alles wert? *Ihr wart euch doch nie sonderlich nah*, hatte ihre Mutter gesagt.

Elizabeth konnte sich nicht einmal erinnern, wann sie zum letzten Mal miteinander geschlafen hatten ... Und trotzdem: Sie konnte sich noch so gut an seinen Geruch, an die Wärme seiner Arme erinnern, wenn er sie festhielt. Sie konnte sich an seine Liebkosungen erinnern ...

Plötzlich klingelte ihr Mobiltelefon und sie schreckte hoch. Sie blieb in der Mitte des Zimmers stehen, gespannt wie eine Saite, und fühlte sich, als würde gleich ihr Urteil verlesen werden.

»Wir sollten uns gleich treffen«, sagte Sanickis Stimme. »Ich komme Sie abholen.«

»Ich werde vor dem Hotel warten ...«

Sie zog sich ihre Jacke über und rannte bereits die Treppe hinunter, obwohl sie wusste, dass er noch unterwegs war. Um sich die Wartezeit zu verkürzen, spazierte sie herum, lief quer über die Grünfläche, auf der das von unten beleuchtete Denkmal eines Dichters stand. Der Dichter hielt mit einer Hand seinen Rockschoß, die andere hielt er vor sich ausgestreckt, auf seinem Gesicht war ein nachdenklicher Ausdruck. Zur Gefährtin hatte er eine geflügelte Muse mit einer Harfe im Arm. Wie Elizabeth in ihrem Reiseführer gelesen hatte, war dies der Dichter Adam Mickiewicz, ein Poet der Romantik, auf den sowohl die Polen wie auch die Litauer und die Weißrussen Anspruch erhoben. Und doch stand dieses Denkmal in einer ukrainischen Stadt …

Sie kehrte zum Hotel zurück und wartete davor, doch Sanicki war noch nicht da. Das machte sie nervös und sie begann sich zu sorgen, ob ihm nicht etwas zugestoßen war – und in just dem Moment bog der Wagen um die Ecke.

»Das Treffen kann heute Nacht stattfinden«, eröffnete er ihr sofort.

»Sehr gut. Ich bin mit allem einverstanden.«

»Zwei Wachleute werden dabei sein. Sie wollen je tausend Dollar … Das ist eine hohe Summe, ich weiß nicht, ob Sie die am Geldautomaten abheben können … Meine Bank hat schon zu.«

»Ich habe genug Geld dabei«, sagte sie rasch. »Ich wusste ja nicht, was mich hier erwartet … Jeff hat mal einen Scheck nach Osteuropa geschickt, und es hatte Wochen gedauert, bis er eingelöst werden konnte.«

»Das stimmt, mit Schecks gibt es oft Probleme«, gab Sanicki zu.

Sie fuhren durch die Stadt; es begann zu nieseln und die Straße glänzte im Schein der Laternen. Ein herabgefallenes Blatt klebte an der Windschutzscheibe.

»Wir haben noch ein paar Stunden Zeit«, meinte Sanicki. »Ich möchte Sie gern zum Abendessen zu meiner Mutter einladen.«

»Werden wir ihr denn keine Umstände machen?«

»Sie weiß schon, dass wir kommen, und wartet auf uns!«

Das Auto hielt vor dem Tor eines der Häuser in dem Villenviertel, an das sich Elizabeth von dem kürzlichen Ausflug mit dem Anwalt erinnerte; ihr gefielen die Gärten, welche die alten Häuser umgaben. Der Weg zum Haus von Sanickis Mutter führte durch einen Obstgarten – es war dunkel, und deshalb bemerkte Elizabeth erst nach einer Weile die roten Äpfel, die in den Zweigen hingen. Bei diesem Anblick erfasste sie eine seltsame Ergriffenheit.

Eine ältere Dame betrat die Veranda der Villa; sie hatte ein altmodisches Kleid mit einem Spitzenkragen und ebensolchen Manschetten an, ihr vollkommen weißes Haar trug sie zu einem Dutt frisiert. Sanicki stellte ihr Elizabeth vor – seine Mutter sprach zwar nur wenig Französisch, doch sie konnten sich trotzdem einigermaßen verständigen.

In dem mit Antiquitäten vollgestellten Salon hing an der Wand das Bildnis eines älteren Mannes mit einem strengen Blick. Es stellte sich heraus, dass es Sanickis Großvater war, der ebenfalls in Lemberg eine Anwaltskanzlei besessen hatte.

»Und Ihr Vater?«, fragte die Amerikanerin.

»Mein Vater ist jung gestorben«, sagte er knapp.

Das Abendessen war köstlich. Da sie von ihrem Hotelessen nicht viel zu sich genommen hatte, stürzte sich Elizabeth auf die Vorspeisen: den marinierten Lachs, die Tataren-Soße, die Pilze in Essig, die Heringshappen. Irgendwann wurde ihr bewusst, dass niemand am Tisch etwas sagte und dass Mutter und Sohn sie betrachteten, während sie das Essen hinunterschlang. Sie erstarrte mit der Gabel in der Hand.

»Sie essen nichts?«, fragte sie, peinlich berührt.

»Ich habe schon gegessen«, sagte die Gastgeberin, »und mein Sohn lässt das Abendessen immer aus.« Sie servierte den Tee und zog sich dann ins obere Stockwerk zurück.

»Was ist das für ein Journalist, mit dem sich Jeff treffen wollte?«, fragte Elizabeth, als sie nun allein waren. Sie erfuhr, dass Gongadze noch sehr jung war, gerade mal dreißig. Sein Vater war Georgier und die Mutter Ukrainerin aus Lemberg. Er hatte für eine Provinzzeitung geschrieben, dann zog er nach Kiew und war dort im Radio beschäftigt, hin und wieder auch beim Fernsehen. Ein Jahr zuvor gründete er die Internetzeitschrift *Ukrainska Prawda*, das heißt »Ukrainische Wahrheit«, die leider nicht sonderlich bekannt war. Das änderte sich, nachdem Gongadze verschwand.

»Ich habe ihn mal kennengelernt«, erzählte Sanicki. »Ein guter Mann, aber ein bisschen hitzköpfig, wie alle Georgier. Er hat höchst unvorsichtig agiert, indem er die Regierung rücksichtslos angriff.«

»Das ist nun mal das Prinzip des freien Journalismus!«, sagte Elizabeth.

»Ja, gut, aber muss man gleich mit dem Kopf gegen die Wand rennen? Ich stehe der Opposition ja auch nahe, aber das bedeutet nicht, dass ich lebensmüde bin!«

»Was hat er denn getan?«

»Er hat immer ziemlich herumkrakeelt, aber er konnte die Menschen nicht erreichen. Erst nachdem er verschwunden war, kam Bewegung in die Internetseite, auf einmal hatte sie sehr viele Seitenaufrufe und wurde von der amerikanischen Botschaft in Kiew mit zwanzigtausend Dollar unterstützt.«

Diese Information erstaunte Elizabeth. Warum hatte sich ihre Regierung entschlossen, einen bis dato unbekannten Journalisten zu unterstützen?

»Mehr kann ich Ihnen nicht sagen«, lächelte Sanicki. »Angeblich haben auch die Russen die *Ukrainische Prawda* unterstützt.«

»Worum geht es also bei alledem?«

»Um Politik, wie immer. Die Amerikaner wollen unabhängige Medien unterstützen: Gongadze ist neunzehnhundertneunundneunzig in den Staaten gewesen, er hat die Presse und die Politiker dort über den Druck auf die Journalisten und den Mangel an bürgerlichen Freiheiten informiert. Das hat entsprechenden Eindruck gemacht. Und Moskau kommt es ebenfalls ganz gelegen, es zeigt nämlich, dass die Ukraine noch gar nicht reif für die Demokratie ist … Ich denke, dem Westen ist es immer noch nicht ganz bewusst, dass wir in mancher Hinsicht das wichtigste Land in Europa sind. Ohne die Ukraine ist Russland ein wirtschaftlich relativ schwaches Gebilde. Aber wenn Russland die Ukraine schluckt, wird sich das Kräfteverhältnis in der Welt erheblich verschieben. Dann grenzen Russland und die Europäische Union unmittelbar aneinander.«

»Aber was hat das alles mit meinem Ehemann zu tun? Er hat sich nie für die Politik interessiert. Er hat immer für die Kunst und ihre Probleme gelebt.«

Sanicki lächelte. »Wenn Sie erst einmal eine Weile hier sind, werden Sie merken, dass man hier nicht bloß zusehen kann. Sie haben erzählt, Ihr Mann sei öfters in Osteuropa gewesen, er habe ein wenig Russisch gesprochen?«

»Aber er hat sich für Kunstschätze interessiert, und nicht für Menschen.«

Sie konnte sich Jeff nicht in der Rolle eines Verschwörers vorstellen; er hatte immer behauptet, dazu brauche man eine besondere Begabung. Jeff wollte nicht die Welt ändern, er wollte sie bewahren – ihre Schönheit, die zerstört und vergeudet wurde. Einmal hatte er fast mit Tränen in den Augen erzählt, dass die Bolschewiken sakrale Schätze zerstört hatten, nachdem sie an die Macht gekommen waren: »Wusstest du, dass sie griechisch-orthodoxe Kirchen aus dem fünfzehnten und sechzehnten Jahrhundert gesprengt haben?«

Sie verspürte eine plötzliche Furcht vor dem Treffen mit der unbekannten Helferin ihres Mannes. Was würde sie wohl von ihr erfahren? Was würde sie über ihren Ehemann zu hören bekommen?

»Müssen wir nicht langsam losfahren?«, fragte sie mit einem

Kloß im Hals. Sanicki blickte ihr in die Augen und legte ihr seine Hand auf den Arm. Sie ließ es geschehen.

»Hast du Angst, Elizabeth?«

Sie hob den Blick bei dieser vertraulichen Anrede. Dann sagte sie einfach: »Ja, Andrew, ich habe Angst …«

»Möchtest du es lieber lassen?«

»Nein, nein … Ich möchte es tun«, sagte sie entschieden und fühlte, wie ihr rasendes Herz langsam zu Ruhe kam.

Der Regen hatte aufgehört, doch über der Stadt hingen immer noch blauschwarze Wolken. Die Feuchtigkeit hing in der Luft und um das Licht der Laternen schwebte leichter Nebel. Wie in einem Traum, dachte Elizabeth.

»Ist es weit zum Gefängnis?«, fragte sie, um die Stille zu unterbrechen.

»Wir sind fast da.«

»Aber wir sind noch in der Innenstadt …«, wunderte sie sich.

»Das Gefängnis ist nun mal in der Innenstadt.«

Sie fuhren in eine kleine, baumbewachsene Straße, Sanicki parkte den Wagen und jetzt erblickte Elizabeth auf der anderen Straßenseite plötzlich eine mit Stacheldraht bewehrte Mauer.

»Möchtest du, dass ich dich begleite?«

»Nein, ich muss mit ihr allein sein«, entschied Elizabeth.

Der Wächter, ein junger Mann mit glatten, mädchenhaften Wangen und lediglich einem schwach sprießenden Schnurrbart, führte sie in einen kleinen Raum; dort standen nur zwei Stühle und ein Tisch, es gab kein Fenster. Er sagte etwas auf Ukrainisch und sie erwiderte: »Ich verstehe nicht.« Der Junge nickte nur und ging hinaus.

Plötzlich erfasste sie Panik. Wenn das eine Falle ist und ich hier nie wieder herauskomme? Sanicki hatte es so eilig eingefädelt, und sie kannte ihn doch kaum, sie wusste nichts über ihn. Vielleicht kooperierte er mit den Leuten, die Jeff entführt hatten? Womöglich war sogar die Tatsache, dass sie im selben Flugzeug gesessen hatten, kein Zufall gewesen? Und sie fiel darauf herein! Es war ihr eigener Wunsch, hinter diesen Mauern zu sein; und nur Sanicki wusste, dass sie hier war. Vielleicht sollte sie wenigstens ihrer Mutter mitteilen, wo sie sich befand, damit sie Alarm schlagen konnte, falls …

Aber jetzt war es zu spät. Schweiß trat ihr auf die Stirn, sie bekam keine Luft, sie hatte das Gefühl, als müsse sie ersticken. Unter der Zimmerdecke drehte sich ein Ventilator, doch es half nicht viel.

Die Minuten vergingen, und niemand kam. Vielleicht würde diese Zelle ab jetzt ihr ständiger Aufenthaltsort …

Sie überlegte, wie sie aus dieser Situation herauskommen könnte; sie war sich schon fast sicher, dass sie hierhergelockt worden war. Es könnte vielleicht funktionieren, wenn sie diesen Leuten Geld anbot, viel Geld, damit man sie wieder freiließ …

Doch wie sollte sie das anstellen, mit wem sollte sie reden, mit dem jungen Wärter? Er konnte es doch nicht entscheiden, und außerdem könnte sie sich gar nicht mit ihm verständigen, sie kannte seine Sprache nicht. Würden sie es wirklich riskieren und sie hier festhalten? Sie müssten es doch irgendwie erklären …

Diesmal könnten sie wenigstens nicht behaupten, dass sie die Ukraine bereits verlassen habe, weil sie ja am nächsten Tag mit Smith verabredet war, ganz früh am Morgen. Na schön, aber falls sie im Hotel behaupteten, dass sie über Nacht nicht zurückgekehrt war … dass sie ihre Pläne geändert hatte und bereits abgereist war …

Aber wenn sie nicht wieder in New York auftauchte, würde ihre Mutter anfangen, sie zu suchen. Und dieser Sanicki … Er war doch Ukrainer … Warum hatte er sich bereit erklärt, einer Amerikanerin zu helfen? Es war alles verdächtig, und sie hatte sich so leicht beeinflussen lassen …

Plötzlich ging die Tür auf und der Wächter führte eine junge Frau herein. Sie war zierlich, mit einem schmalen Gesicht und hellen, kurz geschnittenen Haaren. Sie hatte einen Rollkragenpullover und einen zerknitterten Rock an.

Sie blickten sich an.

»Ich wusste, dass du zu mir kommen würdest«, sagte die Ukrainerin endlich. »Jeff hat dich beschrieben, und ich wusste genau, wie du aussiehst. Seit ich erfahren habe, dass du in der Ukraine bist, habe ich auf dich gewartet.«

»Was haben die Ihnen noch erzählt?«

»Sag Oksana zu mir. Sie haben mir gesagt, du hättest behauptet, dass Jeff und ich ein Liebespaar waren. Er hätte Angst vor meiner Eifersucht …«

»Das stimmt nicht!«, rief sie empört. »Ich habe so etwas nie gesagt!«

»Ich weiß …«, lächelte die junge Frau. »Sie wollen aus Jeff und mir Romeo und Julia machen, um ihre dreckigen Angelegenheiten zu verschleiern.«

»Mein Anwalt war doch bei Ihnen, warum haben Sie es ihm nicht gesagt?«

Oksana verzog ironisch den Mund. »Weil ich nicht wusste, ob der Anwalt nicht zufällig von denen kommt …«

»Du kannst ihm vertrauen«, stellte Elizabeth fest und ihr fiel ein, dass sie noch vor einer Minute daran gezweifelt hatte.

»Wir haben nicht viel Zeit. Hör mir genau zu«, sagte Oksana. »Jeff ist wirklich ein wunderbarer Mensch und ich hoffe, dass er am Leben ist und du ihn wiederfindest. Mit Georgij ist es etwas anderes … Er könnte schon tot sein …«

»Was hatte Jeff mit ihm zu tun?«

Das Mädchen ließ den Kopf hängen und Elizabeth bemerkte ein Nest aus Haaren auf ihrem Scheitel; es sah aus wie bei einem Kind. Wie alt mochte Oksana sein, neunzehn, zwanzig?

»Jeff hat uns geholfen, er wollte wichtige Dokumente außer Landes schaffen. Wir hätten nämlich beweisen können, dass es in der Ukraine von der Regierung kontrollierte Todesschwadronen gibt, die die politischen Gegner des Präsidenten und unbequeme Zeugen liquidieren ... Und ich bin ebenfalls eine unbequeme Zeugin ... und ich weiß, dass sie mich ebenfalls töten werden. Sie ärgern sich bestimmt gerade schwarz, dass sie diese Show mit Jeffs Sachen veranstaltet haben. Sie hätten mich sofort töten sollen.«

Elizabeth starrte sie entsetzt an. Oksana sprach weiter: »Sie sind in meine Wohnung eingedrungen, gleich nachdem er weg war. Sie haben sich die Sachen geschnappt, damit ich keine Beweise mehr habe. Sie hatten Angst, ich würde sie irgendwo verstecken.«

»Sie wissen also sehr gut, dass Jeff nie die Ukraine verlassen hat!« Elizabeth konnte vor Aufregung kaum sprechen.

»Natürlich wissen sie es. Das ist alles ein abgekartetes Spiel. Sie wollten ihre Spuren verwischen, aber wenn sie Georgij ermordet haben, dann wird es ihnen nicht gelingen. Wir haben Beweise dafür, dass der führende Politiker der Ukrainischen Volksbewegung ein Opfer der Todesschwadronen ist. Er ist bei einem Autounfall gestorben, aber dieser Unfall wurde fingiert.«

»Du sagst *wir*. Wer seid ihr denn?«

Oksana berührte Elizabeths Hand. Ihre Finger waren kindlich, zart und zerbrechlich. »Hab keine Angst. Wir sind keine terroristische Organisation. Wir wollen nur eine bessere Existenz für unser Land. Ich hatte Georgij bei seiner Internetzeitung geholfen. Eines Tages hat sich ein Mann bei uns gemeldet, der ... Ach, es ist unwichtig. Wichtig ist jetzt, dass du Jeff wiederfindest. Ich glaube nicht, dass sie so weit gegangen sind, ihn zu eliminieren ... Sie halten ihn sicherlich irgendwo fest. Vielleicht in der Zone ... Dieser Mann ... er sagte, dass unbequeme Leute oft in der Zone verschwinden.«

»In der Zone?«, wiederholte Elizabeth unsicher.

»In der Umgebung von Tschernobyl. Das ist alles Sperrgebiet, aber ...«

»Tschernobyl? Dort gab es doch das Reaktor-Unglück? Ich kann mich erinnern, welche Angst wir damals hatten. Ich war noch Studentin ...«

»Das Gebiet ist immer noch verseucht. Die radioaktive Strahlung ist sehr hoch, die Bewohner werden krank, sterben ...«

»Und dort werden Menschen festgehalten?«, fragte Elizabeth voller Entsetzen.

»Es ist nicht nachgewiesen, aber der Zeuge sagte so etwas. Er war Fahrer bei den Schwadronen. Er hat es dort nicht mehr ausgehalten ...«

Elizabeth versuchte, das was ihr Oksana berichtete, gedanklich zu ordnen. Doch sie fühlte nur immer größer werdendes Chaos. Immer wieder konnte sie nicht glauben, dass sie tatsächlich diesem Mädchen gegenübersaß. Solche Dinge passierten in Kriminalromanen oder Agentenfilmen. Hätte ihr mal jemand gesagt, dass sie und Jeff je in eine solche Lage geraten würden ...

»Ich habe an dich, oder an euch, falls Jeff wieder auftaucht, eine persönliche Bitte ... Ich habe einen Sohn, der nach meiner Verhaftung in ein Kinderheim gesteckt wurde. Bitte, schafft ihn außer Landes! Sie erpressen mich, sie drohen mir, ihn zu töten, falls ich nicht zugebe, an der Entführung von Jeff beteiligt gewesen zu sein ...«

»Aber wenn Jeff gefunden wird, müssen sie dich freilassen!«

Oksana schüttelte verneinend den Kopf. »Nein, sie werden mich nicht mehr gehen lassen. Ich weiß zu viel.«

Sie drückte Elizabeth einen Zettel in die Hand. »Das ist die Adresse ...«, flüsterte sie.

»Und deine Familie? Konnte sich denn niemand um deinen Sohn kümmern?«

Auf dem Gesicht des Mädchens erschien eine hässliche Grimasse. »Ich habe keine Familie ... Mit meinem Vater rede ich nicht mehr, seit ich von zu Hause weg bin. Er ist genauso schlimm wie Kutschma und seine Schergen. Und meine Mutter ... sie war immer nur auf seiner Seite.«

»Wie alt ist dein Söhnchen?«

Auf diese Frage konnte Oksana nicht mehr antworten. Die Tür ging auf und der halbwüchsige Wärter winkte mit dem Zeigefinger und sagte etwas in ungeduldigem Ton. Das Mädchen erhob sich vom Stuhl, doch in der Tür drehte sie sich noch mal um und fragte:

»Versprichst du es mir?«

Elizabeth war nicht imstande, ein Wort zu sagen. Nichts. Kein Wort, keine Geste. Oksana blickte sie eine Weile an, es schien ewig, bis der Wärter sie zum Ausgang schob und die Tür zuging.

Es dauerte nicht lange, da kam der Wärter zurück und winkte Elizabeth zu sich. Sie ging hinter ihm her. Niemand sprach ein Wort. Bald schon stand sie draußen vor dem Gebäude und fühlte den Wind auf ihrem Gesicht.

Als Sanicki sie sah, sprang er aus dem Auto und öffnete ihr die Tür.

»Fahr mich bitte ins Hotel ...«, sagte Elizabeth leise.

Lange Zeit fuhren sie schweigend.

»Sind deine Pläne noch aktuell?«, fragte er schließlich.

»Ja«, gab sie knapp zurück.

»Wenn du wieder in Lemberg bist, fahr gleich zu meiner Mutter. Zunächst wirst du bei ihr wohnen, denn ein Hotel kommt unter den gegebenen Umständen nicht in Frage.«

»Danke ...«

Sie hielten vor dem »George« an.

»Hat sie dir irgendetwas von Bedeutung mitteilen können?«, fragte Sanicki vorsichtig beim Abschied.

»Das merkt man doch, oder ...«

Er lächelte. »Wollen wir darüber reden, wenn du wieder da bist?«

Sie nickte, und dann – unerwartet für sich selbst – griff sie nach seiner Schulter. Andrew umarmte sie fest.

»Nur Mut«, sagte er.

In dieser Nacht konnte Elizabeth nicht schlafen. Immer wieder dachte sie an das Gespräch mit Oksana. So ernst war es also: In dieser Angelegenheit hatten die höchsten ukrainischen Politiker ihre Finger im Spiel. Konnte es möglich sein, dass der Präsident eines – immerhin demokratischen – Landes Morde an politischen Gegnern in Auftrag gab? In Amerika hatte ein Präsident schon wegen eines Lauschangriffs auf seinen Gegner zurücktreten müssen.

Und hier? Was sagten wohl die Wähler dazu, die für diesen Mann gestimmt hatten? Vielleicht wussten die Leute ja gar nichts davon ... Darum ging es wahrscheinlich in diesen Papieren, von denen Jeff in seinem Brief geschrieben hatte. Wollte er etwa den Präsidenten anklagen? Es schien so unwahrscheinlich, dass sie nicht daran glauben konnte. Und doch ... Jeff und dieser Journalist waren verschwunden. Und Oksana saß im Gefängnis. Dieses Mädchen wirkte so zerbrechlich und hatte dabei so viel innere Kraft ...

Elizabeth war schon allein bei dem Gedanken daran, dass sie in Haft genommen werden könnte, beinahe zusammengebrochen. Das Bewusstsein, nicht für sich selbst entscheiden zu können, machte sie beinahe wahnsinnig. Dabei hatte sie keine Ahnung, was es wirklich bedeutete, seiner Freiheit beraubt zu werden und nicht mehr Herr seines Körpers zu sein. Konnte sie angesichts dessen das Risiko eingehen, sich ohne Visum in diesem Land aufzuhalten? Wenn sie es wagte, lieferte sie sich automatisch an diese Leute aus … Andrew Sanicki hatte recht – es war nicht sonderlich klug.

Bisher hatte Elizabeth in der Überzeugung gelebt, dass ihr nichts Schlimmes passieren könne, dass ihr mächtiges Land hinter ihr stehen würde, mit seiner Rechtssicherheit, mit der Freiheit des Wortes und der Meinung. Doch hier konnte ihr Amerika nicht helfen; es hatte ja auch niemand Jeff geholfen … Und niemand würde ihr helfen, wenn sie ohne ein gültiges Visum erwischt wurde! Sollte sie vielleicht also doch aufgeben? Morgen in eine Maschine nach New York steigen, zwölf Stunden später zu Hause sein?

Aber Jeff … Und Oksanas Sohn … Sie hatte mehr oder weniger versprochen, etwas zu unternehmen. Sie konnte nicht einfach so tun, als hätte sie die flehentliche Bitte der jungen Frau nicht gehört. Doch was sollte sie tun? Wie sollte sie das Kind außer Landes schaffen? So etwas ging über ihre Kräfte. Elizabeth wusste selbst nicht, wie sie hier wieder herauskommen sollte, und dann noch mit einem kleinen Kind? Sie wusste nicht einmal, wie alt Oksanas Sohn war. Dem Alter der Mutter nach zu urteilen, musste er klein sein, vielleicht noch ein Baby …

Elizabeth hatte keinerlei Erfahrung mit Kindern. Weder sie noch Jeff waren mit dem elterlichen Instinkt ausgestattet – genauso wenig wie ihre eigenen Eltern. Doch wenigstens hatten sie und Jeff sich als vernünftiger erwiesen und sich bewusst gegen Kinder entschieden. Elizabeth hatte eine kalte Kindheit gehabt. Sie erinnerte sich, dass sie zwischen ihren Eltern hin und her gerissen war, die wiederum nur mit sich selbst beschäftigt waren. Sie ließen sich scheiden, als sie neun Jahre alt war. Der Vater zog aus und stellte ihr im Laufe der Zeit immer neue Freundinnen vor, immer um einiges jünger als er, schließlich sogar jünger als Elizabeth.

Und ihre Mutter ... Nun, sie liebte sie auf ihre Art, aber nicht so sehr, dass sie wegen der Tochter auf ihre Lebensweise verzichtet hätte. Vor langer Zeit hatte sie ein Stück geschrieben, das mit großem Erfolg am Broadway aufgeführt wurde. Und darauf ruhte sie sich aus. Sie lebte von den hohen Unterhaltszahlungen ihres Ex-Mannes, sie lebte gut und war mit der Hälfte von New York befreundet – ihr bester Freund war Woody Allen. Elizabeth sagte immer lachend, dass Woody Mutters beste Freundin sei. Sie waren imstande, Ewigkeiten am Telefon zu verbringen; ihre Mutter war oft Gast in dem Jazz-Club, wo Woody Klarinette spielte; eine ihrer größten persönlichen Tragödien spielte sich ab, als Woody mit seiner vietnamesischen Stieftochter nach Europa ging.

Jeff war für Elizabeth also der einzige Mensch, dem sie vertrauen konnte. Sie hatten noch als Studenten geheiratet. Sein Heiratsantrag war sehr ungewöhnlich, und sie nahm ihn an: »Ich bin nicht fähig, ein Ehemann zu sein, aber ich möchte dich bitten, meine Frau zu werden.«

Elizabeth vermutete zwar, dass sie auch keine gute Ehefrau sein würde, doch wollte sie Jeff unbedingt heiraten. Sie wollte ihn immer um sich haben, wissen, dass er in ihrer Nähe war, im anderen Zimmer ...

Würde sie ihn jemals wiedersehen? Sie hatte das Gefühl, ihn langsam zu verlieren, schon seitdem er in regelmäßigen Abständen nach Osteuropa reiste. Auch seine eigene Großmutter warnte ihn davor. Sie hatte ihre eigenen Erfahrungen mit dem Osten.

Elizabeth konnte sich noch an ihre eigene Verwunderung erinnern, als die alte Mrs Connery erzählte, dass sie Angst gehabt habe, ihren Mann nach fünf Jahren in der sowjetischen Gefangenschaft in Europa abzuholen und nach Hause zu bringen – er war zu schwach, um ohne Hilfe die lange, beschwerliche Reise anzutreten. Und so warteten sie noch einige Monate ab, bis er kräftig genug war, allein zu reisen.

»Hat er es Ihnen verziehen?«, hatte sie die alte Frau damals gefragt.

»Nein, hat er nicht. Aber ich habe eine derart lähmende Angst verspürt ... Es war, als hätten mich die Kommunisten häuten können ...«

Elizabeth hatte keine derartige Angst verspürt, als sie hierher reiste. Die Angst kam erst später, als sie begriff, dass sie sich in einer Welt befand, die sich ihrem Verständnis entzog.

Für einen Moment wusste sie nicht, wo sie sich befand. Fremde Gegenstände umgaben sie: ein alter zweitüriger Schrank mit einem geschnitzten Aufsatz, darauf Sträuße aus getrockneten Kräutern, daneben ein Rokoko-Schreibtisch, eine alte Truhe mit eisernen Beschlägen.

Barfuß, nur im Nachthemd, ging sie ans Fenster und schob die Gardine zur Seite. Im Obstgarten vor dem Haus waren einige Leute damit beschäftigt, Äpfel zu pflücken und sie in große Weidenkörbe zu tun, die zwischen den Bäumen standen. Elizabeth ging einen Schritt vom Fenster zurück. Es war wohl besser, wenn niemand sie hier sah.

Nach einer Weile klopfte es an der Tür und Andrews Mutter betrat lächelnd das Zimmer. Sie stellte ein Tablett auf dem Tisch ab. »Nun, wie haben Sie geschlafen?«

»Wohl zu gut, es muss schon fast Mittag sein ...?«, antwortete Elizabeth entschuldigend.

»Sie haben eine lange Reise hinter sich. Bitte frühstücken Sie, sonst wird der Kaffee kalt.«

Die ältere Frau verließ das Zimmer beinahe auf Zehenspitzen. Das Frühstück war königlich: frisches Brot mit knuspriger Kruste, Quark, Honig, Eier, hausgeräucherter Schinken in dünnen Scheiben, nach Sonne duftende Tomaten. Elizabeth – die an matschiges Toastbrot und Essen mit Konservierungs- und Aromastoffen gewöhnt war – verzehrte alles mit großem Appetit.

Jeff und ihr war das Essen nicht wichtig. Manchmal war der Kühlschrank so gut wie leer, oft hatten sie keine Butter oder keinen Kaffee mehr, und keinem von beiden war es aufgefallen. Doch auf Reisen war alles anders. Egal, wo sich Elizabeth befand: Immer bestellte sie nur einheimische Speisen und speiste in Frankreich Croissants mit Butter zum Frühstück, in Italien Spaghetti mit unterschiedlichen Soßen, trank auch ein Glas Wein zum Essen. Aber es war meist Restaurantkost, sie wurde selten zu jemandem nach Hause eingeladen.

Nach dem Frühstück setzte sie sich in einen versteckten Winkel hinter der Villa. Der Tag war sonnig, beinahe sommerlich. Vor ihren Augen erstreckte sich der Gemüsegarten: Direkt am Zaun wuchsen Sonnenblumen, ihr genau gegenüber Gurken, dann Bohnen, Dill, an der Seite ein ganzes Beet mit Tomatensträuchern, die sich um hölzerne Stöcke rankten. Obwohl es schon Herbst war, sah man viele davon rot zwischen den Blättern der Büsche leuchten. Elizabeth ging das kleine Treppchen der Veranda hinunter und pflückte eine. Sie roch nach Herbst und Sonne; sie schmiegte sich die Frucht an die Wange – es war wie die Erinnerung an eine längst vergessene Kindheit …

Die Stabilität des Lebens, die Ordnung in der alten Villa bildete einen solchen Kontrast zu Elizabeths letzten Erlebnissen, dass sie kaum fassen konnte, dass dies hier tatsächlich geschah. In ihrem Kopf schoben sich die Bilder der letzten vierundzwanzig Stunden vorbei.

Die Reise an die polnische Grenze, die Gesellschaft von Vizekonsul Smith, die unerträgliche Anspannung, die ewig langen Schlangen am Grenzübergang, riesige Lastwagen, PKWs,

Reisebusse. Angeblich warteten die Menschen in den Bussen bis zu mehreren Tagen, saßen dort eingesperrt, kampierten unter primitiven Bedingungen, ohne Wasser und Toiletten.

Sie wurden gleich durchgewinkt, weil Smith einen Diplomatenpass hatte. Auf der polnischen Seite nahm sie ein Taxi. Smith half ihr noch, den Fahrpreis in die nächste größere Stadt auszuhandeln, die einen Bahnhof und eine Schnellzugverbindung nach Warschau hatte. Dann war sie auf sich allein gestellt. Es gab einige Probleme, weil der polnische Taxifahrer kein Englisch verstand und auch kein Ukrainisch – oder vielleicht sprach sie die Worte aus dem Sprachführer nur wieder falsch aus. Schließlich verständigten sie sich mit Handzeichen; sie musste nicht einmal Dollar in Zloty umtauschen. Der Wagen, eine ihr unbekannte Marke, war ein altes Wrack, das kaum noch fuhr; die Sitze waren mit einer Art künstlichem Pelz gepolstert, sie waren alt und stanken. Elizabeth setzte sich auf die Rückbank und schluckte angewidert den Speichel hinunter.

Während der Fahrt schaute sie aus dem Fenster und merkte, dass die Landschaft auf dieser Seite nicht viel anders war: Die Felder und die Bäume sahen ähnlich aus, wenn es hier auch nicht so elendig arm zu sein schien. Auf der ukrainischen Seite hatte sie Frauen gesehen, die wie auf den Bildern der alten Meister über die Scholle gebeugt arbeiteten – hier war auch gerade Kartoffelernte, doch die meiste Arbeit verrichteten Maschinen. Doch es gab auch Menschen, die hinter einem Pflug herliefen und die Kartoffeln aus den Furchen aufklaubten. Sie fuhren auf der Landstraße an sonderbaren Gefährten vorbei, geführt von einem oder zwei Pferden; so etwas hatte Elizabeth noch nie gesehen. Auch die verstreut stehenden klotzartigen Häuser machten die Landschaft hässlich, als ob es in diesem Land keine Architekten gäbe.

Die Stadt, in die sie der Taxifahrer brachte, hatte einen unaussprechlichen Namen mit einer Menge knarrender Konsonanten, doch sie hatte auch viel Charme. Sie erfuhr, dass man von dort aus mit einem Bus nach Lemberg fahren konnte, und zwar ohne an der Grenze in der Schlange anzustehen. Es gäbe eine gesonderte Schlange für Busse, in der es schnell voranging.

Auf der ukrainischen Seite wurde sie nichts gefragt, niemand wunderte sich, dass sie am Morgen über die Grenze gegangen war, und nun schon wieder zurückkehrte, obwohl ihr Visum um Mitternacht ablief.

Andrew fand sie auf der Veranda der Villa und setzte sich neben sie in einen Korbsessel.

»Du hast es geschafft, wie ich sehe«, sagte er mit unverhohlener Freude. »Gratuliere!«

»Zum ersten Mal im Leben breche ich bewusst das Gesetz.«

»Und? Wie fühlst du dich damit?«

»Ich dachte, es wäre schlimmer«, erwiderte sie lächelnd. »Ich fühle mich wie im Urlaub bei deiner Mutter.«

»Das ist gut …«, meinte er.

Elizabeth schüttelte den Kopf. »Das ist gar nicht gut, denn ich bin hier nicht in Urlaub. Ich muss etwas unternehmen, muss mich kümmern. Ich habe vor, in die verseuchte Zone zu fahren, um mich zu überzeugen, dass Jeff dort nicht festgehalten wird …«

Sanicki sah sie wortlos an.

»Es gibt dafür keine Beweise, meinte Oksana, vielleicht hat ihr Informant nur herumfantasiert, aber es könnte doch sein …«, fuhr sie fort.

»Wie stellst du dir das vor? Schon allein deine Anwesenheit in der Ukraine, das Reisen ohne ein gültiges Visum ist sehr riskant«, sagte er aufgeregt. »Aber was du jetzt vorhast, ist kompletter Wahnsinn!«

»Ich bin hiergeblieben, um meinen Mann zu suchen!«

»Überlass das mir; ich werde dich über alles informieren. Ich habe bereits begonnen, in deinem Namen zu handeln. Morgen bin ich mit dem Staatsanwalt verabredet.«

Elizabeth blickte höhnisch. »Und was wird er dir sagen, dieser Staatsanwalt? Hier herrscht doch völlige Gesetzlosigkeit, also müssen auch wir danach handeln, sonst können wir gar nichts bewirken. Und versuch bitte nicht, mir einzureden, es wäre anders«, fügte Elizabeth hinzu, als sie merkte, dass er sie unterbrechen wollte.

Eine Weile schwiegen beide.

»Andrew ... Ich hätte noch eine Bitte. Der Sohn von Oksana befindet sich momentan in einem Kinderheim; wäre es möglich, dass ich ihn sehe? Kannst du das arrangieren? Natürlich nur, falls es kein Baby ist, ich meine ... Ich weiß überhaupt nichts über das Kind ...«

Sanicki schwieg immer noch. Sie konnte sich nicht vorstellen, was er jetzt denken mochte.

»Es ist ein Auftrag. Ich weiß, dass deine Zeit kostbar ist, ich werde dich natürlich bezahlen ...«

Immer noch Schweigen.

»Was heißt das nun? Ist es ein Nein?«, fragte sie schließlich.

»Nein. Aber ich finde, dass du lauter unvernünftige Sachen anstellst.«

»Das können wir noch gar nicht wissen.«

»Vielleicht hast du recht«, sagte er. »Deswegen werde ich mir erlauben, zumindest vorläufig auf mein Honorar zu verzichten.«

»Nein, das geht nicht.«

»Du hast keine Wahl.«

Er steckte sich eine Zigarette an und begann, auf der Veranda auf und ab zu laufen, in Gedanken versunken. Elizabeth wollte ihn nicht unterbrechen.

»Und wo ist der Vater des Kindes?«, fragte er.

»Sie sprach lediglich über ihre Eltern, zu denen sie keinen Kontakt hat.«

»Ausschließlich die Familie wird den Jungen sehen dürfen. Sie werden uns auf keinen Fall zu ihm lassen. Ich muss noch einmal mit dieser Oksana sprechen!«

Anschließend fuhr er in seine Kanzlei, um einen Mandanten zu treffen, und Elizabeth ging in ihr Zimmer. Sie legte sich gleich ins Bett und schlief ein.

Als sie wieder wach wurde, war es dunkel; und es kam ihr vor, als würde sie sich in den Schlaf flüchten …

Plötzlich klingelte ihr Mobiltelefon.

»Elizabeth, was ist mit dir los? Warum meldest du dich nicht?«, vernahm sie die Stimme ihrer Mutter.

»Mutter, hier passiert gerade so viel … Ich muss mich verstecken …«

»Was erzählst du da?«

»Ich habe eine Entscheidung getroffen …«

»Was faselst du von einer Entscheidung? Das ist doch alles völlig verantwortungslos. Du musst sofort zurückkehren!«

»Nein, Mutter, ich komme nicht zurück«, erwiderte sie bestimmt. »Bitte, mach das alles nicht schwerer, als es ohnehin schon ist. Zumindest lebe ich noch, ich bin gesund, habe Freunde, die mir helfen …«

»Was soll das heißen, du lebst noch? Willst du, dass ich einen Herzinfarkt kriege?«

»Keine Sorge, Mutter!«, lachte sie. »Du hast ein Sportlerherz, dir passiert schon nichts.«

»Elizabeth, bitte, sag mir doch wenigstens, wo du dich aufhältst …«

»Das möchte ich dir nicht verraten, aber ich werde mit dir in Kontakt bleiben. Bete für mich, Mutter …«

Arme Mutter, dachte sie, als sie das Telefon ausschaltete. Ihre heile Welt war ins Wanken geraten. Das würde sie ihrer Tochter vor allem vorwerfen.

Sie traf Andrew unten beim Abendessen. Als sie die alte Holztreppe mit dem geschnitzten Handlauf hinunterging, konnte sie sich plötzlich gar nicht mehr an ihr Appartement in Manhattan erinnern.

Sie lebte mit Jeff in einem Wolkenkratzer mit der Aussicht auf den Central Park. Das Haus bestand zu großen Teilen aus Chrom und Marmor, die schnellen Aufzüge bewegten sich lautlos, an der automatischen Eingangstür grüßte sie der uniformierte Portier. Das alles erschien ihr gerade so fern, als ob es gar nicht ihr Leben wäre.

»Ich war noch mal im Gefängnis und habe mit Oksana Krywenko gesprochen«, erzählte Andrew. »Den Jungen können wir nur über ihre Mutter erreichen. Das Problem liegt darin, dass ihr Vater von alledem nichts erfahren darf. Der alte Krywenko ist äußerst heikel.«

»Wird uns die Großmutter denn helfen wollen?«, fragte Elizabeth.

»Wir werden sie schon dazu bringen ...«, sagte der Anwalt und nahm sich eine Scheibe Schinken.

Manchmal isst er also doch zu Abend, dachte Elizabeth bei sich.

»Weiß man, wie alt der Junge ist?«

»Sechs.«

»Sechs?« Elizabeth war erstaunt. »Wie alt ist sie denn?«

»Fast so alt wie du«, lachte Andrew. »Dreißig.«

Sie waren übereingekommen, dass Elizabeth sich im Park mit dem Jungen treffen sollte. Aus dem Kinderheim sollte Oksanas Mutter ihn abholen. Aber der Anwalt musste sie erst ziemlich lange bearbeiten, ehe sie sich dazu bereit erklärte. Sie war äußerst misstrauisch.

»Es geht doch um Ihre Tochter und um Ihren Enkel!«, versuchte er, sie zu überzeugen.

»Meine Tochter ist groß genug, sie hätte wissen sollen, was sie tut!«, erwiderte die Frau. »Sie hat sich selbst in diese Lage gebracht, also muss sie die Suppe jetzt auslöffeln. Wir haben schon genug Probleme wegen ihr, was denken Sie denn? Meinem Mann haben sie die eine Stelle gekündigt, auf der anderen hat er Schwierigkeiten, er steht auf der schwarzen Liste – alles wegen unserem Fräulein Tochter!«

»Auf dieser Liste sind doch inzwischen die meisten anständigen Leute gelandet«, warf Sanicki ein.

»Ich will das nicht hören!«, explodierte die alte Frau und sah sich dann angstvoll um.

Auf dem Weg zum vereinbarten Treffpunkt fragte Elizabeth, wie er es am Ende doch geschafft hatte, sie zu überreden. »Ich habe ihr Geld gegeben«, sagte der Anwalt. Oksana habe einen jüngeren Bruder, der unbedingt in den Westen gewollt hatte, um Geld für ein Motorrad zusammenzusparen. Er war bis nach Barcelona gekommen. Dort arbeitete er illegal auf einer Baustelle, bis er vom Gerüst fiel und sich die Wirbelsäule brach. Seitdem sei er gelähmt. Das Zurückzahlen seiner Schulden übersteige die Möglichkeiten der Familie, denn er schuldete nicht nur den Nachbarn Geld, das er sich für die Reise geliehen hatte, sondern auch dem Krankenhaus in Barcelona. Somit konnte die Familie Geld gut gebrauchen.

Als Elizabeth den Park betrat, kam es ihr vor, als befände sie sich in einer anderen Welt. Die Sonne schien und der Park war voller Licht und Halbschatten; zahllose Nuancen herbstlicher Farben umfingen sie. Weil sie zu früh gekommen war – sie hatte nicht gewusst, dass die Taxifahrt nur zehn Minuten dauern würde – beschloss sie, ein wenig spazieren zu gehen. Während sie die Allee entlangging dachte sie, dass es wohl einer der schönsten Orte war, die sie jemals gesehen hatte. Das Gelände des Parks war abwechslungsreich gestaltet, voller Hügel und kleiner Schluchten – doch sein schönster Schmuck waren die Bäume, die wohl aus aller Welt hierher gebracht worden waren. Sie schlug im Reiseführer nach und es stimmte: Es gab hier über zweihundert Arten, und der Park schien unglaublich groß.

Sie erklomm einen Hügel und setzte sich auf eine Bank in einer alten Laube. Plötzlich befielen sie Zweifel. Tat sie gut daran, sich mit diesem kleinen Jungen zu treffen? Sie ging damit eine Verpflichtung ein. Es war kompletter Irrsinn! Auch wenn sie es schaffen würde, ihn außer Landes zu bringen, was dann? Sie müsste sich um ihn kümmern, und davon hatte sie doch keine Ahnung! Es wäre natürlich nur eine Übergangslösung, Oksana würde irgendwann freigelassen werden und den Jungen wieder zu sich nehmen können. Aber auch nur eine zeitweilige Betreuung eines fremden Kindes überstieg doch ihre Kräfte und Möglichkeiten!

Aber für den Augenblick konnte man daran nichts ändern. Sanicki würde den Jungen gleich in den Park bringen. Sie erhob sich von der Bank und ging nervös zurück zu dem verabredeten Treffpunkt am Eingang.

Die beiden warteten schon: Andrew in seinem teuren englischen Trenchcoat und der Junge in einem zu engen, zerschlissenen Anorak. An den Füßen trug er Gummistiefel, und seine Kordhosen hatten Flicken am Knie.

»Ihr seid schon da …«, begann sie und stockte. Sie fühlte eine einzige Leere im Kopf.

Sie hatte eine kleine Begrüßung für das Kind vorbereitet, auf Ukrainisch, hatte sie sogar auswendig gelernt – aber jetzt waren alle Worte verflogen, und es war ihr peinlich, nach ihrem Zettel zu greifen.

»Nun denn«, sagte Andrew »Ich lasse euch allein und komme in einer Stunde zurück.«

»Ja, ja!«, erwiderte sie rasch, um ihn nicht unnötig aufzuhalten.

Sanicki sagte etwas auf Ukrainisch zu dem Jungen, doch der reagierte nicht, so als hätte er gar nichts gehört. Er hatte ein lustiges sommersprossiges Gesicht, mit einer kleinen Stupsnase und intensiv blauen Augen – er sah seiner Mutter sehr ähnlich. Sogar dieses Nest aus blonden Haaren auf seinem Scheitel war genau wie bei ihr.

Als wäre der Vater gar nicht an der Zeugung beteiligt gewesen, dachte Elizabeth.

Und in der Tat: Den Vater schien es ja auch nicht zu geben.

»Ich habe ihm gesagt, dass du eine Freundin seiner Mutter bist und dass ihr ein bisschen Zeit zusammen verbringen werdet«, sagte Sanicki, ehe er ging. »Am besten, ihr geht ein bisschen spazieren, denn mit Gesprächen wird es wohl nicht klappen …«

»Ich werde versuchen, mich trotzdem mit ihm zu verständigen«, sagte Elizabeth, die inzwischen völlig verunsichert war.

Sie gingen die Allee entlang. Elizabeth holte ihren Sprachführer aus der Tasche und begann, Wendungen herauszusuchen: »*Twoja Mama … wona sdorowa … i … i wesela …* Deine Mutter ist gesund und fröhlich.«

Der Junge schwieg.

»*Tobie waschko … bes Mama … ale majesch prijatielia … pomahaty …* Du bist traurig ohne deine Mutter, aber du hast einen Freund, er hilft dir.«

Immer noch Stille.

Elizabeth erkannte die Laube, in der sie zuvor gesessen hatte, und beschloss, sich dort mit ihm hinzusetzen. Sie sollten sich in die Augen schauen, so wäre die Verständigung leichter. Sie ging von dem Gehweg hinunter und bedeutete ihm mit einer Geste, ihr zu folgen.

Da rief er plötzlich auf Englisch: »Man darf den Rasen nicht betreten! Wir werden Strafe zahlen!«

Elizabeth starrte ihn sprachlos an. Er sagte es im korrekten Englisch, mit gutem Akzent.

»Du kannst Englisch?«

»Ja.«

»Hat dir deine Mutter das beigebracht?«

»Ja.«

»Warum hast du das nicht gleich gesagt?«

»Weil du mich nicht gefragt hast ...«

Abends, schon im Bett, dachte Elizabeth über das Treffen mit Oksanas Sohn nach. Nicht gleich haben sie angefangen, sich miteinander zu unterhalten. Anfangs antwortete er nur mit »Ja« oder »Nein«. Lange Minuten verbrachten sie schweigend und schlenderten über die Wege, und als sie sich wieder in der Nähe des Hügels mit der Laube befanden, schlug sie vor, dass sie trotz allem hinaufsteigen sollten.

»Und wenn uns jemand sieht?«, fragte der Junge mit Furcht in der Stimme.

»Wir können uns ja verstecken.«

Das schien ihm zu gefallen. Sie kletterten auf den Hügel und hockten sich auf den Boden der Laube, zusammengekauert, um nicht von außen gesehen zu werden.

»Wer bist du?«, wollte der Kleine wissen.

»Kanntest du Jeff?«

Er nickte bestätigend, durch die Bewegung fiel ihm das Haar in die Stirn.

»Ich bin seine Frau, ich bin hergekommen, um ihn zu suchen. Weißt du, dass er verschwunden ist?«

»Ja, ich weiß«, antwortete er ernst. »Deswegen musste meine Mutter ins Gefängnis und ich ins Kinderheim.«

»Du wirst nicht lange dort bleiben, Mama kommt bald frei!«, versuchte sie, ihn zu trösten.

»Weil du Jeff finden wirst?«

Nun war es an ihr, zu nicken. »Verrätst du mir, wie du heißt?«

»Oleksandr. Aber man nennt mich Alek.«

»Alek … das ist hübsch. Und ich heiße Elizabeth, und so nennen mich auch alle.«

»Das ist aber auch hübsch«, sagte er im Brustton der Überzeugung. »Aber es ist zu lang. Ich werde dich Ella nennen.«

»Ella, wie Ella Fitzgerald«, lachte sie auf. »Gut, ich bin einverstanden.«

Sie blickte auf ihre Armbanduhr. »Wir müssen nun gehen, mein Bekannter wartet bestimmt schon auf uns.«

Vorsichtig steckte sie den Kopf aus der Laube. »Die Luft ist rein!«, verkündete sie.

Sie rannten den Hügel hinunter. Alek stolperte über etwas und sein Gummistiefel rutschte ihm vom Fuß. Er taumelte und wäre fast hingefallen, wenn Elizabeth ihn nicht aufgefangen hätte. Völlig unerwartet umarmte der Junge sie und schmiegte sein Gesicht an ihre Jacke. Elizabeth erstarrte und wusste nicht, wie sie sich verhalten sollte. Auf so etwas war sie nicht vorbereitet. Sie legte ihm die Hand auf den Kopf – es war die einzige Geste, zu der sie fähig war. Der Junge löste sich von ihr und setzte sich ins Gras, um sich den Schuh anzuziehen.

»Warum hast du Gummistiefel an, es regnet doch nicht?«, fragte sie und versuchte, ihre Verlegenheit zu überspielen.

»Sie haben mir meine Cross-Schuhe geklaut«, sagte er.

»Cross-Schuhe?«, wiederholte sie unsicher.

»Ja, so Schuhe halt«, erklärte er mit einem gewissen Stolz. »Mit Klettverschlüssen.«

»Dann muss man dir neue kaufen.«

»Das lohnt sich nicht. Sie werden sie mir wieder stehlen. Jeff hatte mir eine Jacke aus Amerika mitgebracht, die haben sie mir auch weggenommen. Ich wollte mich mit ihnen prügeln, aber sie waren zu dritt und größer als ich.«

»Nur gut, dass du dich nicht mit ihnen geprügelt hast«, sagte sie, tief bewegt von dem, was er erzählte.

Jeff hatte ihm eine Jacke mitgebracht? Was konnte das bedeuten? Schon die Tatsache, dass er sein Gepäck bei Oksana gelassen hatte, schien ihr sonderbar, und nun diese Jacke … Das konnte alles oder auch gar nichts bedeuten. Er hatte im Hotel ausgecheckt und hatte seinen Koffer bei einer Bekannten gelassen, bevor er zu dem Treffen mit dem Journalisten aufbrach. Und die Jacke – er wusste einfach, dass sie einen Sohn hatte und nicht so viel Geld, deswegen hatte er ihr ein praktisches Geschenk mitgebracht.

Es hätte so gewesen sein können. Oder auch nicht. Wenn Jeff eine engere Beziehung zu Oksana hatte, als bisher angenommen, was hieß das für sie, seine Ehefrau? Jeff war noch ein junger Mann, und er war oft monatelang nicht zu Hause, es konnte ja sein, dass er hin und wieder eine Affäre hatte. Sie nahm es in Kauf, zumal Sex in ihrer Beziehung nie eine wichtige Rolle gespielt hatte. Dennoch: Sie war ihm immer treu gewesen. Nun gut, aber es fiel ihr nicht schwer, sie musste auf nichts verzichten – andere Dinge waren einfach wichtiger. Doch wie es dabei um ihren Mann stand, wusste sie nicht. Sie hatten nie darüber gesprochen.

Auch wenn diese Oksana seine Geliebte gewesen sein sollte … war es noch keine Tragödie. Sie, Elizabeth, war es, bei der er sein wollte, er wollte zurück nach Hause … Er freute sich darauf; sie kannte Jeff so gut, dass sie jede falsche Note in seiner Stimme bemerkt hätte. Sie hätte es auch gemerkt, wenn er in seinen Briefen gelogen hätte. Doch seine Briefe waren wie immer, voller Sehnsucht nach ihr, nach New York …

Als sie sich von Alek verabschiedete, fragte er: »Kommst du mich morgen besuchen?«

»Das wird nicht so einfach sein … Wir müssen zuerst deine Oma fragen, damit sie dich abholt …«

»Wieso?«, zuckte er mit den Schultern. »Morgen hat doch Tante Ania Dienst, sie wird mich gehen lassen!«

Elizabeth sah Andrew fragend an: »Wenn Tante Ania ihn gehen lässt …«

Hat sie gut daran getan, diesem Kind nachzugeben? Es war einsam, hungrig nach Nähe – und sie war nicht imstande, ihm diese Nähe zu geben. Die Bitte seiner Mutter, den Jungen mit nach Amerika zu nehmen, konnte sie nicht erfüllen. Aus vielerlei Gründen. Man musste alles Mögliche unternehmen, damit Oksana freikam. Die Mutter sollte bei ihrem Kind sein.

Aber am Ende hatte sie doch versprochen, ihn morgen abzuholen. Und sie musste ihr Versprechen halten.

Zur verabredeten Zeit fuhr sie mit dem Taxi vor das Kinderheim. Es war ein graues Gebäude, das mehr an ein Gefängnis erinnerte als an ein Haus, in dem Kinder lebten. Besonders unangenehm war der abblätternde Putz, die Mauern sahen aus, als hätten sie Lepra. Alek wartete schon auf der Treppe, und als er das Taxi erblickte, rannte er los.

Er setzte sich neben Elizabeth auf die Rückbank. »Fahren wir in den Park?«, fragte er.

»Weißt du, ich würde lieber mit dir Schuhe kaufen. Du kannst nicht dauernd in Gummistiefeln herumlaufen. Sag dem Taxifahrer, dass er uns zu einem Schuhladen bringen soll.«

»Wie du willst, aber sie werden mir die Schuhe eh wieder klauen.«

»Aber vielleicht nicht sofort.«

»Vielleicht nicht sofort«, lenkte der Junge ein und begann ein Gespräch mit dem Taxifahrer.

Unterwegs merkte sie, dass sie ins Stadtzentrum fuhren, sie erkannte einige Straßenzüge.

Sie kaufte Alek Joggingschuhe, die er Cross-Schuhe nannte. Elizabeth hätte lieber etwas festere Schuhe gekauft, denn der Winter stand vor der Tür, aber Alek wünschte sich genau diese und keine anderen. Später fragte sie, ob er Lust hätte, zu McDonald's zu gehen – er wollte natürlich.

»Warst du schon mal dort?«

»Klar, viele Male!«

»Mit deiner Mama?«

Er schüttelte den Kopf. »Mit Jeff. Mama hat ja nie Zeit.«

Elizabeth fühlte einen Stich im Herzen; es gab also Dinge, die sie nicht über Jeff wusste. Doch sie war sich nicht sicher, ob sie auch alles erfahren wollte. Trotzdem fragte sie den Jungen, wo denn sein Vater sei.

»Ich habe keinen Vater. Ich habe nur meine Mama.«

»Und du hast eine Tante, diese Ania«, sagte Elizabeth schnell. »Die, die im Kinderheim arbeitet …«

Alek lachte. »Sie ist nicht meine Tante! Wir nennen sie nur so. Wir haben viele Tanten … die in der Küche, und die Erzieherinnen; aber Tante Ania mag mich.«

»Und die anderen mögen dich nicht?«

»Die anderen Tanten sind blöd. Sie schlagen die Kinder. Eine hat mir mal fast das Ohr abgerissen.«

Elizabeth schaute ihn entsetzt an.

»Ich war ungezogen«, gab er zu.

»Aber man darf niemanden schlagen, schon erst recht nicht ein kleines Kind!«, sagte sie entschieden.

»Ich bin aber schon groß.«

»Ja, ich sehe, dass du sehr selbständig bist.«

Danach fuhr sie ihn zurück ins Kinderheim. Sie stieg aus, um sich von ihm zu verabschieden.

»Wirst du morgen kommen?«, fragte er.

Eine Weile wusste sie nicht, was sie antworten sollte. »Morgen ist Tante Ania aber nicht da«, gab sie zu bedenken.

»Du kannst mich ja von der Schule abholen.«

»Wo ist deine Schule denn?«

Er drückte ihr einen Zettel in die Hand, den er offenbar schon die ganze Zeit in seiner Hosentasche gehabt hatte. »Ich habe dir einen Plan gemalt, damit du weißt, wie du hinkommst.«

Abends vertraute sie Andrew ihr Problem an. Sie wusste nicht, wie sie aus dieser Situation herauskommen sollte. Sie konnte dem Jungen seine Bitte nicht abschlagen, wenn er ihr in die Augen blickte, und wenn sie etwas versprochen hatte, pflegte sie ihr Wort zu halten.

»Das tut weder dir noch dem Kleinen gut«, sagte Sanicki. »Geh einfach nicht hin.«

»Ich habe es ihm doch versprochen.«

»Eines Tages wirst du nicht kommen können. Und dann wird es schwieriger für ihn, als wenn du jetzt gleich aus seinem Leben verschwindest.«

Er hatte mit Sicherheit recht. Schon allein die Idee, sich überhaupt mit dem Jungen zu treffen, war nicht gut gewesen. Elizabeth hatte sich seiner Mutter gegenüber schuldig gefühlt – deswegen wollte sie wenigstens nach dem Kind sehen. Es hatte sie überrascht, wie schnell sie zueinander fanden. Bisher hatte sie immer Schwierigkeiten gehabt, mit Kindern Kontakte zu knüpfen – Jeff war das immer viel leichter gefallen, Kinder mochten ihn. Kein Wunder, dass auch der kleine Alek ihn lieb gewonnen hatte – ein Junge, der ohne Vater aufwuchs …

Aber die ganze Geschichte beunruhigte sie. Sie konnte sich nicht die Blöße geben und den Kleinen ausfragen; andererseits konnte sie nur so die Wahrheit erfahren. Es würde schon reichen, ihn zu fragen, ob Jeff mit ihm und seiner Mutter zusammengewohnt hatte. Und schon hätte sie den Beweis. Doch den Beweis wofür? Für Jeffs Untreue?

Er hatte bestimmt nicht die ganze Zeit bei Oksana gewohnt, denn Elizabeth hatte ihn im Hotel erreicht. Vielleicht hatte er nur die Nächte bei ihr verbracht?

Und wenn schon – was änderte das an ihrer Beziehung? Sie hatte mit einer Liaison gerechnet. Und es war ihr lieber, wenn Jeff mit jemandem wie Oksana etwas angefangen hatte, als wenn er sich ein hirnloses Püppchen mit großem Busen gesucht hätte ... Doch woher konnte sie die Gewissheit haben, dass Oksana nur eine Affäre war – und keine Liebe? Vielleicht war es ja etwas Ernstes? Das würde sie jetzt vielleicht nie mehr erfahren. Doch nein, es war unmöglich ... Hätte sich Jeff in eine andere Frau verliebt, hätte Elizabeth es gewusst. Woher hatte sie nur die Gewissheit? War es Intuition? Sie glaubte nicht an so was, genauso wenig wie an Hellsehen oder Astrologie. Sie kannte ihren Ehemann einfach.

Sie hatte sich nicht an Sanickis Rat gehalten und erschien zur verabredeten Zeit an Aleks Schule. Er ging auf sie zu und schob wortlos seine Hand in die ihre. Die anderen Schüler beobachteten sie und Elizabeth fühlte sich bedroht. Der Junge musste es gespürt haben, denn er sagte: »Sie denken, dass du meine richtige Tante bist und aus Polen kommst. Aus Amerika, das wäre denn doch zu weit ...«

Sie liefen eine Weile schweigend nebeneinanderher. Alek ließ ihre Hand nicht los.

»Hat dich Jeff auch immer von der Schule abgeholt?«

»Ja, wenn er Zeit hatte.«

»Und was hast du dann deinen Schulkameraden erzählt, wer das ist?«

»Ich hab ihnen gar nichts gesagt, weil ich damals noch in meinem richtigen Zuhause gewohnt habe – die konnten mich mal!«

»Und was denkst du über Jeff?«, fragte sie, und ihr war, als würde sie etwas Verbotenes tun.

»Dass er mein bester Freund ist.«

»Ach so.«

»Du kannst auch mein bester Freund sein!«

»Das wäre schön …«

Bald standen sie vor dem »Lepra-Haus«, in dem Alek jetzt lebte.

»Kommst du morgen wieder?«, fragte er bange.

»Wenn ich nicht abreise, dann werde ich vorbeikommen.«

Im Gesicht des Jungen waren alle seine Gefühle zu lesen, und vor allem sah sie Verzweiflung darin.

»Ich werde morgen da sein, ganz bestimmt!«, beeilte sie sich zu sagen.

Und sie kam wirklich. Jeden Tag holte sie ihn an der Schule ab und brachte ihn zum Kinderheim, das sich einige Straßenzüge weiter befand.

Ein paar Tage später erzählte Alek, dass Tante Ania wieder Dienst hätte und dass er also später zurückkommen dürfe. So fuhren sie mit dem Taxi zu McDonald's und anschließend in den Park. Und wieder versteckten sie sich in der Laube.

»Kannst du schon lesen?«, wollte Elizabeth wissen.

»Ich kann schon seit langem lesen! Ich habe es mir selbst beigebracht, als ich drei Jahre alt war. Und schreiben kann ich auch!«

»Und dein Englisch ist fantastisch.«

»Ich bin zweisprachig!«, verkündete er stolz. »So sagt Mama immer.«

»Woher kann denn deine Mama so gut Englisch?«

»Sie hat es gelernt, und dann waren wir auch mal in Amerika …«

Elizabeth erschrak. Der Junge war in den Vereinigten Staaten gewesen? Was hatte das zu bedeuten? Sie musste sich auf die Lippen beißen, um nicht zu fragen.

Ich frage ihn dauernd aus …, schalt sie sich in Gedanken. Das ist unfair.

Aber was hieß schon Fairness? Waren die anderen denn fair gewesen? Jeff und Oksana … Sie wusste nichts davon, dass sie einander so nahe standen. Es war, als hätte Jeff in der Ukraine eine zweite Familie gehabt …

Nein, das wäre zu viel gesagt, da übertrieb sie. Doch er hätte ihr wenigstens von der Existenz dieses Mädchens und ihres Sohnes erzählen müssen. Er hatte sie nur einmal erwähnt … ihren Namen. Vielleicht hatte er damals keine Lust, einen langen Brief zu schreiben. Vielleicht wollte er nach seiner Rückkehr mehr erzählen … Doch was hatte ihr Jeff zu sagen? Dass er sie verlassen würde?

»Wann seid ihr denn in Amerika gewesen?«

»Ich weiß es nicht mehr, ich war noch so klein.«

»Weißt du vielleicht noch, in welcher Stadt?«

Alek kratzte sich am Kopf. »Ich glaube, Mama hat New York gesagt …«

Das war Elizabeth jetzt entschieden zu viel! Das waren zu viele Zufälle! Sie riss sich los und rannte den steilen Abhang hinunter, rutschte im feuchten Gras aus und fiel hin. Dabei verdrehte sie sich schmerzhaft das Sprunggelenk. Sie lag auf dem Rücken und weinte. Nach einigen Sekunden erblickte sie über sich Aleks sommersprossiges Gesicht.

»Weinst du, weil du dir weh getan hast?«, fragte er mit Sorge in der Stimme.

Sie versuchte, sich aufzurichten – er half ihr ungeschickt dabei, und es war etwas Rührendes darin. Was auch immer Jeff und Oksana verband – der Junge konnte nichts dafür. Es war ein armes, von allen verlassenes Kind … Er hatte keinen Vater und momentan auch keine Mutter, war es denn so falsch, dass sie ihm helfen wollte?

Oder lag es vielleicht nur daran, dass sie sich hier so fremd und einsam fühlte? Andrews Mutter sprach nur wenig Französisch und sie konnten sich kaum verständigen, Sanicki selbst kam immer erst abends vorbei. Daher war Elizabeth die meiste Zeit allein, auf sich selbst gestellt. Um sich herum vernahm sie nur diese fremd klingende Sprache. Und außerdem hielt sie sich illegal in diesem Land auf und lebte in der ständigen Angst, dass sie auffliegen könnte. Es würde reichen, dass sie sich irgendwo ausweisen musste und sie nicht verstehen würde, was man von ihr wollte – sie würde sicher gleich auf dem Revier landen!

Die Tatsache, dass sie sich mit Alek in ihrer Muttersprache verständigen konnte, machte das alles etwas leichter für sie. Außerdem hatte sie ihn lieb gewonnen – er hatte so kluge, nachdenkliche Augen … Die meisten Menschen, mit denen sie hier zu tun hatte, besaßen solche Augen, nachdenklich und verträumt – doch gleichzeitig waren Aleks Augen so klar, wie es nur bei Kindern der Fall ist …

Sanicki blickte sie streng an und sie spürte, dass ihr Vorhaben ihm überhaupt nicht gefiel.

»Überleg dir das bitte gut, ob du tatsächlich da hinfahren willst!«

»Ich habe es dir bereits gesagt …«, erwiderte sie.

»Ich werde dich nicht begleiten können. Aber der Fahrer kann so weit Englisch, dass ihr euch verständigen könnt.«

»Es wird schon gehen.«

»Ihr trefft euch in Kiew.«

»In Kiew?«, fragte sie erschrocken. »Und wie soll ich da hinkommen?«

Andrew schüttelte mit einem ironischen Gesichtsausdruck den Kopf. »Ein gewisser Anwalt ohne Selbsterhaltungstrieb und Verstand wird dich hinfahren.«

»Aber … hast du nicht gesagt, dass du beschäftigt bist?«, stammelte sie. »Ich könnte das Flugzeug nehmen …«

»Ach so? Und was ist mit dem Visum?«

»Inlandsflüge werden doch nicht kontrolliert, oder? Reicht es nicht, wenn man ein Ticket hat?«

Sanicki lachte auf. »Von wegen! Du würdest sofort kontrolliert werden!«

Elizabeth war nun ernsthaft betroffen. »Würdest du das wirklich für mich tun?«

»Ja, würde ich. Und damit du kein so schlechtes Gewissen hast, verrate ich dir, dass ich dort etwas zu erledigen habe.«

»Ist Kiew denn weit von hier?«

»Ungefähr fünfhundert Kilometer.«

»Das ist weit.«

»Zum Glück sind die Straßen ganz gut. Jetzt will ich dir raten, dich ordentlich auszuschlafen.«

Doch es konnte keine Rede von Schlaf sein. Elizabeth lag schon im Bett, als ihre Mutter anrief. Die Tochter war diesmal mehr als wortkarg, die Mutter fragte sie aus, und als sie keine zufriedenstellenden Antworten bekam, wurde sie grantig.

Das gefiel Elizabeth überhaupt nicht. »Mutter, es kann sein, dass sich morgen etwas entscheidet. Hab bitte ein bisschen Geduld«, sagte sie in einem nicht gerade höflichen Ton und schaltete das Mobiltelefon aus.

War es das wirklich, was sie dachte? Dachte sie, dass sie morgen Jeff sehen würde? Aber das alles war nicht so einfach … Auch wenn sie ihn morgen tatsächlich finden sollte, gab es immer noch Schwierigkeiten genug. Sie würden nicht einfach so ausreisen dürfen. Vielleicht würde sie auch verhaftet? Jeff war bestimmt nicht festgenommen oder entführt worden, nur um einfach so frei gelassen zu werden, wenn sie jetzt auftauchte. Aber was hatte sie sonst schon für Alternativen? Sie musste in die verbotene Zone!

Sanicki hatte ihr eingebläut, dass sie – falls sie tatsächlich eine Spur finden sollte – nicht auf eigene Faust handeln durfte. Das wäre zu gefährlich, für sie selbst und für Jeff. Sollte sie zu der Überzeugung gelangen, dass sich Jeff tatsächlich in der Tschernobyl-Zone befand, sollte sie sich zurückziehen und dann gemeinsam mit ihm überlegen, was zu tun sei.

In der Strahlenzone lebten menschliche Schatten, Männer und Frauen, die zum langsamen Tod verurteilt waren. Diese Menschen kommunizierten miteinander, und sie wussten von allem, was dort geschah. Der Fahrer hatte Andrew gesagt, dass in der verbotenen Zone keine Fliege auftauchen konnte, ohne dass diese Menschen es wussten.

Sanicki fuhr schnell, aber so sicher, dass sie nicht beunruhigt war. Jeff war kein sonderlich guter Fahrer, doch er wollte es nicht wahrhaben und übertrieb manchmal sehr, was ihm Elizabeth übel nahm.

»Du beschneidest einem Mann seine Flügel!«, sagte Jeff immer.

»Und du willst mir den Kopf abhacken!«, gab sie zurück.

Neben der Straße glitten riesige Felder vorbei; es sah aus wie ein bunter herbstlicher Teppich.

»Die Ukraine, das sind vor allem Felder, scheint mir«, sagte sie. »Die müssten euch doch ernähren!«

»Das tun sie nicht, und das haben sie auch früher nie getan«, sagte er. »Die Menschen leben im schlimmsten Elend … In den dreißiger Jahren herrschte hier eine solche Hungersnot, dass es zu Fällen von Kannibalismus gekommen sein soll …«

Elizabeth drehte sich um, weil sie sehen wollte, ob er sich einen makabren Scherz erlaubte. Doch es schien nicht so.

»Kannibalismus im zwanzigsten Jahrhundert?«

»Das war Stalins Politik … Er wollte unser Land vernichten. Nachdem er unsere Intelligenzija praktisch vollkommen ausgerottet hatte, nahm er sich die Bauern vor.«

Lange Zeit fuhren sie schweigend.

»Weißt du, diese Greisin, von der ich dir erzählt habe … Diese Polin … Sie hat gesagt, dass Lemberg bis zum Zweiten Weltkrieg eine polnische Stadt war.«

»Lemberg war eine Stadt vieler Nationen, in der Ukrainer, Polen, Juden, Weißrussen nebeneinander lebten. Und das machte den Reichtum dieser Stadt aus. Nationalismus ist stets eine Krankheit.«

»Und gegen wen hatten die Polen neunzehnhundertachtzehn gekämpft?«

»Gegen die Ukrainer. Die einen liegen auf dem einen Friedhof, die anderen gleich daneben …«

»Aber der polnische Friedhof wurde doch geschändet?«, wunderte sie sich.

»Für jemanden, der nicht von hier kommt, ist es schwer zu begreifen. In diesen Kämpfen war keiner der Aggressor. Sowohl die einen wie die anderen kämpften um ihre Unabhängigkeit.«

»Das ist tatsächlich kompliziert.«

Auf der Hälfte der Strecke hielten sie an einer Gaststätte an. Das Wetter war gut, die Sonne schien so stark, dass Elizabeth ihren Pullover auszog und nur in einer kurzärmeligen Bluse dasaß. Sie nahmen draußen an einem Holztisch Platz, unter einer ausladenden Eiche. Ein Windstoß schüttelte die Zweige und Elizabeth fielen einige reife Eicheln in den Teller; sie holte sie lachend heraus.

»Bist du gern in der Sonne?«, fragte Andrew.

»Ich würde ja, aber ich meide die Sonne, weil ich sonst Sommersprossen bekomme.«

»Sommersprossen sind doch charmant!«

»Du bist nett …«

»Nein, nur ehrlich.«

Elizabeth kaute lustlos auf ihren Teigtaschen, die aus Kartoffeln und Quark gemacht waren. Bei Sanickis Mutter schmeckten sie köstlich, zergingen geradezu auf der Zunge; aber diese hier waren abscheulich.

»Wie lautet dein Name auf Ukrainisch?«, wollte sie wissen.

»Das ist eine lange Geschichte. Mein Vater war ein großer ukrainischer Patriot und gab mir den Namen des Nationaldichters Taras Schewtschenko.«

»Ich habe sein Porträt im Büro des Staatsanwalts gesehen!«, freute sich Elizabeth.

»Ein wunderbarer Ort für einen Dichter …«, murmelte er sarkastisch. »Doch dieser Name passt eher zu einem Künstler als zu einem Juristen, und er hatte mir viel Kummer bereitet, als ich ein Junge war. Als Erwachsener habe ich ihn dann geändert, und seit ich in Kanada war, heiße ich Andrew.«

»Hast du da lange gelebt?«

»Sehr lange. Ich habe in Edmonton studiert, ich habe die kanadische Staatsbürgerschaft. Ich bin hierher zurückgekehrt, als die Ukraine unabhängig wurde. Ich wollte etwas für mein Land tun, aber es scheint aussichtslos.«

»Oksana hat etwas Ähnliches über sich und diesen Journalisten gesagt.«

»Es gab einige aufrichtige Leute, aber wie du siehst, werden es immer weniger …« Sanicki griff nach seinen Zigaretten und dann kämpfte er lange mit dem Feuerzeug, weil der Wind immer wieder die Flamme ausblies. »Dreckskerle kämpfen sich nach oben und bereichern sich, indem sie sich die volkseigenen Betriebe unter den Nagel rissen. Ich habe das Gefühl, dass der Kommunismus uns erst jetzt sein wahres Gesicht zeigt … überall herrschen Verbrechen und Niedertracht.«

»Wenn der Präsident es befiehlt, Menschen zu entführen und zu verschleppen … Ich verstehe es nicht. Ich habe ihn auf einem Bild gesehen – ein schlichtes Gesicht, aber sympathisch.«

Andrew nickte.

»Und wie sympathisch Stalin erst war! Weißt du, bevor die Welt diese großen Verbrecher nicht verurteilt, so, wie sie es verdienen, wird immer wieder ein Neuer kommen. Ich beobachte aufmerksam, was in den muslimischen Ländern passiert, und ich frage mich, ob nicht von dort der Schlag kommen wird, der unsere Zivilisation zerstört …«

Während der Weiterfahrt schaute Elizabeth aus dem Fenster. Die Landschaft war berauschend, die Felder und Wälder, die sich kilometerweit zogen, alles in herbstlichen Farben.

»Kennst du Kanada?«, fragte Andrew.

»Ein wenig. Als Teenager war ich mal in den Rocky Mountains in einem ›Survival Camp‹. Das fand ich damals sehr aufregend.«

»In den Rockies war ich auch öfters, vielleicht hätten wie uns da treffen können …«

Elizabeth lächelte. »Du hättest einen Backfisch wie mich gar nicht wahrgenommen.«

»Dich hätte ich jederzeit wahrgenommen!« Andrew sagte es so, dass Elizabeth rot wurde, als wäre sie tatsächlich noch ein Teenager.

Sie fuhren in Kiew ein, das eine viel größere Stadt als Lemberg war, aber seine besondere Atmosphäre vermissen ließ. Es gab hier zu viele Gebäude aus den sechziger und siebziger Jahren, schäbige Wohnblocks, die – trotz der sie umgebenden alten Bäume – einen düsteren Eindruck machten. Elizabeth wusste nicht, wie das Stadtzentrum aussah, weil sie daran vorbeigefahren waren, aber die Vororte waren langweilig.

Sanicki parkte an einem der hohen Wohnblocks. Auf dem Parkplatz spielten Kinder, ältere Jungs spielten Ball und warfen ihn auf Dächer der Garagen. Als sie ausstiegen, schnappte sich Andrew ihn und warf ihn weit weg. Die Kinder rannten in diese Richtung.

»Weißt du was, ich habe eine Entscheidung getroffen … Du kannst da nicht allein hinfahren, ich meine, nur mit diesem Menschen. Wer weiß, was passieren kann …«

»Ich werde nicht mehr zurücktreten!«

»Das weiß ich. Deswegen komme ich mit.«

Sie betraten einen der Hauseingänge. Die Wände waren dreckig, mit Kritzeleien und Farbe verschmiert. Verschiedene Gerüche vermischten sich in der Luft – vorherrschend war der Elizabeth bereits bekannte Gestank nach gekochtem Kohl. Am Aufzug waren die Knöpfe angekokelt, so dass die Benutzung erschwert war. In der Kabine selbst war kein Licht. Auch hier hatte offenbar jemand die Glühbirne gestohlen.

»Wollen wir die Treppe nehmen?«, fragte sie aus Angst, den dunklen Lift zu betreten.

»Die Wohnung ist im siebten Stock«, erwiderte er.

»Egal – was ist, wenn wir irgendwo unterwegs stecken bleiben?«

»Gut, lass uns die Treppe nehmen.«

Ein nicht mehr junger Mann öffnete ihnen die Tür. Er hatte einen dunklen Teint und schwarze, durchdringende Augen mit vielen ausgeprägten Falten. Er trug ein Flanellhemd und zerschlissene Drillichhosen. Andrew sprach eine Weile auf Ukrainisch mit ihm und übersetzte schließlich für seine Begleiterin.

Sie dürften nicht in dieser Kleidung weiterfahren, sonst würden sie sofort von der Polizei angehalten, hieß es. Außerdem müssten sie Geschenke für die »Indianer«, also die Menschen in der verseuchten Zone besorgen. Ein paar Flaschen Wodka, außerdem filterlose Zigaretten und Schwarzbrot – dies sei die richtige Währung, denn Geld sei in der Todeszone wertlos. Alles liefe über Tauschhandel ab.

»Woher sollen wir andere Kleidung nehmen?«, fragte Elizabeth bekümmert.

»Wir werden welche kaufen.«

»Fällt es nicht auf, wenn die Sachen ganz neu sind?«

Er streichelte ihr beruhigend über die Wange. »Wir kaufen aus zweiter Hand, auf dem Markt.«

Der Markt war in der Nähe; zwischen den Blocks standen einige nicht überdachte Tische, auf denen alte, abgetragene Kleidungsstücke herumlagen: abgelegte Uniformen und Mützen der Roten Armee, abgetretene Schuhe. Elizabeth wunderte sich, dass diese Ware Käufer fand, doch es gab genügend Interessenten. Sie kaufte eine Männerjacke aus Drillich, die »fast neu« war, was bedeutete, dass sie nicht direkt nach Schweiß stank. Sie ergatterte auch ein geblümtes Kopftuch, das sie sich unter dem Kinn band. Andrew nahm eine Tarnjacke mit braunem und grünem Muster.

So verkleidet gingen sie zu dem Treffen mit »Stalker« – das war der Spitzname ihres Führers, den er aus einem bekannten russischen Science-Fiction-Roman hatte.

Sie packten alles in einen Wagen, der eigentlich auf einen Autofriedhof gehört hätte; er hatte eine verrostete, löchrige Karosserie, blockierte Türen, so dass man das Gefährt nur von der Seite des Fahrers besteigen konnte. Das Schlimmste allerdings waren die völlig abgefahrenen Reifen, die überhaupt kein Profil hatten.

»Bewegt sich dieser Schrotthaufen denn überhaupt noch?«, fragte Elizabeth zweifelnd.

»Ja, tut er«, sagte Stalker. »Wir kommen schon an unser Ziel. Und es ist ein Auto, das in der Zone nicht auffällt.«

»Sie sprechen aber gut Englisch«, sagte Elizabeth überrascht.

»Jetzt ist es nicht mehr so toll, aber ich war mal ganz gut – ich habe Anglistik studiert.«

Diese verblüffende Information erklärte wohl auch das literarische Pseudonym ihres Führers.

Der Wagen fuhr gar nicht schlecht – oder rollte vielmehr, denn sie überschritten kaum je die Geschwindigkeit von fünfzig Kilometern pro Stunde.

Die Stadt, in die sie fuhren, lag hundert Kilometer nördlich von Kiew. Sie war gleich nach der Katastrophe im April 1986 evakuiert worden. Es war ein großes Unglück, dass gerade ein starker Wind aus der Richtung des zerstörten Reaktors wehte und eine riesige Wolke aus radioaktivem Staub mit sich trug. Vor dem Super-GAU lebten dort hauptsächlich die Mitarbeiter des Kraftwerks mit ihren Familien. Das durchschnittliche Alter der Bewohner war sechsundzwanzig, es gab viele kleine Kinder.

Die Menschen in der ganzen Sowjetunion hatten die Bewohner von Prypiat beneidet, denn es war eine Musterstadt, von Grün umgeben und wunderschön an einem Fluss gelegen. Die Häuser hatten alle »erhöhten Standard«, das hieß, dass es fließend Warmwasser gab, Balkons und funktionierende Aufzüge. Es gab Kinos und Restaurants, Schulen und Kindergärten, ein Schwimmbad und eine Sporthalle – es war ein schönes Leben. Nach der Katastrophe kamen Hunderte von Bussen aus der ganzen Ukraine. Die Menschen aus Prypiat wurden hineinverfrachtet, so wie sie waren, ohne Gepäck. Man sagte ihnen, dass sie nur drei Tage wegbleiben würden, doch sie kehrten nie wieder zurück …

Die Straße vor ihnen war leer. Elizabeth bemerkte gerade mal zwei Autos, die sie überholten.

»Fahren die auch in die Zone?«, wollte sie wissen.

»Nein, nach Weißrussland. Sie nehmen die Abkürzung hier, aber solche Helden gibt es nur wenige«, erklärte der Fahrer. »Es war schlimmer, als man angenommen hatte. Die radioaktive Wolke gelangte bis nach Amerika; sogar einige Strände in Kalifornien waren kontaminiert.«

»Zum Glück lebe ich in New York«, erklärte Elizabeth.

»Und im April sechsundachtzig warst du sicherlich auf den Spuren irgendeines flämischen Malers in Italien unterwegs«, warf Andrew ein. »Meine Bekannte ist Kunsthistorikerin.«

»Kann man davon leben?«

Elizabeth lachte. »Na ja, geht so.«

»Das dachte ich mir«, meinte der Fahrer und starrte konzentriert vor sich, als ob er nach etwas Ausschau hielte.

»Alles in Ordnung?«, fragte Sanicki.

»Hier in der Nähe muss bald der erste Milizposten sein«, erklärte Stalker nach einer Weile. »Hier werden wir aber noch nicht kontrolliert. Es ist die zweite Zone, hier ist es noch nicht so schlimm. Ich überlege nur – sollen wir durch das Dorf fahren oder gleich nach Prypiat zu Mykola flitzen ... Er wird am ehesten Bescheid wissen ...«

»Wir sollten ihn aufsuchen«, schlug Elizabeth vor. »Je mehr Informationen wir bekommen, umso besser.«

Bald schon tauchten die ersten verwahrlosten Häuser auf; Gebäude aus roten Ziegeln oder Hütten aus Holz; ohne Fensterrahmen, Türen, teilweise sogar ohne Dächer. Zwischen den Häusern waren sonderbare Erhebungen oder kleine Hügel, mit Gras und Unkraut bewachsen, auf beiden Seiten der Straße zu sehen.

»Was sind das für Hügel?«, wunderte sich Elizabeth.

»Das sind Gräber von Häusern«, erklärte Stalker.

»Wie? Was soll das heißen?«

»Erst sind Bagger gekommen und haben große Löcher in

die Erde gemacht. Dann haben Raupenfahrzeuge die Häuser in diese Löcher geschoben und haben sie zugeschüttet.«

»Aber warum?«

»Damit die Menschen hier wegziehen«, erläuterte er. »Doch die Leute wollten nicht weg. Also haben sie irgendwann Ruhe gegeben und zogen mit ihren Maschinen davon.«

Er hielt an, vor einer Holzhütte, deren Dach zur Hälfte eingestürzt war – in der anderen Hälfte des Gebäudes lebten Menschen. Eine Frau kam vor das Haus, in einer dicken wattierten Joppe, verdreckten Drillichhosen und Filzschuhen. Elizabeth wunderte sich über diese Aufmachung, denn der Tag war ausnehmend warm. Die Frau hatte dünnes, rot gefärbtes Haar mit grauen Ansätzen. Sie sprach eine Weile mit Stalker und bat sie dann alle ins Haus.

Es war ein enger Raum; in der Ecke auf einer Strohmatratze, über die jemand eine Pferdedecke geworfen hatte, saßen zwei verdreckte Kinder, und neben dem Lehmofen schlief ein bärtiger Mann auf einer Bank.

Der Anblick erinnerte Elizabeth an die düsteren Romane von Dostojewski; sie wartete fast darauf, dass der Bärtige aufsprang und mit einer Axt auf sie losging.

Stattdessen wischte die Frau mit dem Ärmel über den Tisch und stellte eine Flasche Wodka darauf, die Stalker ihr in die Hand gedrückt hatte. Eigentlich trank nur sie und aß dazu das Schwarzbrot, das sie ebenfalls mitgebracht hatten. Sie unterhielten sich lange, und Stalker dolmetschte. Nein, in der Zone sei lange kein Fremder mehr aufgetaucht. Sie habe nichts über gefangen gehaltene Menschen gehört, zumindest nicht in dieser Gegend.

Dann begann sie, sich ihnen anzuvertrauen: Sie habe es schwer hier, schon um Brot zu kaufen, müsse sie fünfzig Kilometer weit fahren. Sie müsse um drei Uhr nachts dafür aufstehen.

»Warum ziehen Sie nicht von hier weg?«, fragte Elizabeth.

Wohin sollten sie dann gehen? Hier gebe es Pilze und Heidelbeeren, die sie in der Stadt auf dem Markt verkaufen könnten; ihre Kinder seien krank, der Sohn habe kranke Augen und die Tochter eine Allergie, ihre Haut schälte sich in ganzen Stücken.

»Tamara!«, rief sie und die Tochter kam folgsam an den Tisch.

Elizabeth blickte sie entsetzt an, denn das Kind hatte offene Wunden am Körper.

»Man muss doch etwas dagegen tun können!«

»Was soll man da machen«, dolmetschte Stalker die Worte der Frau. »Wir fahren zu Ärzten, die geben uns Salben, und fertig.«

Bald fuhren sie weiter. Elizabeth bemerkte eine Tafel an der Straßenseite: Auf Grund der hohen Strahlung wurde dringend davor gewarnt, Pilze, Beeren und Kräuter zu sammeln.

»Gleich kommt ein Polizeiposten«, erklärte Stalker. »Wenn sie uns anhalten, sind wir dran. Man muss einen Passierschein für die Zone haben. Also betet, dass wir nicht angehalten werden.«

»Aufs Gas drücken?«, schlug Sanicki vor.

»Dann wären wir erst recht dran«, erwiderte der Führer. »Wir sollten ganz normal weiterfahren, als ob nichts wäre.«

Als sie unter der offenen Schranke durchfuhren, war Elizabeth so nervös, dass ihr Hals trocken wurde. Doch niemand kam vor das kleine flache Gebäude. Nach einer Weile kamen sie an eine weitere, diesmal verschlossene Schranke.

»Das ist die Straße nach Prypiat«, sagte Stalker, bog von der Fahrbahn ab und fuhr in den Wald.

Sie rumpelten zwischen den Baumstämmen durch, schlugen einen kleinen Bogen um die rostige Schranke herum und kehrten zurück auf die Straße. Nach ein paar Kilometern tauchten die ersten Geisterhäuser ohne Fenster und Türen vor ihnen auf. Während der Jahre, die seit der Katastrophe vergangen waren, war der Ort offenbar mehrfach geplündert worden. Die Plünderer hatten alles mitgenommen, was sich nur tragen ließ. Die meisten Fensterscheiben waren zerstört und die Dächer der Häuser waren eingesunken. Nur die Mauern waren geblieben. Dafür war die Vegetation sehr üppig – Elizabeth bemerkte einen monströs gewachsenen Busch Heckenrosen, mit Blüten groß wie Sonnenblumen.

Elizabeth spürte ein leichtes Prickeln auf der Haut. Wahrscheinlich waren es die ersten Anzeichen der Einwirkung der Strahlung auf die Haut. Wenn Jeff längere Zeit hier verbracht haben sollte, hatte er möglicherweise ernsthafte gesundheitliche Probleme.

Vor dem Hintergrund des Himmels zeichneten sich die Konturen der Wohnblocks mit ihren leeren Fensterhöhlen und überwucherten Dächern ab – es machte einen unheimlichen Eindruck. Und diese Stille … Elizabeth merkte, dass keine Geräusche an sie drangen, gar nichts, es war, als befänden sie sich unter Wasser.

Der Fahrer hielt vor einer Hütte mit flachem Wellblechdach. Das Unkraut, das im Garten wucherte, überragte schon fast das Gebäude. Riesige, übermannshohe Disteln vermittelten Elizabeth den Eindruck von gefährlichem, unnatürlichem Wachstum, obwohl es so etwas auch anderswo geben mochte.

Ein klein gewachsener Mann mit unnatürlich breiten Schultern und kurzen krummen Beinen kam ihnen aus der Hütte entgegen. Er hatte blutunterlaufene Augen und ein aufgequollenes Gesicht und blickte sie misstrauisch an.

Stalker gab lange Erklärungen ab und holte dann die Tasche mit den Geschenken heraus. Der Mann schaute prüfend hinein, überschlug die Anzahl der Wodkaflaschen und Zigaretten. Dann nickte er schließlich und bedeutete ihnen, sie sollten ihm in die Hütte folgen.

Während des kurzen Gesprächs draußen merkte Elizabeth, dass ihre Hände und ihr Gesicht stark zu brennen begannen. Sie fragte Sanicki, ob er etwas Ähnliches spürte, und er erwiderte, dass sein ganzer Körper kribbelte. Anscheinend reagierte jeder anders auf die Strahlung, oder war es reine Autosuggestion?

Im Inneren der niedrigen Hütte, die sie mit eingezogenen Köpfen betreten mussten, war es überraschend sauber. Elizabeth sah einen Kachelherd mit vier Kochstellen, an den Wänden hingen Kasserollen und Töpfe, neben dem Ofen lagen ordentlich aufgeschichtete Holzscheite. Der Tisch war mit einem Wachstuch bedeckt und gepolsterte Stühle standen um ihn herum. Außerdem befand sich in dem Raum ein ganz anständiges Küchenbüfett mit einer Vitrine, in der Ecke stand ein mit einer bunten Decke zugedecktes Bett, über dem ein Heiligenbild hing, das Maria mit dem Jesuskind darstellte. Auf dem Fensterbrett stand eine Vase mit Kunstblumen.

Der Gastgeber wies auf die Plätze am Tisch und holte aus dem Büffet vier Gläser, die er mit Wodka füllte.

»Ich kann das nicht trinken …«, flüsterte Elizabeth ängstlich. »Ich trinke kaum Alkohol.«

Der Führer hatte die leise Bemerkung gehört. »Er wird beleidigt sein«, sagte er auf Englisch. »Sie müssen wenigstens die erste Runde mittrinken. Er wird aufpassen, also können Sie es nicht wegschütten – er wird es sicherlich merken!«

Es musste also sein. Elizabeth trank einen Schluck und spürte Feuer in der Kehle. Sie fing an zu husten – der Hausherr bemerkte es, gab ihr einen Kanten Brot und sagte etwas zu ihr.

»Sie sollen daran riechen!«, dolmetschte Stalker.

Es half tatsächlich.

Der Mann hieß Mykola, seinen Nachnamen wusste er nicht mehr. Er besaß keinerlei Papiere und hatte auch nicht vor, sich welche ausstellen zu lassen. In der Zone waren keine Dokumente nötig. Obwohl die Obrigkeit von seiner Existenz wusste, gab es ihn offiziell gar nicht. Die Polizisten kauften bei ihm Fische, die er im nahe gelegenen Fluss fing. Sie waren riesig, die Hechte um die sechs Kilo, und auch die Karauschen waren sehr groß. Manchmal fing er allerdings »beschädigte« Exemplare, wie er es nannte; ohne Augen, mit verformten Kiemen – diese warf er gleich zurück in den Fluss, erzählte Mykola.

»Aber die Fische sind doch verstrahlt!«, sagte Elizabeth mit Grauen.

»Ach was, wie: verstrahlt?«, sagte der Gastgeber ungehalten. »Das ist alles nur Augenwischerei, um die Leute hier fertig zu machen. Wir hatten so eine schöne Stadt, und was ist nun?«

Elizabeth fragte, ob Mykola die Explosion selbst gesehen hätte, damals vor vierzehn Jahren. Ja, er habe alles gesehen. Es sei nachts gewesen, und er sei damals Nachtwächter in den Sportanlagen gewesen. Ein Blitz sei am Himmel erschienen, als hätte man eine Rakete abgeschossen. Und am nächsten Tag sei die Sonne ganz weiß gewesen …

Und Mykola wollte trotzdem nicht an die Strahlung glauben? Nein, er glaube nicht daran; und die Regierung auch nicht – würden sie daran glauben, hätten sie nicht beschlossen, den Wald um Tschernobyl herum abzuholzen. Aber die Holzfäller verdienten gut, sie arbeiteten zwei Wochen am Stück und gingen dann ins Krankenhaus, »zur Entgiftung«.

»Das kann nicht sein!«, sagte Sanicki zornig. »Hier sind die Bäume doch mit Zäsium und Strontium verseucht!«

»Wie, das kann nicht sein?«, sagte Mykola beleidigt. »Sie können selber fragen: Das Sägewerk ist in Wilcza, also in der dritten Zone – aber das Holz kommt von hier. Die Holzfäller leben im Arbeiterhotel, sehr bequem, mit Strom und Fernsehen.«

Sanicki schien wirklich bestürzt.

»In Prypiat irre ich ganz allein umher, aber in der Umgebung leben viele; Obdachlose, alleinstehende Mütter. Man nennt sie ›Indianer‹, weil sie von der Tschernobyler Sonne ganz gelbe Haut haben. Sie sammeln Beeren und Pilze und verkaufen sie auf dem Markt in Kiew, davon leben sie … Hier gibt es alles in Hülle und Fülle, Wild in den Wäldern, Hirsche, Rehe, Wildschweine … Die Wildschweine bringen an die zweihundert Kilo auf die Waage. Luchse haben wir hier, Wölfe, ganze Rudel!«

Er erzählte noch, wie ein Landsmann von ihm sich seinen Lebensunterhalt als Wilderer verdiente, wie er Fallen für Wölfe aufstellte und ihnen dann mit bloßen Händen den Hals umdrehte. Ein Kraftprotz sei das! Und er kriegte pro Wolfshaut zehn Dollar. In der Zone konnte man gut überleben.

In Elizabeths Kopf rauschte es. Waren es die Erzählungen Mykolas oder der Wodka? Sie fragte Stalker, ob sie jetzt nach den »Gästen« in Prypiat fragen dürfte. Er hielt den Zeitpunkt wohl für angebracht, weil er eine längere Unterhaltung mit Mykola begann. Elizabeth verstand nicht, was gesagt wurde, aber es war ihr bewusst, dass sich nun ihr und Jeffs Schicksal entschied.

Schließlich begann Stalker zu dolmetschen, und Sanicki half ihm dabei: Es wurden Menschen hierher gebracht, sie würden in den Baracken an der Sporthalle festgehalten. Sie wurden dort wie in Bunkern eingesperrt; unten gab es Duschen und alles. Doch in der letzten Zeit hatte man nichts mehr gehört …

»Hier kamen welche her, zum Schießen, die hatten Unterricht am Schießstand, den ganzen Tag ging es nur: Ra-ta-ta-ta-ra-ta-ta-ta …!«

Das müssen die Todesschwadronen sein …, dachte Elizabeth voller Entsetzen.

»Wann wurde zum letzten Mal jemand hergebracht?«, fragte sie.

Der Gastgeber überlegte. »Vor einem Monat, oder noch länger …«

Elizabeth holte Jeffs Foto aus der Tasche und zeigte es dem Ukrainer. »Haben Sie jemals diesen Mann gesehen?«

Mykola betrachtete das Bild lange.

»Das kann ich nicht sagen«, meinte er schließlich.

Nach ihrer Rückkehr aus der Tschernobyl-Zone begann Elizabeth ernsthaft am Sinn ihres Aufenthalts in der Ukraine zu zweifeln. Wie sollte sie jetzt noch weiter nach ihrem Mann suchen? Einen Spaten nehmen und die Erde umgraben, Fußbreit für Fußbreit, in der Hoffnung, wenigstens seine Leiche zu finden?

Es schien ihr unwahrscheinlich, dass Jeff noch am Leben war. Diese Menschen waren grausam, machten kurzen Prozess, sie würden keinen Zeugen am Leben lassen, der ihnen später gefährlich werden könnte. Vielleicht hatte Jeff in den ersten Wochen noch eine Chance gehabt, aber jetzt? Die Henker wussten doch, dass sie ungestraft davonkommen würden.

Die Welt war mit ihren Problemen beschäftigt und sah gar nicht hin. Was hatte das Konsulat unternommen? Gar nichts. Man hatte ihr bloß geraten, so schnell wie möglich von hier zu verschwinden. Vielleicht hätte sie darauf hören, nach Hause zurückkehren und von dort aus versuchen sollen, die amerikanische Öffentlichkeit für die Sache zu interessieren?

Andererseits war der Fall Gongadze ja in den Vereinigten Staaten bekannt. Zwar brachte man sein Verschwinden nicht mit Jeff in Verbindung, aber es war öffentlich geworden und

Erklärungen wurden verlangt. Es kamen aber keine. Die ukrainische Regierung hatte alles dementiert …

In Oksanas Angelegenheit hatte sich auch nichts getan. Sie wurde unrechtmäßig in der Untersuchungshaft festgehalten. Niemand hatte sie angeklagt, niemand die Anklageschrift verlesen. Trotzdem hatte man ihr einfach so die Freiheit genommen. Der Staatsanwalt erlaubte keinerlei Zugeständnisse, sie durfte nicht auf Kaution frei gelassen werden, gar nichts. Oksana war das Alibi dieser Leute, falls irgendjemand nach Jeff Connery fragen sollte. Sie war ein Vorwand, ein Beweis, dass man wegen des Verschwindens des Amerikaners doch etwas unternommen hatte.

Elizabeth vertraute all ihre Zweifel und Ängste Sanicki an, und er gab ihr recht. Sie überlegte schon, wie sie am besten nach Hause fliegen könnte, als etwas geschah, was die Dinge ganz anders aussehen ließ.

Zum ersten Mal ging es um Jeff, und obwohl sein Name nicht genannt wurde, hatte Elizabeth keine Zweifel, dass es sich um ihren Mann handelte.

Eines frühen Morgens rief Andrew sie an und sagte, er habe wichtige Neuigkeiten und würde gleich vorbeikommen. Nach einer Viertelstunde war er schon da.

»Es gibt neue Fakten über Gongadze! Einer von den Bodyguards des Präsidenten, ein gewisser Melnyczenko, ist in den Westen desertiert und hat ein Tonband mitgenommen, auf dem zu hören ist, wie der Präsident die Entführung des Journalisten in Auftrag gibt! Ich übersetze es dir gleich … Ein Teil des Gesprächs ist in der *Ukrainischen Prawda* abgedruckt worden. Hör zu, es ist ein Gespräch zwischen dem Präsidenten und dem Innenminister:«

Präsident: *Bevor ich es vergesse: Da ist ein gewisser Gongadze.*

Innenminister: *Den Namen habe ich auch schon gehört …*

Präsident: *Ein elender Bastard.*

Innenminister: *Gongadze … Irgendjemand bei uns hat was über ihn erzählt … Da war doch was, wir schauen mal …*

Präsident: *Also, er schreibt die ganze Zeit für diese Ukrainische Möchtegern-Wahrheit und veröffentlicht das Zeug im Internet, du verstehst. Der wird von irgendjemandem finanziert. (unverständlich)*

Innenminister: *(unverständlich)*

Präsident: *Das Wichtigste ist, dass wir den da raus kriegen. Wolodia (Wolodimir Latwyn, Kutschmas Verwaltungschef; Anmerkung der Redaktion) … Die Tschetschenen sollen ihn entführen und nach Tschetschenien bringen, verdammt … Und Lösegeld fordern.*

Innenminister: *Wir arbeiten dran.*

Präsident: *Ich sag ja, raus mit ihm, entführen, an die Tschetschenen ausliefern, und dann Lösegeld verlangen …*

Innenminister: *Ich denke darüber nach. Wir machen es schon so, dass …*

Präsident: *Raus mit ihm, Klamotten runter, verdammte Scheiße, ohne Hosen soll er da sitzen …*

Innenminister: *Also, ich würde das Problem erst mal angehen: wo das Arschloch hingeht, wie er sich bewegt. Ein paar Leute zum Belauschen. Na, ein bisschen forschen, das machen wir schon … Ich habe eine Kampfeinheit, richtige Adler, die tun, was du willst …*

Band 2:

Präsident:	*Ich höre nichts über Gongadze ...?*
Innenminister:	*Ich sage es ganz offen: Wir haben es versucht, aber ... Da ist was schiefgelaufen ...*
Präsident:	*Nee, das soll sich jetzt nicht hinziehen! Der Dreck geht nach Russland über das Internet; ich meine, über Russland ins Internet ...*
Innenminister:	*Klar ... Ich lasse mir Gongadze nicht entwischen. Es ist einfach ein Problem aufgetaucht: Ich will seine Kontakte untersuchen, wer mit wem, da ist noch so ein anderer, und diese Nutte, diese Mitarbeiterin von Gongadze ... Das packen wir schon, aber wir müssen bei ihm anfangen ...*

Elizabeth und Andrew gingen dieses Gespräch mehrmals durch und analysierten jedes Wort. Elizabeth war durch die Formulierung des Ministers beunruhigt, da sei »ein Problem aufgetaucht«.

Das klang bedrohlich; es konnte heißen, dass der Journalist eliminiert werden sollte. Aber dann sprach der Innenminister davon, seine Kontakte zu untersuchen.

Vielleicht bedeutete Gongadzes Verschwinden tatsächlich, dass er nach Tschetschenien verschleppt worden war.

Und vielleicht war Jeff ebenfalls dort.

Waren das nun gute Neuigkeiten? Nun, zumindest war es eine Spur, die man verfolgen konnte ... Plötzlich hatte Elizabeth wieder Hoffnung, dass Jeff noch am Leben war. Nur ... Wo war dieses Tschetschenien? Schon allein der Name klang entsetzlich und war kaum auszusprechen. Für Elizabeth hätte es genauso gut Atlantis sein können. Andrew erklärte ihr, dass es eine ehemalige autonome Sowjetrepublik im Kaukasus war, die ihre Unabhängigkeit erlangen wollte – was Russland nicht zuließ. Somit gab es dort seit mehreren Jahren Krieg.

»Bürgerkrieg?«

»Ach was, Bürgerkrieg …«, sagte Sanicki. »Die Tschetschenen haben mit den Russen ungefähr so viel zu tun wie die Ukrainer. Aber die Russen werden Tschetschenien nicht loslassen – dafür ist die Gegend strategisch zu wichtig. Tschetschenien liegt nämlich an der Grenze zwischen Europa und Asien …«

Elizabeth spürte neue Kraft aufkommen. Bisher war sie seit der Rückkehr aus Kiew apathisch gewesen – sie verließ das Zimmer im Obergeschoss des Hauses von Andrews Mutter nicht, sie las kaum, sie starrte nur stundenlang aus dem Fenster.

Auch hatte sie aufgehört, Oksanas Söhnchen zu besuchen, weswegen sie Schuldgefühle quälten – doch wie konnte sie jemand anderem helfen, wenn sie sich selbst nicht helfen konnte, wenn sie nicht Herrin dieses Gefühls werden konnte, das sie deprimierte und beinahe aus dem Leben schleuderte?

Sie hatte oft darüber nachgedacht, warum ihr das Finden von Jeff so wichtig war. Warum erlaubte es ihr seine Abwesenheit nicht, normal zu denken, zu funktionieren? Es geschah doch, dass Menschen sich trennten, dass man verlassen wurde, dass jemand starb. Ihre Liebe zu Jeff war zu keiner Zeit ein alles dominierendes Gefühl – Elizabeth hatte ihre eigene Welt, zu der Jeff keinen Zugang hatte. Und nun stellte sich plötzlich heraus, dass alles, was ihr Leben bisher ausmachte, ohne Jeff keinen Sinn hatte …

Vielleicht musste sie einfach nur erfahren, was mit ihm geschehen war; vielleicht war die Wahrheit das, was sie brauchte. Diese Unsicherheit war das Schlimmste.

Trotz oder vielleicht gerade wegen ihrer bedrückten Stimmung entschloss sich Elizabeth, an diesem Abend mit Andrew in die Oper zu gehen, wo eine berühmte Sängerin in »Madame Butterfly« auftreten sollte. Elizabeth hatte vor, ihr Cocktailkleid anzuziehen, ein kleines Schwarzes von Versace, das Jeff ihr geschenkt hatte. Sie nahm das Kleid oft mit auf Reisen, weil es wenig Platz im Koffer wegnahm und perfekt für feierliche Anlässe war. Nur hatte sie keine passenden Schuhe dabei, und so beschloss sie, in die Stadt zum Einkaufen zu fahren.

Es war kalt und windig, der schöne Herbst war unwiederbringlich vorbei. Das Gras im Obstgarten war matt vor Rauhreif, die Bäume hatten ihre restlichen Blätter verloren. All dies musste in der kurzen Zeit geschehen sein, als sie ihr Zimmer nicht verlassen wollte. Ihre Velourslederjacke war nun zu dünn – obwohl Elizabeth einen Pullover darunter trug, spürte sie durchdringende Kälte. Sie rannte beinahe zu ihrem Taxi.

Als sie schließlich im Stadtzentrum und unter Menschen war, wurde ihre Laune schlagartig besser. Sie war entschieden zu lange allein gewesen, in der Abgeschlossenheit ihres Zimmers; sie brauchte Menschen, auch wenn es nur Passanten auf der Straße waren.

Sie fand einen Schuhsalon – und es war wirklich ein richtiger Salon, mit Schuhen der renommiertesten Firmen der Welt. Sie entschied sich für italienische Pumps mit hohen Absätzen, zögerte noch kurz, ob die Absätze nicht doch zu hoch wären, und kaufte die Schuhe dann doch.

Wem will ich eigentlich so dringend gefallen?, dachte sie plötzlich.

Sie beschloss, auch nach einer warmen Jacke zu suchen, und probierte viele an, bis sie sich für einen halblangen Lammfellmantel entschied. Es wäre ihr zwar lieber gewesen, wenn er keine Stickerei am Saum und am Kragen gehabt hätte, aber er war warm und vor allem leicht.

Als sie wieder in ihrem Zimmer war, öffnete sie die Tür des

Kleiderschrankes, an dessen Innenseite sich ein Spiegel befand, und probierte das Kleid zusammen mit den Schuhen an. Sie erkannte sich beinahe nicht wieder. Bisher hatte sie kaum je hohe Absätze getragen und eher den sportlichen Stil bevorzugt. Doch jetzt blickte ihr im Spiegel eine elegante Frau mit dunklen Haaren und einem mandelförmigen Gesicht entgegen (wie Jeff den Schnitt ihrer Wangen zu nennen pflegte), die ziemlich viel von ihren schlanken Beinen zeigte.

Zum ersten Mal seit langer Zeit fühlte sich Elizabeth wieder attraktiv.

Es musste auch Andrew aufgefallen sein, denn er schaute sie anders an als sonst. Natürlich, hätte sie wirklich elegant sein wollen, hätte sie sich einen Wollmantel kaufen sollen, doch das Lammfell würde ihr in diesem Land bessere Dienste erweisen.

Das Gebäude der Oper war nicht sonderlich groß, doch die Fassade war ausnehmend schön. Ganz oben hielt die Allegorie des Ruhmes einen vergoldeten Palmenzweig hoch, zu ihren beiden Seiten schwebten die geflügelten Genies der Musik und der Tragödie.

Als sie das Foyer betraten, war die erste Person, die Elizabeth in der Halle bemerkte, der Vizekonsul Smith. Ihre Blicke kreuzten sich und sie sah in den Augen des Mannes grenzenloses Erstaunen. Sie nickte ihm hochmütig zu und hakte sich bei Sanicki unter. Dann bemerkte sie, dass die beiden Männer einander grüßten.

»Ihr kennt euch?«, fragte sie überrascht.

»Eure Botschaft benötigt öfter mal meine Dienste. Es gibt in der Ukraine nicht allzu viele Juristen, die Englisch in Wort und Schrift beherrschen«, sagte Andrew.

Sie hatten Plätze in der dritten Reihe, so dass sie aus nächster Nähe den Vorhang betrachten konnte, der sehr alt aussah und in Wirklichkeit ein gemaltes Bild war. Er stellte den Parnass dar. Eine der Musen, Klio, hielt ein offenes Buch, in dem man lesen konnte: »*Sic erat, sic est, sic erit semper*? So war es, so ist es, wird es immer so sein?«

Die Aufführung selbst machte keinen besonderen Eindruck auf sie. Das Bühnenbild war billig, offensichtlich hatte die Leitung der Oper finanzielle Probleme. Und die Inszenierung war altmodisch und langweilig. Die Primadonna hatte zwar schön gesungen, aber ihr ausnehmend großer Busen hüpfte bei den hohen Partien auf und ab, was Elizabeth dauernd ablenkte.

Nach dem Ende der Vorstellung hatte Elizabeth in der Garderobe den Eindruck, als würde sie jemand mit Blicken verfolgen; sie drehte den Kopf und begegnete den Augen des Vizekonsuls. Auf seinem Gesicht las sie die Frage: »Ist sie es oder ist sie es nicht?« – als ob er diese Metamorphose nicht glauben konnte.

Andrew lud sie in ein nahe der Oper gelegenes Restaurant ein, dessen Interieur ihr gefiel: antike Möbel, Vorhänge, alte Lüster, alles sehr geschmackvoll. Obwohl das Lokal sicherlich nicht zu den billigsten gehörte, war es sehr voll. Andrew führte sie zu einem Tisch in der Ecke, über dem eine Wandleuchte ein sanftes Licht verbreitete. Der Kellner brachte eine Speisekarte, in der die Bezeichnungen der Speisen auf Ukrainisch, Englisch und Deutsch aufgeführt waren.

»Ich hätte Lust auf Seezunge in Dillsoße und dazu Weißwein«, sagte Elizabeth.

Sanicki bestellte dasselbe und schaute sie lange an.

»Warum siehst du mich so an?«, fragte sie. »Habe ich etwas auf der Nase?«

Er lächelte.

»Ich habe gerade überlegt, ob ich imstande wäre, eine literarische Beschreibung deines Gesichtes zu verfassen ...«

»Und?«

»Ich hätte Probleme damit ...«

»Warum? Weißt du nicht, ob ich schön oder hässlich bin?«

»Es gibt ohne Ende schöne Frauen, hässliche ebenfalls«, erwiderte er. »Aber du hast etwas Besonderes. Ich weiß nicht, wie ich es nennen soll …«

»Etwa ein mandelförmiges Gesicht?«, fragte sie wissend.

Der Kellner brachte die bestellten Speisen. Der Fisch war wirklich gut, und die Soße betonte seinen delikaten Geschmack.

»Wir haben nun ein bisschen Zeit miteinander verbracht«, sagte Elizabeth plötzlich. »Und ich habe von dir Hilfe bekommen, wie sie mir noch nie jemand hat zuteilwerden lassen. Dabei weiß ich so wenig von dir. Ich weiß nicht mal, ob du allein lebst oder mit einer Frau.«

Andrew lächelte.

»Es ist kein Geheimnis«, erwiderte er. »Ich lebe allein.«

Am nächsten Tag fuhr Elizabeth wieder mit dem Taxi zu Aleks Schule. Nach wenigen Minuten ging die Eingangstür auf und die Kinder kamen herausgelaufen – doch Oksanas Sohn war nicht darunter. Plötzlich kam ein kleines Mädchen mit Rattenzöpfchen auf sie zu. Doch leider verstand Elizabeth kein Wort davon, was das Mädchen ihr zu erklären versuchte. Sie schaute sich nach dem Taxifahrer um, aber auch mit ihm konnte sie sich kaum verständigen. Verzweifelt holte sie ihren Sprachführer heraus.

»Alek nicht in Schule?«

Das Mädchen antwortete etwas.

»*Do you speak English?*«, fragte sie mit Hoffnung in der Stimme, doch das Mädchen starrte sie verwundert an, machte einen Knicks und lief davon.

Elizabeth beschloss, zum Kinderheim zu fahren, um Näheres zu erfahren. Sie hielt ein Taxi an.

»Fünf Minuten!«, sagte sie vor dem Gebäude zum Fahrer, ging die Treppe hoch und drückte die Klingel am Eingang.

Niemand antwortete. Sie wartete, dann läutete sie noch einmal. Schließlich griff sie nach der Klinke und die Tür ging auf. Sie befand sich in einem dunklen Flur, in dem es nach Staub und Schmutz roch. Sie bewegte sich beinahe blindlings vorwärts, bis sie in eine leere Halle gelangte, von der eine Treppe nach oben führte. Im Erdgeschoss teilte sich der Flur in zwei Richtungen.

Elizabeth bog nach rechts ab und schaute hinter die erste Tür. In dem Zimmer war niemand; Doppelstockbetten mit verknäuelter grauer Bettwäsche standen darin. Der Raum war ein einziges Chaos, die Nachtschränkchen waren offen und ihr Inhalt verteilte sich auf dem Boden, überall lagen Kleidung, Schulsachen, Schuhe.

Die nächste Tür führte ins Bad. Auf dem gekachelten Boden waren dreckige Schlieren zu sehen, aus den Hähnen tröpfelte Wasser und hinterließ in den Waschbecken rostige Spuren. Im hinteren Teil des Raumes sah sie Duschen ohne Kabinen; an einem langen Rohr unter der Decke waren Duschköpfe angebracht; auf dem Boden lag hölzernes Gitter.

Doch was sie wirklich erschütterte, war der Toilettenraum ohne Türen. Die Kloschüsseln standen direkt nebeneinander. Sogar Tiere brauchen doch manchmal Abgeschiedenheit, dachte sie.

Nach der Toilette kam noch ein leeres Zimmer und noch eines, mit Doppelstockbetten. Dort fand sie Alek.

Er lag im Bett, es sah aus, als ob er schliefe, denn als sie hineinging, hielt er die Augen geschlossen. Sie beugte sich über ihn und merkte, dass seine Wangen und Stirn ganz heiß waren. Sie wollte ihm das Kissen zurechtrücken, da sah sie, dass er darunter seine Cross-Schuhe aufbewahrte, die sie ihm geschenkt hatte.

Elizabeth beschloss, jemanden zu rufen und zu verlangen, dass ein Arzt zu Alek käme. Doch wie sollte sie es erklären, niemand würde sie hier verstehen. Wie auch immer, sie würde eine dieser Frauen hier einfach am Arm packen und hierher führen, zu Alek, und ihr mit Hand und Fuß erklären, was sie meinte.

Sie lief zurück in den Flur und wusste, dass es in dem Stockwerk nur Schlafsäle gab und dass niemand hier sein würde. Im zweiten Flügel war es genauso, lauter leere Doppelstockbetten. Sie fand eine Treppe, die nach unten führte, wo sich die Küche befand – riesengroß, mit Fliesen ausgelegt, mit massiven Töpfen vollgestellt, in denen etwas kochte, das nach vergammeltem Fleisch roch. Auch in der Küche war niemand.

Elizabeth kehrte nach oben zurück, mit dem festen Vorsatz, den Jungen mitzunehmen, komme, was wolle. Sie versuchte, ihn zu wecken, doch es gelang ihr nicht. Er musste sehr hohes Fieber haben. Sie wickelte ihn in seine Bettdecke ein und nahm ihn auf die Arme. Sie lief durch einen Flur, dann den nächsten; niemand hielt sie auf. Sie ging auf die Straße und gab dem wartenden Taxifahrer die Adresse von Andrews Mutter.

Sie trug den Jungen hinauf in ihr Zimmer, legte ihn auf ihr Bett und ging wieder hinunter. Frau Sanicka war in der Küche, in der es so anders roch, als in jener Kellerküche im Kinderheim: wohlig, heimelig. Elizabeth wusste nicht, wie sie der älteren Frau verständlich machen sollte, dass oben ein krankes Kind lag, das sie mitgebracht – oder vielmehr entführt – hatte.

»Gleich gibt es Mittagessen«, wurde sie von der Hausherrin informiert. Frau Sanickas ganze Gestalt strahlte Ruhe und Heiterkeit aus; diese grauhaarige, ein wenig korpulente Dame, in ihrer Schürze mit den auf dem Rücken gekreuzten Trägern und dem auf der Brust eingestickten roten Äpfelchen, rührte Elizabeth jedes Mal.

Frau Sanicka war so anders als ihre eigene Mutter, die von früh bis spät nichts anderes tat, als ihren Körper zu pflegen – jedes Mal, wenn Elizabeth ihr Zimmer betrat, hatte sie gerade eine Maske auf dem Gesicht, lackierte sich die Fußnägel oder machte sich für eine Massage fertig.

Die alte Frau schaute sie beunruhigt an: »Fühlen Sie sich nicht wohl, Elizabeth?«

»Ich schon. Aber oben befindet sich ein krankes Kind ... Es ist sehr krank ...«

Frau Sanicka blickte sie an und blinzelte.

»Krankes Kind?«, wiederholte sie.

»Können wir einen Arzt rufen?«

»Ja, hier in der Nachbarschaft wohnt einer, aber er ist kein Kinderarzt ...«

»Bitte, holen Sie ihn, ich flehe Sie an!«

Frau Sanicka nahm ihre Schürze ab, faltete sie ordentlich längs und hängte sie über die Lehne eines Stuhls. Dann ordnete sie ihre Haare und ging hinaus in den Flur, um den Mantel anzuziehen. Als die Eingangstür hinter ihr zuging, rannte Elizabeth nach oben. Alek hatte immer noch nicht die Augen geöffnet, seine Lippen waren spröde und die Wangen tiefrot. Elizabeth erschrak, als sie seine Stirn berührte und merkte, wie er glühte.

Sie hatte keine Erfahrungen mit Kindern, erst recht nicht mit kranken Kindern. Aber sie erinnerte sich an einen Film, im dem ein krankes Mädchen in eine Badewanne mit kaltem Wasser gelegt wurde, damit sein Fieber herunterging.

Elizabeth traute sich allerdings nicht, das zu tun, sondern befeuchtete stattdessen nur einige Handtücher und wickelte den Jungen darin ein. Es schien zu helfen, denn er glühte nicht mehr so stark.

Auf der Treppe erklangen Schritte, und Frau Sanicka betrat das Zimmer. Sie war in Begleitung eines mittelgroßen Mannes mit einem kurzen grauen Bart. Er nahm ein Stethoskop aus seiner Tasche und hörte das Kind ab, danach stellte er Elizabeth Fragen, die Frau Sanicka ins Französische übertrug. Doch Elizabeth war nicht imstande, sie zu beantworten. Sie wusste nicht, wann die Krankheit begonnen hatte, sie wusste nicht, welche Krankheiten Alek in seinem kurzen Leben schon gehabt hatte. Schließlich stellte der Arzt ein Rezept aus. Er erklärte sich einverstanden, sein Honorar in Dollar entgegenzunehmen.

Leider erfuhr Elizabeth nicht, was es für eine Krankheit war, denn Frau Sanicka wusste nicht, wie sie auf Französisch hieß. Sie zeigte mit der Hand auf ihren Brustkorb, aber ob es eine Lungenentzündung war oder eine Bronchitis wurde nicht klar.

Nachdem der Arzt gegangen war, rief sie Andrew auf seinem Handy an und bat ihn dringend, zu kommen. Als er zur Tür hereintrat, drückte sie ihm das Rezept in die Hand und schickte ihn in die Apotheke.

Erst als er wieder zurückkam, erfuhr sie, dass Alek eine Bronchitis hatte, gegen die der Arzt ein Antibiotikum verschrieben hatte.

Andrew war über die neue Entwicklung nicht glücklich. »Du hast den Jungen entführt«, sagte er. »Das war ziemlich leichtsinnig.«

»Ich konnte ihn nicht da lassen.«

»Er muss schleunigst ins Heim zurück, sonst kriegen wir großen Ärger.«

»Erst, wenn er wieder gänzlich gesund ist«, erwiderte sie bestimmt. »Hättest du das gesehen, was ich gesehen habe, würdest du verstehen, dass ich keinen anderen Ausweg hatte!«

»Die Leitung des Kinderheimes hat sicherlich schon die Polizei informiert. Ich werde besser mal da vorbeifahren.«

Er kam lange nicht zurück und Elizabeth wurde immer unruhiger. Sie überlegte sogar, ob sie das Zimmer verbarrikadieren und den Schrank vor die Tür stellen sollte, falls die Polizei kam und ihr den Jungen wegnehmen wollte.

Sie könnte nicht ertragen, wenn das Kind in diesem Zustand zurück ins Heim gebracht werden würde.

Andrew kehrte erst nach einigen Stunden zurück. Es stellte sich heraus, dass im Heim niemand das Verschwinden des Jungen bemerkt hatte. Die Leiterin war nicht da, und die Erzieherin kam erst später zum Dienst. Die Erzieherin von der vorigen Schicht meinte, sie habe nicht gewusst, dass eines der Kinder krank sei.

»Aber das ist ja ein Skandal!«, explodierte Elizabeth. »Das ist eine Angelegenheit für den Staatsanwalt!«

Sanicki seufzte.

»Der Staatsanwalt hat andere Dinge zu tun, als sich um die Zustände in einer Einrichtung zu kümmern, die sowieso wie durch ein Wunder funktioniert. Die Mittel, die ihnen zugestanden werden, sind viel zu knapp. Sie müssen davon jeden Monat siebzig Kinder ernähren, und das Geld reicht gerade mal für zwanzig. Wovon sollen sie dann Schulbücher, Kleidung, Renovierungen bezahlen?«

»Wie kommen sie denn überhaupt zurecht?«

»Sie betteln. Die Bäckereien geben ihnen Brot umsonst, die Fleischerei irgendwelche Reste.«

Deswegen hat es in der Küche so widerlich gerochen …, dachte Elizabeth.

»Hast du etwas erreichen können? Alek wird doch bleiben dürfen?«, fragte sie hastig.

»Ja, ich habe etwas erreicht. Ich habe mich als sein Onkel ausgegeben«, lachte Andrew auf.

»Sein Onkel ist doch gelähmt!«

»Wen interessiert das schon? Ich bin sein Onkel und fertig. Dazu ein sehr großzügiger Onkel. Ich habe kräftig gespendet.

Und sie sind froh, wenn sie ein krankes Kind los sind; ein krankes Kind bedeutet immer Probleme.«

Elizabeth konnte gar nicht aufhören, sich zu wundern, wie einfach so etwas ging. Sie hatte sich schon auf eine heftige Auseinandersetzung und einen Kampf um das Kind eingestellt.

»Ich zahle dir das Geld zurück«, bot sie an. »Wie viel hast du ihnen gegeben?«

Andrew schüttelte den Kopf. »Lass es mein Geheimnis bleiben.«

»Andrew, bitte ...«, begann sie. »Ich wohne bei deiner Mutter, ich habe hier Kost und Logis, und sie nimmt keinen Cent dafür. Du hast wegen meiner Angelegenheiten ebenfalls Ausgaben ... Ich fühle mich immer unwohler in dieser Situation ...«

»Ich gebe das Geld für meine Angelegenheiten aus!«, sagte er mit Nachdruck. »Dieses entsetzliche Heim befindet sich in meiner Stadt, in meinem Land – nicht in deinem!«

Elizabeth konnte kaum schlafen in dieser Nacht. Alek warf sich auf dem Bett hin und her und sprach in seinem fiebrigen Schlaf. Er hatte Durst, doch jedes Mal, wenn sie versuchte, ihm etwas einzuflößen, wehrte er sich. Seine Temperatur blieb hoch; sie machte ihm Wadenwickel und dann wurde er etwas ruhiger. Einmal öffnete er die Augen und sagte etwas auf Ukrainisch. Sie verstand nur ein Wort: »Mama.«

Im Morgengrauen schaute Frau Sanicka nach ihm und schlug vor, Elizabeth solle nach unten gehen und sich ein wenig auf dem Sofa ausruhen, sie würde solange bei Alek bleiben.

»Danke, aber ich werde hierbleiben. Wenn Alek wach wird, könnte er erschrecken, wenn er jemand Fremdes sieht ...«

»Ich werde es schon schaffen. Genauso, wie ich es mit meinen Kindern hingekriegt habe«, sagte die alte Frau.

»Kindern? Ich dachte, Andrew ist Ihr einziges Kind …«

»Das einzige, das mir geblieben ist.«

Sie verlor kein Wort mehr darüber. Und Elizabeth traute sich nicht nachzufragen.

»Mein Sohn hat mir von diesem Jungen erzählt«, sagte Frau Sanicka nach einer Weile. »Was für eine entsetzliche Geschichte … Können die Menschen in diesem Land denn nicht ruhig leben …« Dann ging sie hinunter und Elizabeth machte ein kurzes Nickerchen im Sessel, den sie an Aleks Bett geschoben hatte.

Sie wurde erst wach, als es schon hell wurde, und sofort verspürte sie Panik – was war, wenn dem Jungen etwas Schlimmes zugestoßen war, während sie geschlafen hatte? Doch als sie zu ihm herüberblickte, merkte sie, dass er sie anschaute. Sie berührte seine Stirn, sie war feucht und kühl.

»Wo bin ich?«, fragte er.

»Bei mir, in dem Zimmer, in dem ich wohne.«

Er runzelte die Stirn.

»Aber wie bin ich hierhergekommen?«

»Ich habe dich mit dem Taxi hergebracht.«

Er lehnte sich aus dem Bett und schaute darunter nach.

»Wo sind meine Schuhe?«

»Die sind im Kinderheim.«

»Dann sind sie weg …«

»Wir kaufen eben neue«, sagte sie beruhigend.

Elizabeth suchte nach einem Ausweg, damit Alek nicht in das Kinderheim zurückmusste. Ihrer Ansicht nach war es notwendig, eine amtliche Kommission dorthin zu schicken, die sich um die hygienischen Bedingungen kümmerte. In diesem elenden Loch konnten sich ja alle möglichen ansteckenden Krankheiten ausbreiten, bei Hepatitis angefangen. Vielleicht war es möglich, den Jungen in ein anderes Fürsorgeheim zu überweisen, überlegte sie. Doch Andrew sagte, dass ein anderes Heim womöglich noch schlimmer sein könnte. In diesem war wenigstens das Dach dicht und es gab keinen Schimmel an den Wänden.

Und die Großmutter des Jungen? Vielleichte würde sie das Kind zu sich nehmen, wenn man ihr dafür etwas zahlte. Andrew stand dieser Idee skeptisch gegenüber, doch Elizabeth beharrte darauf. Gleich am nächsten Tag ließ sie Alek unter der Obhut von Frau Sanicka zurück und fuhr mit dem Taxi an die Adresse, die Andrew ihr auf einem Zettel notiert hatte.

Frau Krywenko lebte in einem ärmlichen Stadtteil. Verkommene Häuser, Müllberge auf den Grundstücken. Auch das Treppenhaus ihres Wohnblocks war schmutzig und stank, doch die Wohnung selbst sah sehr gepflegt aus. Peinliche Ordnung herrschte darin – in dem Zimmer, in das die Frau Elizabeth schließlich führte, standen ein Regal, ein mit einer gehäkelten Decke bedeckter Tisch und eine Vase mit künstlichen Blumen, an der Wand ein Plüschsofa; in der Ecke des Zimmers leuchtete ein Lämpchen vor einer Ikone, und auf einem kleinen Tischchen direkt darunter, wie auf einem Altar, standen Kerzen und Sträuße aus Kunstblumen.

Doch Elizabeth durfte das Zimmer nicht gleich betreten, denn Aleks Großmutter war nach wie vor misstrauisch und hielt sie lange im Flur fest. Außerdem konnten sie sich kaum verständigen und Elizabeth fürchtete, dass die Frau ihr die Tür vor der Nase zuschlagen würde.

Aber schließlich wurde sie hereingelassen und zog einen Zettel aus der Tasche, auf dem sie sich, in phonetischer Form, ihre Bitte notiert hatte. Frau Sanicka hatte sich stundenlang mit Elizabeth abgemüht, um ihr die richtigen Worte in den Mund zu legen.

Als erstes erzählte Elizabeth der alten Frau von den entsetzlichen Zuständen im Kinderheim, von der Krankheit ihres Enkels und meinte, Alek dürfe nicht mehr dorthin zurückkehren. Anschließend erwähnte sie das Geld. Die Frau hörte zu, ihr Gesicht zeigte keinerlei Regung. Elizabeth begann schon zu vermuten, dass die andere sie einfach nicht verstand, so las sie alles noch einmal vom Blatt ab, diesmal langsamer.

»Ich verstehe«, meinte Aleks Großmutter und fügte noch etwas hinzu, was Elizabeth allerdings nicht verstand.

Sie drückte der anderen ihren Sprachführer in die Hand, damit diese die nötigen Formulierungen finden konnte. Frau Krywenko erklärte, sie sei schon bereit, ihren Enkel zu sich zu nehmen, aber ihr Mann wäre sicher nicht einverstanden. Elizabeth fand es traurig, sie anzusehen – sie bemerkte an ihr eine große Ähnlichkeit mit Oksana und Alek: dieselben Augenbrauen, genauso geschnittene Augen, auch die Form der Nase, sogar die Haarfarbe war ähnlich. Die Großmutter sah noch jung aus, sie hatte keine Falten und kein einziges graues Haar.

»Tut Ihnen Ihr Enkel denn nicht leid?«, fragte Elizabeth zum Abschied.

»Doch …«, erwiderte die Frau und ihre Augen füllten sich mit Tränen.

Elizabeth war schon im Treppenhaus, als die andere sie einholte und ihr ein Glas Honig in die Hand drückte.

»Für Alek«, sagte sie und legte die Hand aufs Herz.

Nun blieb nur noch eine Möglichkeit: Oksana aus der Untersuchungshaft zu befreien. Doch dies schien vollkommen unmöglich.

»Man müsste den Staatsanwalt bestechen. Jeder hat seinen Preis«, versuchte sie, Andrew zu überreden. Der schüttelte den Kopf.

»Er wird Angst haben, die Angelegenheit ist mittlerweile zu heiß geworden.«

»Vielleicht lässt er sie ganz legal frei, auf Kaution …« Elizabeth wollte nicht aufgeben.

»Das kann er nicht!«, erklärte Andrew. »Er hat Direktiven von oben.«

Alek kehrte nach zehn Tagen in das Kinderheim zurück, denn er konnte nicht länger der Schule fernbleiben. Elizabeth kaufte ihm neue Kleidung und Schuhe – diesmal ordentliche feste Winterschuhe.

»Der Junge sieht aus wie in einer Fernsehwerbung!«, meinte Andrew. »Sie werden ihn dort fertig machen …«

»Was soll ich denn machen?«, wehrte sich Elizabeth. »Ich habe ihn doch im Schlafanzug mitgenommen …«

Nun konnte sich Elizabeth wieder auf die Suche nach ihrem Mann machen. Langsam reifte in ihr der Gedanke, sich in den Kaukasus aufzumachen, nach Tschetschenien, in das Land, von dem der Präsident auf den Bändern sprach. Sie wusste immer noch nicht, wie sie es schaffen sollte; Andrew machte ihr bewusst, dass der Krieg dort immer noch wütete. Die Gefahr war also groß, aber die Chancen, Jeff zu finden, waren es auch.

Das alles klang logisch: die politischen Gegner eliminieren und jemand anderem die Schuld in die Schuhe schieben. Derweil vergingen Wochen, und niemand forderte ein Lösegeld ein. Doch vielleicht gab es irgendeine Abmachung zwischen der ukrainischen Regierung und den Tschetschenen: Wir halten ein paar Leute gefangen, die euch unbequem sind, und ihr liefert uns Waffen. Die Russen kamen dafür wohl kaum in Frage.

Sie wollte ihren Entschluss schon Sanicki mitteilen, als neue Nachrichten sie aufschreckten. In einer kleinen Ortschaft in der Nähe von Kiew hatte man die Leiche eines Mannes gefunden. Der Tote hatte keinen Kopf und war mit einer Substanz begossen worden, die den Verwesungsprozess beschleunigte, so als wäre jemand daran gelegen gewesen, eine Identifizierung unmöglich zu machen. Doch gleichzeitig wurde bei dem Körper Schmuck gefunden, ein Ring und ein Armreif, die dem verschwundenen Journalisten Gongadze gehört haben sollten.

Und wenn das jetzt Jeff war? Wenn das sein Körper war …?, dachte sie, doch gleichzeitig wollte sie diesen Gedanken nicht zulassen, ihn nicht aussprechen; wenn sie ihn aussprach, konnte er Wirklichkeit werden. Sie musste glauben, dass ihr Mann noch am Leben war und dass dieser arme tote Körper jemand anderem gehört hatte.

Sie lag in der Dunkelheit, mit offenen Augen. Im ganzen Haus war es still, und diese Stille wurde von keinem vertrauten Geräusch unterbrochen. Kein Knarren eines Schrankes, kein Wind draußen am Fenster. Es war, als hätte die Welt den Atem angehalten …

Und wenn er es doch war? Wenn es Jeff war? In einem russischen Roman, den ihr Ehemann mal vor dem Einschlafen gelesen hatte, wurde jemandem der Kopf abgehackt; es war in Moskau, das vom Satan heimgesucht wurde. Doch diesmal passierte es tatsächlich. Konnte man seinen eigenen Tod voraussehen? Hatte Jeff seinen Tod vorausgesehen, als er diesen Roman las? Plötzlich fiel ihr der Name ein: ›Der Meister und Margarita‹ von Bulgakow.

Das Buch war auch bei Jeffs Sachen gewesen, die man ihr bei der Staatsanwaltschaft übergeben hatte. Er hatte es immer dabei und sagte oft im Spaß, das sei seine Bibel.

Elizabeth machte das Licht an und öffnete seinen Koffer. Der Roman lag ganz oben. Ihre Hände zitterten, als sie die Seiten durchblätterte. Wenn es keinen Gott gab, wer herrschte über das Leben der Menschen, über all das, was auf der

Erde passierte? – so lautete die Kernfrage des Buches; und die Antwort Satans war, der Mensch könne es wohl nicht sein, denn der könne ja nicht einmal eine so lächerlich kurze Zeit wie tausend Jahre planen, er wisse ja nicht mal, was am nächsten Tag mit ihm passieren würde.

Elizabeth musste an das Gespräch denken, das sie darüber mit Jeff geführt hatte.

»Tausend Jahre! Tatsächlich, eine lächerliche Zeitspanne!«, hatte sie ausgerufen.

»Du darfst nicht vergessen, dass Satan es sagt, der mit Kant persönlich gefrühstückt hatte! Für ihn war es kein großes Kunststück ...«

»Weil es dein Autor so will!«

»Weil es mein Autor so will.«

»Und ich bezweifle, dass Satan überhaupt existiert ...«, hatte sie damals gesagt.

Doch jetzt waren diese Zweifel verflogen.

Als die Journalisten der *Ukrainischen Prawda* in das Dorf kamen, um den kopflosen Unbekannten nach Kiew zu überführen, war der Leichnam verschwunden.

Nach einigen Tagen tauchte er in Kiew auf. Elizabeth wollte hinfahren. Obwohl Sanicki versuchte, es ihr auszureden, beharrte sie auf ihrem Plan. Sie hatte ihm nichts über ihre Vermutungen gesagt, er war es, der das ausgesprochen hatte, was sie befürchtete. Als ihr Bevollmächtigter bat er um Gewebeproben, um die Identifikation zu ermöglichen.

Und so wurde auch verfahren. Die Proben wurden genommen und in ein molekulargenetisches Labor nach Deutschland geschickt.

Gleichzeitig stellte die Opposition im ukrainischen Parlament den Antrag, dem Präsidenten das Misstrauen auszusprechen. Sie warf ihm vor, die Entführung und Ermordung des Journalisten Georgij Gongadze und seines Mitarbeiters, des amerikanischen Wissenschaftlers Jeffrey Connery, veranlasst zu haben. Das brachte endlich die nötige Aufmerksamkeit für den Fall. Die Medien in der ganzen Welt griffen die Meldung auf und so kam die Angelegenheit ans Tageslicht. Elizabeths Ehemann war plötzlich kein Tourist mehr, der irgendwo verschollen war, er war auch nicht mehr »der andere«, wie ihn auf den geheimen Bändern der ukrainische Präsident bezeichnet hatte.

Der Misstrauensantrag im Parlament eröffnete auch eine Chance, Oksana freizubekommen. Sanicki verfasste ein Schreiben an den Staatsanwalt – doch die Antwort ließ auf sich warten. Dafür bekamen sie Bescheid aus München: Der in der Nähe von Kiew gefundene Körper sei weder dem ukrainischen Journalisten noch dem amerikanischen Wissenschaftler zuzuschreiben.

Was war also los? Wer hatte Gongadzes persönliches Eigentum neben die Leiche gelegt? Wozu dieser Täuschungsversuch?

»Wahrscheinlich, um die ganze Angelegenheit noch komplizierter zu machen und die Öffentlichkeit auf die falsche Spur zu führen«, meinte Andrew. »Die Zeit ist auf der Seite der Mörder!«

Sie müssen in Tschetschenien sein! dachte Elizabeth. Und von da an überlegte sie nur noch, wie sie dort hinkommen könnte.

In einem Buchladen hatte sie einen Fotoband über den Kaukasus gekauft, in englischsprachiger Version – darin stand, der Kaukasus sei eine gebirgige Region in Asien, zwischen dem Schwarzen, Asowschen und Kaspischen Meer gelegen. Die höchsten Gipfel ragten bis zu fünfeinhalbtausend Meter über den Meeresspiegel. Hoch, sehr hoch ... Dort, in diesen Bergen, versteckten sich die tschetschenischen Aufständischen, die seit Jahren gegen die Russen Krieg führten.

»Dieser Krieg wird kein Ende nehmen«, meinte Andrew. »Die Berge sind unbezwingbar. Das mussten die Russen schon in Afghanistan erfahren.«

Als sie die Landkarte dieser fremden Region betrachtete, spürte Elizabeth, wie sich ihr die Haare aufstellten. Das war kein Europa mehr, das war Asien: fremd klingende Ortsnamen, Gebirgskämme, Seen ... Und was ist, wenn sie nie wieder von dort zurückkehrte? Niemand konnte eine solche Selbstopferung von ihr verlangen. Niemand, außer ihr selbst. Sie hatte sich entschieden, und sie würde dabei bleiben.

Natürlich verlangte die Reise viel Vorbereitung – und Andrews Zustimmung. Das wird nicht einfach ... Sie machte sich darauf gefasst, dass er sie für verrückt erklären würde. Er war schon gegen ihre Reise in die Tschernobyl-Zone gewesen, und jetzt das! Dieses Unternehmen war viel größer und gefährlicher. Doch wenn eine Chance bestand, Jeff dort zu finden ...

Diese Terroristen brauchen doch Waffen, und Waffen kosten Geld, dachte sie, also ist Geld ihnen wichtig. Nur: Wie viel würden sie verlangen? Ging es um Tausende? Oder Millionen? Sie mussten ihre Konditionen nennen. Sie und Jeff, sie waren doch nicht allein, hinter ihnen stand ihr Land, der Präsident, der Kongress, die sie um Hilfe bitten konnte.

In der Nacht war der erste Schnee gefallen, dadurch sah alles anders aus und Elizabeth hatte gewisse Schwierigkeiten, das Haus von Frau Klonowska wiederzufinden, die ihr so viel von der polnischen Vergangenheit Lembergs erzählt hatte. Sie erinnerte sich nur, dass es in der Nähe des Neptun-Brunnens stand. Schließlich erkannte sie es am eisernen Tor. Sie stieg fast blind in den ersten Stock, weil es im Hausflur noch immer kein Licht gab; dann klingelte sie an der Tür. Eine lange Weile tat sich nichts, schließlich ertönten schwere Schritte, die Tür ging auf und Elizabeth erblickte den stämmigen Nachbarn der alten Dame.

»Anna Klonowska«, sagte Elizabeth sehr deutlich, doch der Mann ging nicht zur Seite, um sie durchzulassen. Stattdessen sagte er irgendwas in aufgebrachtem Ton.

»Klonowska!«, wiederholte sie, woraufhin er mit den Armen fuchtelte.

Als sie sah, dass sie sich nicht würden verständigen können, schlüpfte Elizabeth unter seiner Achsel hindurch in die Wohnung ihrer Bekannten. Der Raum war leer, nur auf dem Boden lagen ein paar alte Zeitungen und vergilbte Fotografien. Elizabeth hob eine auf: Sie stellte ein Mädchen mit einer riesigen Schleife im Haar dar. Elizabeth ging rückwärts aus der Wohnung und der Mann knallte hinter ihr die Tür zu.

Was konnte passiert sein? Entweder war Madame Anna umgezogen oder verstorben. Elizabeth wollte es unbedingt erfahren, daher kam sie am Tag darauf noch einmal zurück, diesmal mit Alek als Dolmetscher.

Das Glück war auf ihrer Seite, denn diesmal öffnete eine Frau, die etwas freundlicher war als der grobe Mann. Sie berichtete, Frau Klonowska sei vor einigen Wochen gestorben und im Familiengrab auf dem Lyczakowski-Friedhof beigesetzt worden. Mehr könne sie ihnen aber nicht erzählen.

Elizabeth ging gleich am darauffolgenden Tag auf den Friedhof, in der Hoffnung, das Grab zu finden. Das gelang ihr zwar nicht, doch der Besuch war trotzdem ein großes Erlebnis. Die Welt der Friedhöfe war ihr vertraut. Zwischen den blattlosen alten Bäumen erblickte sie Grabskulpturen, die von hervorragenden Bildhauern stammten. Bei manchen Grabmalen verharrte sie lange Zeit und versank in der Betrachtung.

Besonders eine Skulptur entzückte sie und gab ihr eine Vorstellung vom Genie des Künstlers. Sie stellte Kleopatra mit einer Dienerin dar, die ihrer Herrin den Korb mit der Schlange brachte. Das Antlitz der ägyptischen Königin war voller Schmerz und gleichzeitig Einsicht und Demut angesichts ihres Schicksals. Sie zeigte Einverständnis, den Tod anzunehmen. Und das Gesicht der treuen Dienerin erst … Wie konnte man so komplizierte Gefühle in Stein wiedergeben? Das konnte nur ein wahrer Künstler fertig bringen. Elizabeth las seinen Namen – Antoni Schimser. Sie nahm sich vor, eines Tages wiederzukommen und eine Dokumentation zu erstellen, denn dieser Ort war es wert. Manche der Jahresangaben flößten ihr Respekt ein – diese Nekropolis musste älter sein als Père-Lachaise in Paris, und, ehrlich gesagt, in künstlerischer Hinsicht war sie um Klassen besser.

Das Taxi wartete in der Nähe des Tores auf sie, aber Elizabeth fiel noch ein anderer Wagen auf, der hinter den Bäumen auf der anderen Straßenseite lauerte. Sie war sich inzwischen beinahe sicher, beschattet zu werden, denn stets fuhr ein Wagen hinter ihrem Taxi her, verlangsamte, wenn dieses langsamer wurde, und hielt sich dicht hinter ihr. Anfangs wollte sie diese Tatsache nicht wahrhaben, doch irgendwann merkte sie sich das Kennzeichen des Wagens, der sie verfolgte. Danach bestand kein Zweifel mehr. Sie wusste nur nicht, ob die Verfolger ungeschickt waren oder ob jemandem daran gelegen war, dass sie es merkte.

Schließlich erzählte sie es abends Sanicki.

»Gerade wollte ich mit dir darüber sprechen! Sie wissen, dass du noch hier bist. Sie kennen jeden deiner Schritte. Der Staatsanwalt hat mich davon in Kenntnis gesetzt.«

»Wissen sie es schon lange?«

Andrew steckte sich seine Zigarette an, schob den Vorhang zur Seite und setzte sich auf die Fensterbank.

»Wohl von Anfang an.«

»Aber anfangs hat mich niemand verfolgt, da bin ich mir sicher!«

»Vielleicht ist es dir bloß nicht aufgefallen.«

»Und was haben die jetzt vor? Wollen sie mich abschieben?«, fragte Elizabeth munter – sie wollte nicht, dass Andrew merkte, wie beunruhigt sie war.

»Ich schätze nein; sie zählen wohl darauf, dass du dich vernünftig verhältst.«

»Was heißt hier ›vernünftig‹?!«

»Unauffällig«, bekam sie als Antwort.

Wenn dabei nicht Menschenleben auf dem Spiel gestanden hätten, hätte sie es vielleicht sogar spannend gefunden, dieses Katz-und-Maus-Spiel … Wir wissen, wo du bist und was du tust, aber wir wollen dich noch nicht schnappen, wir beobachten dich nur, wir haben Zeit … Was hatte sie denn für eine Wahl? Noch einmal wegen eines Visums vorzusprechen erschien ihr zu riskant, denn wenn sie eine Absage bekam, müsste sie die Ukraine umgehend verlassen.

»Glaubst du, dass sie nachts das Haus beobachten?«, fragte sie.

»Ich denke nicht«, erwiderte Andrew. »Die Observierung deiner Person ist eher locker. Sie wollen nur wissen, wo du bist und mit wem du dich triffst.«

»Ich wollte mich dieser Tage eigentlich noch einmal mit Oksana treffen …«, sagte Elizabeth düster.

Andrew sah überrascht aus. »Wie hast du dir das vorgestellt? Sie wohnt doch nicht in einer Pension!«

»Ich weiß, ich weiß … Ich dachte, so wie das letzte Mal, für Geld …«

Sanicki sah alles andere als glücklich aus. »Das wird nicht so einfach. Du bist ja offiziell gar nicht da.«

»Das letzte Mal bin ich da ja auch nicht offiziell reingegangen.«

»Ja, gut, aber mein Mann dort könnte jetzt Angst haben.«

»Woher soll er denn wissen, dass ich kein Visum habe?«, fragte sie provokativ. »Außer, du sagst es ihm.«

Andrew lachte. »Du bist witzig. Er ist einer von denen, die dir folgen.«

»Also gut, dann wird es diesmal eben mehr kosten!«, sagte sie bockig.

»Aber wozu? Was gewinnst du dadurch? Du hast sie schon einmal getroffen. Die ganze Sache ist zu riskant.« Andrew blickte sie streng an. »Es könnte sein, dass du als Besucher hineingehst, aber plötzlich nicht wieder rauskommst, verstehst du?«

»Ich muss sie aber sehen! Ich muss die Sachen, die ich seitdem erfahren habe, mit ihr besprechen … Sie stand meinem Mann ja sehr nahe …« Elizabeth unterbrach sich, als ihr bewusst wurde, wie zweideutig das klang.

Wie beim letzten Mal führte sie der Wärter in einen Raum ohne Fenster und ließ sie allein. Diesmal war es ein älterer Mann mit faltenzerfurchter Haut und tief unter den grauen, buschigen Augenbrauen versteckten Augen. Sie wechselten kein Wort miteinander, als ob sie in einem Stummfilm mitspielten.

Nach einigen Minuten wurde Oksana hereingelassen. Sie kam Elizabeth noch zierlicher vor, vielleicht, weil sie einen zu weiten Gefängnisdrillich anhatte. Aus einem plötzlichen Impuls heraus umarmten sie sich, dann riss sich Oksana als erste los. Sie setzten sich an den Tisch.

»Ich stinke bestimmt …«, sagte die Gefangene. »Ich habe hier keine Möglichkeit, mich ordentlich zu waschen.«

»Lass doch … ist schon gut.«

Sie schauten sich mit Tränen in den Augen an.

»Bist du hier, um mir zu sagen, dass du meinen Sohn von hier wegbringst?«

»Es ist dein Sohn, er muss bei dir sein …«, erwiderte Elizabeth.

Ein Schatten huschte über Oksanas Gesicht.

»Warum bist du dann hier?«, fragte sie beinahe feindselig. »Ich habe keine Lust auf Gesellschaft.«

»Deine Lage hat sich geändert, du hast gute Chancen, hier wegzukommen«, sagte Elizabeth bewegt. »Die Entführung von Jeff und Gongadze ist ans Tageslicht gekommen, es wurde darüber in eurem Parlament gesprochen, die ganze Welt weiß davon …«

Die junge Frau verzog das Gesicht. »Auch wenn ich hier rauskommen sollte, wird es nicht lange dauern, bis mich ein Auto auf dem Bürgersteig überfährt. Sie werden mich umbringen, wie sie Georgij umgebracht haben!«

»Und ich glaube, dass die beiden, Georgij und Jeff, in Tschetschenien sind! Ich fahre hin, um sie zu suchen!«

Oksana starrte sie ungläubig an.

»Ich fahre hin, und zwar bald«, fügte Elizabeth hinzu.

»Sie sind nicht dort«, sagte Oksana langsam. »Sie sind ganz gewiss nicht dort. Diese geheimen Bänder, das war ein Trick.«

»Ihre Authentizität ist bewiesen«, unterbrach die Amerikanerin sie. »Und zwar von Experten aus dem Westen.«

Oksana stützte ihre Ellbogen auf der Tischplatte ab und ließ den Kopf hängen. Elizabeth konnte ihre Augen nicht sehen.

»Das ist doch kompletter Wahnsinn!«, hörte sie schließlich. »Dieser Mistkerl von einem Präsidenten macht das alles nur, um die Aufmerksamkeit der Leute abzulenken, um sie zu erschöpfen … Ich glaube nicht an die Echtheit der Bänder; und ebenso wenig an Tschetschenien. Georgij ist schon längst in der Erde …«

»Und Jeff?«, fragte Elizabeth entsetzt.

»Jeff wird irgendwo festgehalten, aber nicht in Tschetschenien, sondern hier. Vielleicht lassen sie ihn frei, wenn Gras über die Sache gewachsen ist.«

Doch Elizabeth beharrte auf ihrem Entschluss. »Ich muss es überprüfen.«

Oksana erhob sich, und so stand auch Elizabeth auf. Sie blickten sich eine lange Weile in die Augen.

»Ich gebe dir meinen Sohn«, sagte die Jüngere langsam. »Nimm ihn mit dir mit. Ich will nicht, dass er in einem Land leben muss, das von einem Mörder regiert wird – dem die Bürger noch Beifall klatschen!«

»Aber es ist sein Vaterland!«

»Aleks Vater ist Amerikaner …«

Elizabeth erschrak so bei dieser Eröffnung, dass sie im ersten Impuls Oksana den Mund zuhalten wollte, damit diese schwieg. Doch der Wunsch, die ganze Wahrheit zu erfahren, war stärker. Oksana schwieg jedoch.

»Wie heißt sein Vater?«, wollte Elizabeth wissen und schluckte nervös.

Oksana lächelte vage. »Fortsetzung folgt. Falls sie diese Serie nicht doch noch absetzen …«

»Ich weiß nicht, ob ich dich noch einmal besuchen kann. Das ist sehr gefährlich und schwierig.«

Das Mädchen lächelte noch einmal.

»Wenn du dich entschlossen hast, ihn von hier fortzubringen, wirst du erfahren, wer sein Vater ist.«

»Ist es Jeff?«

Sie starrten sich an.

»Er ist Amerikaner. Mehr kann ich dir im Moment nicht sagen.«

Der Wächter mit den buschigen Augenbrauen kam hinein und machte ein Zeichen, dass das Gespräch beendet sei.

Oksana ging langsam hinaus.

Das Treffen mit Oksana hatte Elizabeth vollkommen fertig gemacht. Sie war zu ihr gegangen, weil sie der jungen Frau Hoffnung machen wollte … Oder hatte sie das Mädchen aus rein egoistischen Gründen besucht? Oksana machte auf sie den Eindruck einer starken, realistischen Frau, die ihre Situation sehr gut einschätzen konnte – eine Fähigkeit, die Elizabeth grundsätzlich abging. Sie war hingegangen, um Oksana zu erklären, warum sie ihrer Bitte nicht würde folgen können. Doch das Gespräch war nicht so verlaufen, wie Elizabeth es sich vorgestellt hatte. Und wieder waren ihr Zweifel gekommen, was das Verhältnis von Jeff und Oksana anging.

Nach einigem Hin und Her war Elizabeth zu dem Schluss gekommen, dass ihre Befürchtungen über die Beziehung der beiden vielleicht gar nicht begründet waren. Das waren doch alles nur Ängste, und keine Fakten. Und wenn jemand schuldig war, dann sie selbst, weil sie dem Mann misstraute, der sie bisher noch nie im Stich gelassen hatte. Hätte Jeff sie verlassen und mit jemand anderem zusammen sein wollen, dann hätte er es ihr doch sicher gesagt. Sie hatten sich zu sehr respektiert, als dass sie sich belügen und betrügen würden.

Vielleicht war es Edgars Kind? Vor einigen Jahren hatte er eine Liebschaft und daran wäre beinahe seine Ehe kaputt gegangen. Ach, Unsinn, warum gerade Jeffreys Freund Edgar? Woher sollte der Oksana denn überhaupt kennen? Aleks Vater konnte sonst jemand sein. Mit welchem Recht mischte sie sich überhaupt in das Leben dieser jungen Frau ein? Oksana hatte ein eigenes Leben, sie konnte Kinder haben, mit wem sie wollte – und sicher war es ein Kind der Liebe …

Am fünfundzwanzigsten Dezember, der in der Ukraine ein ganz normaler Tag war – denn Weihnachten wird in der griechisch-orthodoxen Kirche nach dem Julianischen Kalender, d. h. im Januar, gefeiert – wachte Elizabeth mit hohem Fieber auf. Sanicki rief den Arzt, der in der Nachbarschaft wohnte, den älteren Herrn mit dem Ziegenbärtchen – er diagnostizierte Grippe und verschrieb ihr ein Antibiotikum; sicherheitshalber, wie er meinte, denn nach seiner Einschätzung war das Grippevirus neuerdings sehr aggressiv und attackierte das Herz und die Gelenke.

Gegen Abend rief ihre Mutter mit Genesungswünschen an, doch Elizabeth hatte solche Halsschmerzen, dass sie kaum ein Wort herausbringen konnte. Wie jedes Mal versuchte ihre Mutter, sie zur Rückkehr zu bewegen.

»Auch wenn ich wollte, könnte ich nicht fahren, weil ich krank bin!«, versuchte Elizabeth zu erklären.

»Du bist ganz allein unter Fremden …«, sagte ihre Mutter durchs Telefon. »Du hast nicht einmal jemanden, der dir eine Tasse Tee bringt.«

Plötzlich erinnerte sich Elizabeth an eine Grippe, die sie mal vor Jahren gehabt hatte. Jeff war damals verreist gewesen, aber auch ihre Mutter zeigte keinerlei Bereitschaft, vorbeizukommen und sich um sie zu kümmern, obwohl sie nur ein paar Straßenblocks weiter wohnte. Elizabeth hatte sich allein ihren Tee kochen müssen. Großzügig verzichtete sie darauf, ihre Mutter daran zu erinnern.

»Ich habe hier Freunde gefunden, mach dir keine Sorgen.«

Das Fieber hielt sich noch ein paar Tage und fiel dann. Anscheinend hat das Antibiotikum doch geholfen.

Am letzten Tag des Jahres ging sie schließlich wieder hinunter zum Frühstück. Sie wollte sogar nach draußen gehen, ein wenig spazieren, doch Frau Sanicka riet ihr davon ab – es sei kalt und sehr windig.

Als sie allein blieben, reichte Andrew ihr einen Umschlag.

»Oksana Krywenko hat dir einen Brief geschrieben. Ich wollte dich nicht damit beunruhigen, solange du krank warst.«

Elizabeth blickte voller Angst auf das Kuvert.

»Vielleicht ist es etwas Wichtiges?!«

»In ihrer Angelegenheit gibt es momentan keine Fortschritte; ich denke eher, dass sie dir etwas Privates anvertrauen wollte.«

Als sie hoch in ihr Zimmer ging, spürte Elizabeth, wie ihr Herz unruhig klopfte.

Im Umschlag befanden sich mehrere kleine karierte Zettel, aus einem Notizbuch herausgerissen und in einer kleinen Schrift eng beschrieben:

Liebe Elizabeth,
ich hätte es Dir lieber persönlich erzählt, denn es ist so viel einfacher, wenn man jemandem dabei in die Augen sehen kann. Ich habe diese Möglichkeit leider nicht, so bitte ich Dich also, mir auf diese Weise zuzuhören.

Ob Du es willst oder nicht, unsere Leben sind unentrinnbar miteinander verbunden – Dein Leben, das von Jeff, Alek und mir. Jeff und ich wurden bereits vom Schicksal eliminiert, doch Ihr seid noch geblieben, Alek und Du.

Alles begann im Sommer 1993. Ich war gerade mit meinem Studium der Anglistik in Kiew fertig und hatte einen Platz in einem Sprachkurs für Fortgeschrittene in New York bekommen. Schon sehr bald schloss ich Freundschaften mit den Dozenten und einer von ihnen lud mich eines Tages für ein Wochenende in sein Haus am See ein.

Die Atmosphäre war großartig, gute Gespräche, Barbecue, Bier. Am besten konnte ich mit Jeff reden, den ich dort kennen gelernt hatte. Nur er wusste, wie der Teil der Welt, aus dem ich kam, wirklich aussah. Er war in Polen und Tschechien gewesen und hatte vor, in die Ukraine zu reisen, deswegen interessierten ihn viele Dinge. Als wir uns verabschiedeten, meinte er, ich müsse Dich unbedingt kennen lernen, wir hätten dieselbe Art, die

Welt zu sehen, dieselbe Empfindsamkeit. Er hatte mich zu Euch zum Abendessen eingeladen, für die darauf folgende Woche.

Als ich kam, war er allein; Du hattest gerade aus Rom angerufen, dass Du Dein Flugzeug verpasst hättest und erst am Tag darauf in New York sein würdest. Es war sehr heiß, schwül, wie es eben in New York im Sommer ist. Bis ich bei Euch angekommen war, klebte mein Kleid am Körper. Ich fragte Jeff, ob ich duschen dürfe. Er drückte mir deinen Bademantel in die Hand …

Ich weiß nicht, wie es passiert ist, dass wir im Bett landeten. Es war, als hätte jemand anderer für uns beschlossen, dass es so sein müsse. Wir liebten uns die ganze Nacht. Es existierte nichts mehr, nur dieser Mann, sein Körper, die Berührung seiner Hände, sein Mund. Und seine Gefühle waren wohl ähnlich …

Ich weiß, dass es Dich verletzen wird, aber ich wollte, dass Du weißt, was mir diese eine einzige Nacht mit Jeff bedeutet hat. Er hatte hinterher schlimme Gewissensbisse, denn er hatte Dich nie zuvor betrogen – er wollte Dir alles erzählen, doch ich flehte ihn an, es nicht zu tun. Das, was wir zusammen erlebt hatten, sollte nur uns gehören, nur uns beiden.

Ich plante, bald darauf in die Ukraine zurückzukehren. Ich wusste nicht, was ich mit mir nach dem Studium anfangen sollte, so dass ich mich sehr freute, als ein Angebot von der Yale University kam – ein Lehrauftrag für ein Jahr. Dort entstand gerade die neue Fakultät für Slawische Philologie. New Haven, Neuer Hafen, ein gutes Zeichen – dachte ich.

Und bald stellte sich heraus, dass ich schwanger war. Anfangs wollte ich es nicht glauben, doch es war leider wahr. Alek wurde am siebten März 1994 geboren; einige Monate nach seiner Geburt kehrte ich mit ihm in die Ukraine zurück.

Es war sehr schwer für mich, ich hatte nichts, keine Arbeit, keine Wohnung. Mein Vater wollte mich nicht in die elterliche Wohnung lassen und nannte mich eine ›amerikanische Nutte‹. So lebte ich abwechselnd bei meinen Freundinnen und zog dauernd um. Wie oft wollte ich Jeff schreiben – doch immer hielt mich in letzter Minute etwas davon ab. Ich wollte Euer Leben nicht verkomplizieren. Jeff hatte mir damals erzählt, dass Ihr sehr glücklich miteinander seid.

Ich habe es schließlich irgendwie geschafft, fand eine Arbeit, ein Zimmer. Und dann bekam ich die Chance, in eine eigene Wohnung zu ziehen. Ich arbeitete drei Schichten, von früh bis abends. Alek war immer allein. Als er vier Jahre alt war, zog er sich schon allein an, das Essen stellte ich ihm auf den Tisch. Wenn ich zurückkam, schlief er meist. Seine Kleidung lag ordentlich zusammengelegt neben dem Bett, das Geschirr war abgewaschen. Er ist wirklich ein selbständiger Junge.

Und dann kam Jeffs Brief. Er schrieb, dass er in die Ukraine käme und dass er meine Hilfe bräuchte. Damals war ich schon bei der Internet-Zeitung von Gongadze involviert und hatte sehr viel zu tun, aber ich schrieb ihm, dass ich schon Zeit für ihn finden würde. Ich schrieb ihm auch, ich hätte einen Sohn, doch ich habe Alek ein Jahr jünger gemacht.

Jeff und Alek wurden Freunde, und wenn ich sie anschaute, dachte ich manchmal, dass ich sagen sollte: ›Er ist dein Vater.‹ … Aber ich habe es nie gesagt. Einmal kam ich in eine vertrackte Situation, weil herausgekommen war, dass Alek schon sechs Jahre alt war. Ich sagte: ›Ach, Kinder wissen nie genau, ob sie sechs sind oder erst das fünfte Lebensjahr beendet haben.‹ Die Wahrheit wissen nur zwei Personen: ich und Du.

Ich möchte, dass mein Sohn in einem Land aufwächst, in dem man die Wahrheit und die Freiheit achtet. Hier wird es nicht passieren – erst muss die Generation, die im Kommunismus aufgewachsen ist, aussterben. Diese Menschen leben immer noch mit der Lüge, sie wollen es nicht anders, sie wollen keine Wahrheit, sie fürchten sie. Sie haben es verlernt, selbst zu denken. Sie sind zufrieden mit ihrer sicheren Vegetation und sehnen sich nach der Zeit, als man ihnen verdorbene Fleischstücke hinwarf. Sie wählen einen Mann, der Blut an den Händen hat, weil es für sie normal ist.

Das ist nicht mehr mein Land. Und auch nicht das Land meines Sohnes. Du musst ihn von hier wegbringen. Er hat das Recht, ein freier Mensch zu sein und im Land seines Vaters zu leben.

Oksana

Elizabeth las den Brief mehrmals. In ihrem Kopf war alles durcheinander. Jeff sollte der Vater eines Kindes sein, und sie hatte nichts davon gewusst? Das war nicht möglich, das passte nicht in ihr gemeinsames Leben! Keiner von ihnen beiden war imstande, irgendwelche Spielchen zu spielen. Nur, dass es kein Spiel war – wenn sie diesem Mädchen glauben sollte.

Es war Zufall, Verkettung von Umständen. Sie hatte ihren Flug verpasst, und Oksana hatte Jeff in ihrer gemeinsamen Wohnung besucht. Nun, sie hatte Fremdgehen in Kauf genommen, hatte sich sogar im Stillen damit einverstanden erklärt …

Aber ein Kind? Das war etwas viel Ernsteres als ein One-Night-Stand, das änderte ihr gesamtes Leben, unwiederbringlich!

Elizabeth konnte es einfach nicht glauben. Diese Ukrainerin schrieb von einem Leben in Wahrheit – doch sie hatte ihr ganzes Leben gelogen, seit das Kind auf der Welt war. Vielleicht log sie auch jetzt, weil sie ihr Ziel erreichen wollte? Vielleicht wollte sie Elizabeth manipulieren, damit sie Alek außer Landes schaffte? Möglicherweise war Alek gar nicht Jeffs Sohn …

Oder aber sie, Elizabeth, verschloss die Augen vor der Wahrheit, weil sie die Tatsachen nicht akzeptieren konnte. Sie fühlte sich auf einmal unendlich müde. Wie stellte Oksana sich das vor? Sie wollte ihr Kind einer fremden Frau anvertrauen … Warum?

Und falls Alek tatsächlich Jeffs Sohn war, was bedeutete

das für sie selbst? Wenn er bei seiner Mutter bleiben würde, wäre es eine Angelegenheit zwischen ihr und Jeff; es ginge darum, ihm sein Fremdgehen zu verzeihen, oder auch nicht. Wie konnte sie zur Kenntnis nehmen, dass als Ergebnis dieses One-Night-Stands ihr Schicksal auseinanderdriften würde? Denn ab jetzt war sie eine kinderlose Frau – und Jeff der Vater eines Sohnes. Doch in der Situation, da die Mutter ihre Rechte auf Elizabeth übertrug, wurde alles unklar.

Das Seltsamste war, dass für Elizabeth die Gestalt des Jungen auf einmal in zwei Menschen zerfiel – sie wusste, wie er aussah, wie er sprach, was er dachte, sie kannte ihn und mochte ihn sehr; doch als Jeffs uneheliches Kind wurde er zu einer Bedrohung, zu ihrem Gegner. Doch wie konnte sie gegen ein kleines, von allen verlassenes Kind kämpfen?

Die einzige Lösung in dieser Situation war ihr Einsatz für Oksanas Freilassung. Wenn sie wieder draußen wäre, würde das viele Probleme lösen. Natürlich nicht alle, aber Elizabeth wäre in der Position, frei zu entscheiden. Denn jetzt wollte diese junge Frau etwas erzwingen, und sie machte es sehr konsequent, ohne auf Elizabeths Gefühle Rücksicht zu nehmen. Aber – wie würde Elizabeth an ihrer Stelle handeln?

Oksana kämpfte um das Wohl ihres Sohnes, auch wenn sie es auf eine sehr ungewöhnliche Art tat, indem sie ihre Mutterrechte aufgab. Doch nein, eigentlich hatte sie das nicht getan. Sie wollte lediglich, dass Elizabeth den Jungen außer Landes schaffte. Vielleicht plante sie ebenfalls, eines Tages von hier zu verschwinden; sie schrieb ja, sie wolle hier nicht mehr leben. Elizabeth sollte ihr wohl nur die Situation erleichtern. Wenn es so wäre, könnte sie es für die junge Ukrainerin tun, doch im Grunde ihres Herzens wusste Elizabeth, dass es sich anders verhielt. Oksana ging davon aus, nicht mehr freizukommen, sie dachte wohl, dass sie eine sehr lange Strafe erhalten würde – oder dass etwas noch Schlimmeres passieren könnte …

Jemand klopfte an die Tür und Elizabeth, von einem Impuls getrieben, versteckte die Blätter unter ihrem Kissen. Andrew kam herein.

»Soll ich dir dein Mittagessen heraufbringen, oder kommst du nach unten zu uns?«

»Ich möchte lieber hier essen, wenn es keine Umstände macht ...«

Andrew blickte sie aufmerksam an.

»Schlechte Nachrichten in dem Brief?«

Sie zögerte, antwortete dann: »Wir müssen Oksana freibekommen. Sie sitzt schon zu lange in der Untersuchungshaft. Soll ich an den Präsidenten schreiben?«

»Den ukrainischen oder den amerikanischen Präsidenten?«

»Den ukrainischen, natürlich!«

Andrew nickte nachdenklich. »Eine großartige Idee; erwähne bloß nicht, dass du dich versteckst.«

»Was rätst du mir also?«

»Abzuwarten. Ich arbeite die ganze Zeit dran. Sie wird schließlich angeklagt werden müssen – und es gibt keinen Grund für eine ernstzunehmende Anklage, die Vorwürfe gegen sie sind viel zu vage.«

»Was heißt hier ›müssen‹? Diese Leute müssen gar nichts!«, explodierte sie. »Merkst du es denn nicht?«

»Ein Brief an den Präsidenten wird lediglich dazu führen, dass man dich endgültig ausweist.«

Elizabeth hatte sich die Haare gewaschen und trocknete sie gerade, als sie ein heftiges Klopfen an der Badezimmertür hörte. Sie öffnete und sah Andrew, der einen so veränderten Gesichtsausdruck hatte, dass sie erschrak. Sie schauten sich eine Sekunde lang wortlos an.

»Wurde Jeffs Leiche gefunden?«, fragte sie langsam

Er schwieg, als ob er Schwierigkeiten hätte, passende Worte zu finden. »Dieser Mann aus der Nähe von Kiew«, sagte er schließlich. »Es war doch Gongadze. Man hat noch einmal den genetischen Code dieses Mannes mit dem von Gongadzes Mutter verglichen …«

»Aber das Münchner Labor hat es doch ausgeschlossen?«

»Die Niederländer sind anderer Meinung.«

Und wieder schauten sie sich an.

»Vielleicht wurde damals die Gewebeprobe eines anderen Menschen nach Deutschland geschickt«, überlegte Sanicki. »Es war irgendein Trick.«

»Und seine persönlichen Sachen? Die Familie hat sie doch identifiziert.«

»Das werden wir niemals wissen. Vielleicht wollten sie die Opposition auflaufen lassen: ›Wir sollen Mörder sein? Und wo ist dann die Leiche?‹«

Elizabeth setzte sich auf den Rand der Badewanne, weil ihre Beine plötzlich unter ihr nachgaben. »Wenn es die Leiche des Journalisten ist, wo ist dann mein Mann?«

Sanicki schwieg.

»Weißt du, ich habe darüber nachgedacht, einen Privatdetektiv zu engagieren, dann wurde ich wegen Tschetschenien abgelenkt … Könntest du mir dabei helfen?«

»So spontan weiß ich das im Moment nicht.«

Am nächsten Tage gab es viel Rummel um die Leiche des Georgij Gongadze. Der Generalstaatsanwalt veröffentlichte eine offizielle Erklärung, dass es sich bei der verstümmelten Leiche, die in der Nähe von Kiew aufgefunden wurde, zu 99,6 Prozent um den verschwundenen Journalisten handele. Alle Vorwürfe, dass der Journalist auf Befehl des Präsidenten entführt worden sei, wies das Präsidentenbüro allerdings scharf zurück. Der Parteiführer der sozialistischen Opposition bekam eine Vorladung vor Gericht und sollte sich wegen Verleumdung verantworten.

Unabhängige Journalisten waren der Meinung, dass die Entführung und Ermordung ihres Kollegen wohl nie gänzlich aufgeklärt werden würde. Um den Präsidenten zu stärken, wurden seine Anhänger mobilisiert. Wie zu Zeiten des Kommunismus wurden Demonstrationen und Aufmärsche organisiert. Andrew erzählte, dass in Charkow zig Tausend Leute aus Betrieben und Bildungseinrichtungen auf die Straße geholt wurden, um für Kutschma zu demonstrieren und ihm zuzujubeln.

»Und diese 0,4 Prozent, Andrew?«, fragte Elizabeth. »Kann das nicht bedeuten, dass es doch die Leiche von Jeff war?«

»Wir können uns an das holländische Labor wenden, damit sie die Gewebeproben noch einmal im Hinblick darauf untersuchen – aber die Deutschen haben es bereits ausgeschlossen.«

»In Gongadzes Fall haben sie sich aber geirrt.«

»Gut, ich werde mich darum kümmern. Jeffs Mutter soll Blutproben schicken.«

»Das wird sie.«

Elizabeth konnte lange nicht einschlafen. Falls sich herausstellen sollte, dass die bei Kiew gefundene Leiche doch … dass dieser Mann Jeff war? Wie sollte sie damit leben? Ein Körper ohne Kopf … ein abgetrennter Kopf, der bis heute nicht gefunden wurde …

Eine Stelle aus dem russischen Roman kam ihr in den Sinn: »Annuschka hat schon Sonnenblumenöl gekauft, und nicht nur, dass sie es gekauft hat, sie hat es auch noch verschüttet.«

Sollte ihr weiteres gemeinsames Leben, ihr und Jeffs Leben, nicht stattfinden?

Andrew berichtete, dass die meisten Zöglinge aus dem Kinderheim in den Weihnachtsferien nach Hause zu ihren Familien gebracht worden seien. Richtige Waisen gab es in dem

Heim nur wenige; aber unter den Kindern, die über die Feiertage im Heim bleiben mussten, war Alek.

Andrew erzählte es Elizabeth nebenher; es musste ihm aufgefallen sein, dass sie aufgehört hatte, den Jungen zu besuchen, ihn überhaupt zu erwähnen. Und intelligent, wie er war, vermutete er zu Recht, dass Oksana in dem Brief an Elizabeth etwas über ihren Sohn geschrieben haben musste, was diese völlig verstört hatte.

»Ich habe einen Vorschlag«, fing er an, als Frau Sanicka sich nach dem Essen zurückgezogen hatte. »Lass uns in mein Haus in den Bergen fahren. In den nächsten zwei Wochen wird wegen der Feiertage eh nichts passieren.«

Dieser Vorschlag überraschte sie, so dass sie nicht wusste, was sie darauf antworten sollte.

»Du warst krank, es wird dir guttun«, beharrte Andrew.

»Aber ich lebe doch unter einer solchen Belastung, ich glaube nicht, dass ich mich überhaupt entspannen kann. Ich muss irgendwas tun, das Gefühl haben, dass ich etwas wegen Jeff unternehme.«

Um Elizabeth zu beruhigen, sagte Andrew, dass er darüber nachgedacht habe, wer nach Jeff suchen könnte. Es gäbe mehrere Möglichkeiten: Gleich hinter der Grenze, in Polen, habe ein sehr fähiger Mann seine Detektei; er sei auf dem Gebiet von verschwundenen Personen sehr erfahren und erfolgreich, kürzlich habe er einen reichen Geschäftsmann aufspüren können, der in die Slowakei entführt worden war. Er habe auch Leute in der Ukraine, die sich allerdings meist nur mit gestohlenen Autos befassten. Es wäre besser, wenn es jemand von hier wäre. Er kannte zwar jemanden, aber es wäre nur im äußersten Falle möglich, sich an ihn zu wenden.

»Und wer ist das?«, fragte sie.

»Ein sogenannter ehemaliger Diplomat. Natürlich wurde er nur zu ganz … speziellen Zwecken ins Ausland geschickt. Später trat er ganz offiziell als hoher Offizier der Spezialeinheiten auf. Nach der Wende wurde er angeblich suspendiert, hat aber immer noch sehr viel Einfluss. Allerdings ist er sehr geldgierig und wird sicher nicht billig sein.«

»Ich möchte mich mit ihm treffen«, sagte Elizabeth.

»Er ist ein sehr gefährlicher Mann.«

Andrew hätte gern noch einmal darüber geschlafen, alles durchdacht, doch sie war stur und wollte nichts von einer Verzögerung wissen.

»Sollte er den Auftrag annehmen, könnte es sein, dass ich doch in die Berge mitkomme«, lenkte sie ein.

Weil der Informer, wie ihn Elizabeth nannte – sein Name war ihr zu kompliziert –, gewünscht hat, sie ohne Zeugen zu treffen, und zwar »an der frischen Luft«, wie er es formuliert hatte, verabredete sie sich mit ihm auf dem Markt neben dem Diana-Brunnen.

Sie war nervös, als sie zu diesem Treffen ging, obwohl sie es nicht zugeben wollte. Zum Teil war es Andrews Schuld, der sie vor diesem Menschen gewarnt hatte; doch solche zynischen, rücksichtslosen Menschen waren oft besonders effektiv. Und darum ging es doch. Vielleicht konnte er Jeff das Leben retten.

Als sie den Marktplatz überquerte, sah sie schon von Weitem einen Mann, der am Denkmal stand. Er hatte einen Fuß auf die steinerne Umrandung des Beckens gestellt und rauchte eine Zigarette. Er war groß und stattlich, hatte helle, dichte, leicht gewellte Haare. Es schien, als ob er ein sehr junger Mann wäre, doch als sie näher kam und sein Gesicht aus der Nähe betrachtete, stellte sie fest, dass er genauso gut vierzig oder fünfzig sein konnte. Ein wenig war sie von seinem Aussehen überrascht – sie hatte einen grobschlächtigen Typen erwartet, der sie düster anblicken würde, doch der Informer war auf den ersten Blick ein sehr einnehmender Mann. Er lächelte bei ihrem Anblick und die Fältchen um seine Augen verbreiteten sich strahlenförmig. Dieses »gute Lächeln« machte sein Gesicht noch freundlicher.

»Mrs Elizabeth Connery?«, fragte er.

»Ich bin es«, erwiderte sie.

Er streckte als erster die Hand aus; er hatte einen starken, männlichen Händedruck.

»Wollen wir ein wenig spazieren gehen?«, fragte er. »Mit einer so schönen Frau muss ich mich in der Stadt zeigen, damit mich die Leute beneiden.«

»Sie sprechen fabelhaft Englisch«, sagte sie anerkennend, obwohl sie diese Art von Galanterie nicht sonderlich mochte.

Er lachte erneut und fasste sie am Ellbogen, was ihr ein wenig peinlich war – trotzdem hatte sie nicht den Mut, sich zu widersetzen. Sie liefen schweigend durch ein paar Straßen und sie wurde immer verlegener – bis er schließlich auf eine Bank unter alten Bäumen wies.

»Hier sind wir ungestört«, stellte er fest und ließ ihren Arm los.

Sie setzte sich so weit weg von ihm, wie sie konnte, fast ans andere Ende der Bank. Als sie sich umblickte, stellte sie fest, dass es dasselbe Gässchen war, in dem sie Frau Klonowska begegnet war.

»Ich weiß, worum es geht. Sie müssen mir nichts erklären«, begann der Informer. »Es gibt dieses hebräische Sprichwort: ›Dein Name geht dir voraus.‹ Und Ihr Name hat mir alles gesagt.«

Sie hatte dieses Sprichwort schon einmal gehört, doch unter vollkommen anderen Umständen. Damals hatte es ein berühmter Kunsthistoriker in Jerusalem ausgesprochen. Mit diesen Worten hatte er damals Elizabeth begrüßt, als sie ihm vorgestellt wurde. Es stellte sich heraus, dass er ihre Arbeiten gelesen hatte und sie sehr schätzte.

»Woher kennen Sie dieses Sprichwort?«, wollte sie wissen.

Beim Lächeln zeigte er eine Reihe gerader Zähne. »Ich weiß gar nicht mehr. Ich kenne aber noch andere, zum Beispiel: ›Schlafende Hunde soll man nicht wecken.‹ Und so werden wir vorgehen – wir werden die schlafenden Hunde nicht wecken. Nun zu dem am wenigsten angenehmen Teil, sowohl für Sie als auch für mich. Das Finanzielle. Ich muss über genug Geld verfügen, um überhaupt anzufangen. Ich könnte sagen, zehntausend Dollar – und nicht den kleinsten Finger rühren. Ich könnte auch zwanzig sagen ... Es ist Ihre Entscheidung.«

Elizabeth spürte, wie ihr das Blut aus dem Kopf wich. Wie sollte sie darauf reagieren? Sie wusste nicht, ob es ein Spiel war. Sollte sie darauf eingehen oder sollte sie ablehnen? Und wenn sie darauf einging, woher sollte sie wissen, ob er den Preis nicht noch mal verdoppelte? Wie sollte sie überhaupt an so viel Geld kommen? Na ja, es würde sich schon eine Lösung finden. Das Problem war, jetzt keinen Fehler zu machen, diesen Menschen nicht merken zu lassen, wie schwach und verloren sie war. Wenn sie jetzt einen Fehler beging, konnte es Jeff das Leben kosten.

»Die Summe ist nicht gerade klein ...«, begann sie vorsichtig.

»Der Auftrag auch nicht«, fiel die Antwort. »Wir riskieren alle etwas dabei – Ihr Ehemann, Sie, ich.«

»Glauben Sie, dass mein Mann noch lebt?«

Ihre Blicke kreuzten sich. In seinen Augen war etwas so Rücksichtsloses, dass es sie kalt überlief. Doch er verbarg es sofort und hüllte sich in sein freundliches Lächeln.

»Das weiß ich noch nicht. Aber ich hoffe, es bald zu erfahren.« Und dann, ohne den Gesichtsausdruck zu verändern, fragte er: »Sehen Sie diesen Mann auf der anderen Straßenseite, der auf einen Bus wartet?«

»Ja.«

»Er verfolgt uns schon seit dem Marktplatz«, erwiderte er. »Und diese Frau mit dem Kinderwagen?«

Elizabeth nickte.

»Sie ist uns auf den Fersen seit den Hetman-Wällen!«

Elizabeth wusste zwar nicht, wo die Hetman-Wälle lagen, aber sie glaubte ihm aufs Wort.

»Daher wäre es mir lieber, wenn wir eine klare Entscheidung treffen. Möchten Sie, dass ich mit meinen Nachforschungen beginne?«

»Ja«, erwiderte sie. »Ich bin mit der von Ihnen vorgeschlagenen Summe einverstanden. Und ich hoffe, dass Sie erfolgreich sein werden.«

»Hoffnung ist nicht genug. Ich kann Ihnen jetzt schon garantieren, dass Sie bald schon Neuigkeiten über Ihren Ehemann haben werden.«

Elizabeth traten Tränen in die Augen.

»Ich werde Ihnen Kurznachrichten schicken, weil ich lieber nicht am Telefon reden möchte, erst recht nicht am Mobiltelefon. Und ich gebe Ihnen eine Nummer, unter der Sie mich im Notfall erreichen können. Es wird sich ein Anrufbeantworter einschalten, dann hinterlassen Sie mir eine Nachricht. Aber bitte nur in absoluten Notfällen.«

Elizabeth nickte gehorsam – sie war wirklich sehr aufgeregt. Zum Schluss besprachen sie noch die Methode der Geldübergabe, dann erhob sich der Mann von der Bank.

»Wir sollten gehen«, meinte er.

»Wäre es nicht besser, wenn wir uns gleich hier verabschieden?«, schlug sie vor.

»Haben Sie keine Angst vor den Verfolgern?«

»Ich habe mich an sie gewöhnt, sie sind dauernd um mich.«

»Doch diesmal haben sich die Monster ans Tageslicht gewagt. Sehen Sie, der Bus ist abgefahren, und unser Freund steht immer noch allein an der Haltestelle, der Ärmste!«

Sie gingen die Straße hinunter. Der Informer hielt die Hände in den Taschen und pfiff eine leise Melodie.

»Haben Sie ›Braveheart‹ gesehen?«

»Wie meinen Sie das?«, fragte sie erstaunt.

»Den Film, mit Mel Gibson, ist schon ein paar Jahre alt.«

»Nein, habe ich nicht. Ich gehe selten ins Kino.«

»Schade, es ist nämlich mein Lieblingsfilm. Er hat mehrere Oscars bekommen.«

Elizabeth musste lächeln. »Das wäre ein hinreichender Grund, gar nicht mehr ins Kino zu gehen. Die Oscarverleihung, ich bitte Sie, seit Jahren nur Schrott. Vor ein paar Jahren hat mich mein Mann in den ›Englischen Patienten‹ geschleppt und wir sind nach der Hälfte wieder gegangen.«

Sie gelangten in die Nähe des Ortes, den Elizabeth bei sich die Champs-Élysées nannte. Hier herrschte ein reger Verkehr, Menschen gingen auf dem Boulevard spazieren, andere überquerten die Straße. Der Informer streckte ihr die Hand zum Abschied hin.

»Hier möchte ich mich von Ihnen verabschieden. Und schauen Sie sich ›Braveheart‹ an, es lohnt sich wirklich.

Elizabeth winkte einem Taxi und fuhr zu Frau Sanicka hinaus. In ihrem Zimmer legte sie sich mit einer kalten Kompresse auf der Stirn hin. So traf Andrew sie an.

»Und, Elizabeth? Hast du dich entschieden, seine Dienste in Anspruch zu nehmen?«

»Ja. Aber du hattest recht. Er ist ein gefährliches Individuum. Er ist sehr intelligent und …«, sie suchte nach der richtigen Formulierung, »… ihm ist alles gleichgültig. Aber das ist gut, dass er so rücksichtslos ist, das lässt mich hoffen.«

»Und wie viel zahlst du für diese Hoffnung?«

»Für den Anfang will er zwanzigtausend Dollar.«

Andrew pfiff durch die Zähne.

»Du willst ihm diese Summe doch unmöglich zahlen!«

»Doch, Andrew, das werde ich«, erwiderte sie. »Jeffs Leben hat für mich keinen Preis.«

Am Abend ihrer Abreise zu Andrews Berghütte schlug dieser unvermittelt vor, sie sollen Alek mitnehmen.

Elizabeth schwieg.

»Ich dachte, dass du den Kleinen magst …«

»Doch, schon … Aber momentan kann ich ihn nicht sehen. Ich werde dir sagen, warum, aber noch nicht jetzt. Bitte, lass mir Zeit …«

Sie fuhren am frühen Morgen los, mit Skiern auf dem Dachgepäckträger. Elizabeths Skier hatte ihr Andrew gekauft.

»Ich fahre nicht so gut«, versuchte sie zu erklären. »Ich bin nicht sonderlich sportlich.«

»Da, wo wir hinfahren, gibt es keine so großen Berge wie bei euch. Es sind eher Hügel, dafür sehr wild und malerisch.«

»Dann werde ich auch malerisch hinfallen!«

»Ach komm, übertreib nicht.«

Sie lieferten sich solche Wortgefechte, um die Anspannung der letzten Wochen zu überspielen. Sie waren nicht nur für Elizabeth schwer – es war nicht zu übersehen, dass Andrew sich sehr für sie engagierte. Es verunsicherte sie ein wenig, denn ihr war immer noch nicht klar, welche Rolle sie in seinem Leben spielte. Wer war sie für ihn? Eine einsame Frau, die Hilfe brauchte? Oder einfach nur eine Frau? Sie wusste nichts über seine Vergangenheit, sie wusste nicht, warum er allein war, sie wusste nicht, ob er überhaupt fähig war, etwas zu empfinden.

Sie fuhren durch einen verschneiten Wald, die Bäume ächzten unter dem Gewicht des Schnees, der in der Sonne glitzerte. Sie war so lange nicht mehr in der Natur gewesen … Immer nur reiste sie via Flugzeug von Ort zu Ort, sah nur Flughäfen und Städte; Gruppen von Bäumen sah sie allerhöchstens in Parks, aber das war nicht dasselbe.

Sie hielten für eine kurze Rast, und Elizabeth näherte sich einer Wand aus alten Fichten, atmete den intensiven Geruch nach Harz und Zapfen ein.

Plötzlich kam ihr der Gedanke, dass sie und Jeff sich ihr gemeinsames Leben nur ausgedacht hatten – sie taten zwar so, als wäre es echt, aber in Wirklichkeit lebten sie in einer Illusion … Vor allem sie … Sie suchte die Wahrheit in den Gemälden alter Meister, gemalte Augen schauten sie an, gemalte Münder sprachen zu ihr, während reale Menschen immer stummer wurden, weil sie es verlernt hatte, ihre Stimmen zu hören …

»Worüber denkst du nach?«, wollte Andrew wissen. Jetzt erinnerte er gar nicht mehr an den spöttischen Gefährten ihrer Flugreise oder an den gestressten Juristen; in Freizeitkleidung sah er viel jünger aus, und auch sein Gesichtsausdruck war ganz anders.

»Ich bin froh, dass ich hier bin.«

Später hielten sie an einer Art Raststätte. Im Inneren einer Holzhütte mit dreckigem Fußboden standen gerade mal zwei Tische, von biertrinkenden Männern belagert. Ein übler Gestank herrschte darin, der allgegenwärtige Geruch nach gekochtem Kohl und verschwitzter Kleidung, der Elizabeth überall in diesem Land verfolgte. Reflexartig wollte sie gleich wieder hinausgehen, doch die Lust auf etwas Warmes zu trinken war stärker, zumal es draußen recht kalt war.

Einer der Tische wurde frei. Die Frau hinter der Theke – untersetzt, mit lächerlich großem Busen – wischte die Tischplatte ab und sagte fröhlich etwas zu Andrew, der ihr ebenso antwortete.

»Worüber habt ihr euch unterhalten?«

»Über gar nichts, wir haben bloß ein paar freundliche Sätze ausgetauscht. Wollen wir etwas Kleines essen, hättest du Lust?«

»Wenn sie uns hier nicht vergiften …«, meinte Elizabeth skeptisch.

»Ich halte immer hier an, wenn ich in die Berge fahre, also keine Sorge.«

Sie bestellten eine Elizabeth unbekannte Speise, die eine »Spezialität« dieser Holzhütte sein sollte. Sie mussten eine Weile auf das Essen warten, und die Frau brachte ihnen gleich den bestellten Tee – in Gläsern, mit Zucker und Löffel gleich drin. Elizabeth trank diese unerträglich süße und heiße Flüssigkeit und verbrühte sich dabei beinahe die Lippen. Eine angenehme Wärme durchströmte ihren ganzen Körper.

Lächelnd sagte sie: »Man spart bei euch nicht an Zucker. Trinkst du auch gern diesen Sirup?«

»Das ist typisch russisch, und dieser Einfluss hatte sich in den letzten fünfzig Jahren wohl durchgesetzt.«

»Und was hältst du von Russland?«

»Vom heutigen Russland oder an sich?«, fragte er.

»Sowohl als auch.«

»Es ist schwer, das in einem Satz zu beantworten. Die Russen können sich seit Jahrhunderten nicht entscheiden, ob sie Europäer oder Asiaten sind. Am liebsten wären sie irgendwo in der Mitte … Die Elite ist europäisch eingestellt, die Massen wiederum sind eher asiatisch. Jelzin war ganz klar Asiate, deswegen hatte er einen so starke Rückhalt im Volk. Sie haben ihm alles verziehen, seine peinlichen Entgleisungen, seine geringe Bildung, seinen Alkoholismus. Er war einfach ein Mann aus dem Volk. Putin neigt eher dem Westen zu, und viele seiner Landsleute können ihm das nicht verzeihen. Das wird noch ein schlimmes Ende haben …«

»Für wen?«

»Für Putin natürlich!«, lachte Andrew auf. »Aber dabei hätten wir Ukrainer auch nicht viel zu lachen.«

Die vollbusige Wirtin servierte ihnen endlich das geheimnisvolle Gericht auf angeschlagenen Tellern, reichte ihnen Besteck aus Aluminium; Elizabeths Gabel war verbogen und ein Zacken fehlte.

Zögernd kostete die Amerikanerin den Kokon aus Kartoffelteig mit einer pikante, knoblauchlastige Hackfleischfüllung drin. Das Gericht war mit Butter übergossen und mit kleingehackten, gebratenen Zwiebeln garniert. Es schmeckte vorzüglich und Elizabeth verschlang alles regelrecht.

»Erlaube bitte, dass ich mich entferne«, sagte Andrew. »Ich will bezahlen und eine rauchen.«

Andrew winkte der Frau, die gleich an den Tisch kam – das ganze Festmahl kostete gerade mal fünfzehn Hrywnjen.

Als Elizabeth allein blieb, betrachtete sie die Gesellschaft am Nachbartisch. Es waren vier Männer mittleren Alters, mit Lammfelljacken bekleidet, zwei von ihnen zusätzlich mit warmen Mützen mit Ohrenschützern, die zu beiden Seiten abstanden und komisch aussahen. Sie hatten wettergegerbte, sonnenverbrannte Gesichter mit starkem Bartwuchs; sie saßen da und tranken schweigend ihr Bier. Vielleicht sprachen sie nicht, weil sie da war, oder aber sie waren von Natur aus schweigsam. Elizabeth dachte, dass sie gern junge Leute getroffen hätte, junge Ukrainer, um sich mit ihnen zu unterhalten, zu erfahren, was sie über die Zukunft dachten, was sie gern in ihrem Leben verändern möchten. Bisher war der einzige junge Mensch, den sie hier kennengelernt hatte, Oksana, doch sie war bestimmt keine durchschnittliche junge Frau von der Straße.

Sie ging vor die Hütte, wo Andrew auf einer Holzbank saß und eine rauchte. Als sie in seine Richtung ging, knirschte der Schnee unter ihren Schuhen.

»Wir können los«, sagte sie.

»Konntest du dich ein bisschen aufwärmen?«, fragte er und warf die Kippe zur Seite.

Ich hab mich bei dir aufgewärmt …, dachte sie.

Andrews Häuschen stand auf einer Lichtung, von allen Seiten von Fichten umgeben; es hatte eine Veranda, durch die es ins Innere ging. Es gab nur einen Raum, mit einem Öfchen und einem Kamin in der Ecke, es gab aber auch eine kleine Galerie, die für Elizabeth gedacht war. Dort oben standen ein Bett, ein Schränkchen und ein Sessel, der direkt am Fenster stand, das sich in der Mitte des steilen Daches befand.

»Und, wie findest du es?«, wollte Andrew wissen.

»Großartig!«

»Ist es nicht zu eng für dich?«

»Aber nein, überhaupt nicht«, erwiderte sie.

Aber nein, überhaupt nicht. Sie ist fünfzehn, mit einer Jugendgruppe beim Campen. Elizabeth und ihre Freundin Sue teilen sich ein Zelt. Gerade haben sie sich zum Schlafen in ihre Schlafsäcke eingekuschelt, als Sues Freund ruft:

»Ist es euch nicht zu eng?«

»Aber nein, überhaupt nicht!«, ruft Sue.

In dieser Nacht vertraut sie Elizabeth an, dass sie seit ein paar Monaten mit Ed lebt. Genauso formulierte sie es: nicht »miteinander schlafen«, oder »sich lieben«, sondern »leben«.

»Das ist wirklich wunderbar, das sage ich dir. Es ist mit nichts zu vergleichen!«

»Aber es muss doch mit irgendetwas zu vergleichen sein«, drängt Elizabeth. »Wie ist das? Wie wenn du eine gute Note bekommst?«

»Anders.«

»Wie wenn du Eis isst?«

»Anders.«

»Wie wenn du schöne Musik hörst?«

»Anders.«

»Na, wie denn?«, fragt sie ungeduldig.

»Wie alles zusammen«, sagt Sue nach einiger Überlegung.

»Man kann aber nicht alles gleichzeitig haben.«

»Doch, das kannst du – wenn du es tust!«

Elizabeth wusste noch, was sie damals dachte: dass Gefühle nichts Wirkliches sein können – denn sie sprachen über Gefühle, und nicht über den sexuellen Akt …

Den letzten Tag des Jahres verbrachten sie auf Skiern. Elizabeth fiel zwar einige Male hin, doch dann kriegte sie einen Rhythmus hinein und es war, als wäre sie eins mit den Brettern auf ihren Füßen. Sie fühlte die Sonne und den Wind auf ihrem Gesicht, den Duft der Nadelbäume – es war wundervoll, dieser Zustand der körperlichen Entrücktheit …

Abends saßen sie am Kamin und tranken Wein.

»Ein interessanter Jahrgang …«, meinte Elizabeth und schaute sich die Flasche genau an. »Dieser Wein ist ja älter als ich!«

»Es war das Honorar von jemandem, dem ich das Leben gerettet habe; buchstäblich … Er war zum Tode verurteilt worden. Ich habe diesen Wein für eine besondere Gelegenheit aufgehoben. Und nun haben wir eine …«

»Das Ende eine bedeutenden Jahres«, erwiderte sie. »Ist dir bewusst, dass wir Menschen eines neuen Jahrhunderts sind …?«

Sie starrte ins Feuer. Die Scheite knackten und ein außergewöhnlicher, harziger Geruch breitete sich aus. »Wenn mir noch vor ein paar Monaten jemand gesagt hätte, ich würde den letzten Tag des Jahres in der Ukraine verbringen, in einer kleinen Berghütte in … wie heißt die Landschaft hier?«

»Bieszczady.«

»Das ist zu schwer für mich! Eure Zischlaute bringen mich zur Verzweiflung. Also, wenn es mir jemand gesagt hätte …«

»Ja, ich weiß«, unterbrach Andrew. »Das hättest du niemals geglaubt.«

»Ich hätte es mit Sicherheit nicht geglaubt.«

»Doch jetzt bist du hier – und das macht mich glücklich …«

Andrew goss ihr noch Wein nach; Elizabeth spürte ein leichtes Rauschen im Kopf, aber es war ein angenehmes Gefühl. Sie spürte physische Müdigkeit nach dem langen Ski-Ausflug, die Wärme, die vom Kamin ausging, machte sie träge. Sie zog die Beine aufs Sofa hoch.

»Warst du schon immer allein, oder hat es jemand gegeben …?«, wollte sie wissen.

»Es gab eine Frau, aber es gibt sie nicht mehr.«

»Deine Ehefrau?«

»Nennen wir es mal so.«

»Wart ihr lange zusammen?«

»Schwer zu sagen … Es gab immer Pausen mittendrin, sie verließ mich, dann kam sie zurück … Bis sie schließlich endgültig verschwand.«

»Warum denn?« Es war Elizabeth ein wenig peinlich, Andrew so hartnäckig auszufragen, doch sonst würde sie gar nichts von ihm erfahren. Und sie war sehr neugierig.

»Anscheinend habe ich einen schwierigen Charakter«, lächelte er.

»Aber wenn sie immer wieder zurückgekommen ist, musst du ihr doch viel bedeutet haben.«

»Es war wohl so …«

»Und sie? Hat sie dir viel bedeutet?«

»Ich weiß es nicht mehr … Wir haben uns endgültig getrennt, als ich wieder in die Ukraine ging.«

Sie nahm einen Schluck von dem Wein.

»Seid ihr offiziell geschieden?«

»Ja, das sind wir in der Tat. Es war ihr wichtig. Einige Jahre später hat sie wieder geheiratet.«

Beide starrten ins Feuer. Einige Scheite waren feucht, das Holz zischte und knackte durchdringend, und die Flamme war blau gefärbt.

»Niemand sollte lange allein sein, das verändert einen Menschen innerlich.«

»Mich hat es nicht verändert«, erwiderte er und schenkte ihr Wein nach. »Ich bin mehr ich selbst, seit ich allein lebe.«

»Vielleicht hast du die Richtige noch nicht gefunden?«, meinte sie und da fiel ihr ein, wie sie bis vor Kurzem dasselbe gedacht hatte – dass sie nur sie selbst war, wenn sie allein sein konnte.

»Vielleicht gibt es eine Frau für mich gar nicht«, sagte er.

»Vielleicht«, sagte sie und wurde plötzlich ganz traurig.

Sie schwiegen lange.

»Warum hast du mich hierher eingeladen?«

Andrew ließ sich Zeit mit der Antwort. »Ich habe dich eingeladen, damit du dich ein wenig erholst, ein wenig gedanklichen Abstand zu den Problemen gewinnst, mit denen du seit einigen Wochen zu kämpfen hast ...«

»Nur deswegen?« Sie spürte, dass sie aufhören sollte, ihm diese Fragen zu stellen, denn plötzlich wurde zwischen ihnen eine gewisse Spannung spürbar.

»Wohl nicht nur deswegen ...«

Elizabeth konnte sich gerade noch beherrschen, um ihm nicht noch eine Frage zu stellen, doch es kostete sie viel Überwindung. Warum war es ihr nur so wichtig, was dieser Mann von ihr hielt? Als ihre Blicke sich trafen, fand sie eine außergewöhnliche Wärme in Andrews Augen – kein Mensch hatte sie je so angesehen. Niemand, nicht einmal Jeff.

»Meine Beziehung zu Jeff ...«, sagte sie unvermittelt, »... war keine«, sie rang mit Worten, »... besonders körperliche Beziehung. Wir waren sehr jung, als wir geheiratet haben, wir wussten nicht viel vom Leben, vom Sex und der Liebe. Und später sind wir wohl zu bequem geworden, um außerhalb nach aufregenderen, leidenschaftlichen Gefühlen zu suchen ...«

Andrew sah sie an – sein Gesichtsausdruck war undurchdringlich, sie konnte nicht einschätzen, was er von ihrer Enthüllung hielt.

»Und warum machst du nun diese, sagen wir mal, Odyssee durch?«

»Andrew, wenn man achtzehn Jahre zusammen war, ist man ein Teil des anderen ... Du überlegst doch auch nicht, ob du dich um deinen Arm oder deine Hand kümmern sollst, du tust es einfach, weil es dir weh tut.«

Reflexartig schaute sie auf ihre Armbanduhr und rief: »He, es ist eine Minute vor Mitternacht!«

Er griff nach der Champagnerflasche. Der Korken sprang mit einem lauten Knall in die Luft. Die Gläser klirrten.

»Ich wünsche dir, dass du deinen Ehemann findest ... Denn das ist das Wichtigste. Und ich wünsche dir, dass du glücklich wirst, Elizabeth, du verdienst es wie niemand sonst.«

»Vielleicht bin ich jetzt schon glücklich ...«, antwortete sie ihm in Gedanken.

Am nächsten Morgen rief Andrews Mutter an, mit der Nachricht, ein fremder Mann habe für Elizabeth ein Päckchen abgegeben. Er habe gesagt, er sei nur ein Bote.

Andrew schärfte ihr ein, das Paket auf keinen Fall zu öffnen, denn es könne gefährlich sein. Seine Mutter war daraufhin etwas pikiert und meinte, es wäre nicht ihre Art, Post zu öffnen, die nicht an sie adressiert war. Der Sohn entschuldigte sich, warnte sie jedoch erneut, dass es Sprengstoff enthalten könne, und dass sie das Paket sehr vorsichtig handhaben solle. »Wir kommen sofort zurück«, sagte er.

»Wer kann es mir geschickt haben?«, überlegte Elizabeth laut. »Wer weiß überhaupt davon, dass ich bei deiner Mutter bin?«

»Sie ...«

»Wer: sie?«

»Der Geheimdienst.«

»Denkst du an meinen Informer?«

»Eher nicht«, entgegnete er. »Er arbeitet doch für dich. Es könnte aber eine Antwort darauf sein, dass du ihn engagiert hast. Sie wollen dir Angst machen.«

Elizabeth rieb sich nervös die Stirn. »Wenn es tatsächlich eine Bombe ist, dann wollen sie mich töten, nicht nur in Angst versetzen!«

»Es bringt nichts, jetzt hin und her zu spekulieren. Zu Hause wird sich alles klären.«

Lange Zeit fuhren sie schweigend. Elizabeth konnte sich nicht mehr so für die Landschaft am Fenster begeistern, obwohl die hohen, majestätischen Fichten zu beiden Seiten der Straße nichts von ihrer alten Schönheit eingebüßt hatten.

»Weißt du …«, fing sie an. »Ich wollte es dir in einer ruhigen Minute sagen, doch ich möchte, dass du es jetzt schon weißt … Alek ist höchstwahrscheinlich Jeffs Sohn …«

»Ich habe es mir schon gedacht«, sagte Andrew und starrte durch die Windschutzscheibe auf die Straße vor ihnen.

»Wie, du hast es dir schon gedacht? Ich hätte es nie vermutet, wenn es Oksana mir nicht geschrieben hätte … Und auch jetzt kann ich es noch nicht ganz glauben …«

»Alek sieht deinem Mann sehr ähnlich; wie auf der Fotografie, die du mir gezeigt hast.«

Elizabeth spürte eine blitzartige Entrüstung aufkommen, das Blut schoss ihr ins Gesicht.

»Alek sieht Oksana ähnlich!«, rief sie.

»Sie hat eine gerade Nase, und sowohl Alek als auch dein Ehemann haben eine Stupsnase.«

»Sagst du so etwas, um mir weh zu tun?«

Andrew blickte sie an. »Ich sage es, damit du diese Tatsache zur Kenntnis nimmst. Verschwende deine Energie nicht daran, hin und her zu überlegen, ob er der Sohn deines Mannes ist oder nicht.«

»Aber das verändert doch die ganze Lage, begreifst du das nicht?!«

»Was verändert es denn, Elizabeth?«

»Na ja ... ich weiß es nicht genau«, sagte sie verlegen. »Ich kann es einfach nicht fassen, nicht begreifen, es ist, als wäre ich in ein Karussell eingestiegen, das sich zu lange dreht. Ich will aussteigen, aber ich kann nicht, ich kann nicht, Andrew ...«

Er legte den Arm um sie und steuerte mit nur einer Hand. »Ich werde dir helfen, Liebling ...«

»Wäre ich bloß nicht hergekommen!«, sagte sie bitter. »Jeffs Großmutter hat mir davon abgeraten. Weißt du, sein Großvater hat nach dem Krieg fünf Jahre lang in einem kommunistischen Lager gesessen, wegen gar nichts ... Dafür, dass er leichtsinnig auf die andere Seite des Eisernen Vorhangs gegangen war ... Und dieser Vorhang existiert bis heute!«

»Aber natürlich!«, rief Andrew aus. »Er hieß Peter Connery, stimmt's? Er war Architekt.«

»Ja ...«, erwiderte sie erstaunt.

»Er kam nach Polen«, fuhr er fort, »weil er den Polen helfen wollte, ihre Hauptstadt wieder aufzubauen. Und die Kommunisten sperrten ihn ein. Damals war jeder Amerikaner, der freiwillig in den Osten kam, ein Spion.«

Er hielt den Wagen an. »Komm, lass uns eine Runde laufen, frische Luft wird uns guttun.«

Sie gingen von der Hauptstraße hinunter, blieben dabei fast bis zu den Knien im Schnee stecken. Elizabeth setzte sich auf einen umgefallenen Baumstamm, schloss die Augen und streckte ihr Gesicht der Morgensonne hin, die sanft ihre Haut erwärmte.

»Ich möchte für immer in diesem Wald bleiben ...«, sagte sie.

Gleich nach ihrer Ankunft holte Andrew das Paket und ging damit in den Garten. Es war in dickes graues Packpapier eingewickelt und mit einer festen Schnur umschlungen.

Sie warteten auf einen Bekannten, der die vermeintliche Bombe entschärfen würde, doch dieser konnte erst am Nachmittag kommen. Frau Sanicka konnte den Mann, der die Sendung gebracht hatte, nicht genau beschreiben – mal meinte sie, er sei groß gewesen, dann wieder mittelgroß oder relativ klein gewachsen.

»Er war kleiner als ich, das ist mal sicher«, entschied sie schließlich.

»War es ein Ukrainer? Hat er Ukrainisch gesprochen?«, fragte Andrew.

»Ukrainer«, sagte die alte Dame. »Von hier, aus Lemberg.«

»Woher weißt du das, Mutter?«

»Weil er es mit selbst gesagt hat!«

»Hat er noch etwas gesagt?«

»Nein, nur, dass ihm aufgetragen wurde, Frau Connery dieses Päckchen zu geben.«

Schließlich kam Andrews Bekannter und stellte mit absoluter Sicherheit fest, dass das Paket »sauber« sei. Innen fanden sie eine Mappe und darin die Dokumentation, die Jeff für seine Arbeit über die Kunstschätze in der Ukraine erstellt hatte. An den Seitenrändern standen handschriftliche Notizen. Elizabeth erkannte sofort seine Handschrift.

Sie überlegten, wer der Absender sein könnte und was er ihnen mit der Sendung sagen wollte. Das konnte sowohl bedeuten, dass Jeff noch am Leben war, wie auch das Gegenteil. War er nicht mehr unter den Lebenden? Waren seine persönlichen Gegenstände in die Hände der Henker gefallen?

»Wir werden Oksana Krywenko fragen müssen«, stellte Andrew fest. »Sie muss uns sagen, wo sie die Mappe zum letzten Mal gesehen hat. Es sieht so aus, als hätte dein Ehemann sie nicht mit den anderen Sachen eingepackt, sie war ja nicht in seinem Koffer.«

»Vielleicht war sie doch drin und diese Leute haben sie entfernt«, überlegte Elizabeth.

»Das ist ebenfalls möglich. Vielleicht wollte dein Ehemann in dieser Mappe die Materialien von Gongadze herausschmuggeln? Und hatte sie deshalb dabei, als sie sich getroffen haben?«

»Du meinst, er hat sie zu dem Treffen mitgenommen, von dem er nicht mehr zurückgekehrt ist?«

Andrew nickte bestätigend.

»Oder vielleicht ...« Sie hatte Angst, diesen Gedanken auszusprechen. »Vielleicht schickt Jeff sie uns ... Es könnte doch sein, dass er sich verstecken muss und seinen Aufenthaltsort nicht verraten will ... Vielleicht gibt er mir auf diese Art ein Zeichen?«

»Woher sollte er aber wissen, dass du hier bist? Die Zeitungen haben nichts über dich berichtet.«

Doch Elizabeth erwärmte sich immer mehr für die Idee, dies sei ein Zeichen von ihrem Ehemann. »Wir wissen ja nicht, wer ihm hilft. Möglicherweise gibt es einen Verbindungsmann zwischen ihm und Oksana. Sie schien überzeugt, dass Jeff noch am Leben ist ... Sie hatte Angst, belauscht zu werden, deswegen hatte sie mir nicht direkt sagen können, dass sie Informationen hat!«

Andrews Gesichtsausdruck drückte Skepsis aus. »Sie weiß doch gar nicht, wo du wohnst. Oder hast du ihr das gesagt?«

»Ich habe ihr nichts gesagt, aber vielleicht hat mich jemand von denen verfolgt?«

»Von welchen ›denen‹?«, sagte Andrew irritiert. »Sie haben kein Netz, das sind alles Amateure! Wer sind sie schon, ein Journalist, seine Helferin und ein amerikanischer Wissenschaftler!«

»Andrew, wir wissen doch gar nichts! Woher sollen wir wissen, wie es genau funktioniert hat? Wie kam Gongadze zum Beispiel an Informationen für seine Zeitung? Als er den Präsidenten angeklagt hatte, muss er doch Beweise dafür gehabt haben.«

»Die Heldentaten unseres Präsidenten singen die Spatzen von den Dächern. Und ein fähiger Journalist kann zwischen den Zeilen lesen.«

»Aber er muss doch irgendwas gewusst haben, sonst hätte man ihn nicht liquidiert. Man tötet niemanden, bloß weil er alltägliche Informationen für eine Zeitung sammelt.«

Andrew grinste ironisch. »Hier ist es definitiv möglich! Du darfst nicht vergessen, dass diese Leute die gute alte KGB-Schule hinter sich haben – ihrer Meinung nach ist absolut jeder verdächtig!«

Elizabeth ließ sich jedoch nicht überzeugen. Für sie war das Paket ein Zeichen von Jeff. Ein erstes Zeichen ... Und bald würde sie eine weitere Nachricht bekommen, und dann würden sie sich treffen ...

Andrew fuhr in seine Kanzlei, um noch irgendwelche Papiere durchzusehen. Währenddessen begab sich Elizabeth in den Stryjski-Park; nun kannte sie auch seinen Namen. Es war derselbe Park, in dem sie zum ersten Mal Alek begegnet war.

Der Tag war bewölkt, doch windstill. Überall lag Schnee, doch die Alleen waren geräumt. Viele Leute waren unterwegs, ganze Familien mit Kindern.

Als sie die Anhöhe mit der Laube passierte, spürte Elizabeth einen Druck in der Herzgegend. Auch diese Sache musste sie endlich klären. Sie sollte sich mit Alek treffen, der Junge verstand sicher nicht, warum sie ihn nicht mehr besuchte. Zwar hatte sie ihm damals gesagt, dass sie wegfahren wollte ... Möglicherweise dachte er, sie sei tatsächlich zurückgefahren. Vielleicht sollte sie es dabei belassen und sich gar nicht mehr melden ...

Andererseits war er Jeffs Kind. Und wenn ihr Mann eines Tages erfuhr, dass sie sein Kind im Stich gelassen hatte, würde er ihr das niemals verzeihen. Nur dass sie hier diejenige war, die verzeihen sollte, und nicht umgekehrt! Doch die Situation, in der sie sich momentan alle befanden, erforderte andere Verhaltensweisen, als es üblich gewesen wäre.

Es wäre etwas anderes, wenn der Junge bei seiner Mutter wohnen würde – doch er lebte in einem Kinderheim, unter entsetzlichen Bedingungen, das musste sie zugeben. Aber was konnte sie schon tun? Sie selber war nur Gast bei eigentlich fremden Leuten, sie konnte doch nicht von ihnen verlangen, dass sie auch den Jungen noch bei sich aufnahmen … Und auch wenn sie damit einverstanden wären – Elizabeth konnte sich nicht vorstellen, Aleks Ersatzmutter zu werden. Das würde sie Jeff erklären müssen, wenn sie sich erst einmal sahen …

»Elizabeth«, sagte Andrew, als er aufbrach. »Das ist Wunschdenken, und so was ist illusorisch, wenn nicht sogar gefährlich. Auch wenn diese Mappe irgendeine Mitteilung sein soll, kann es noch sehr lange dauern, bis du deinen Ehemann wiedersiehst …«

Andrew kümmerte sich um sie, man sah, dass sie ihm wichtig war. Die Tatsache, ihm begegnet zu sein, sah sie als ein großes Geschenk des Schicksals. Es gab Momente, da ertappte sie sich bei dem Gedanken, wenn Jeff wieder auftauchen sollte, müsste sie sich zwischen zwei Männern entscheiden.

Bei wem würde sie bleiben wollen? Sie dachte nicht viel über ihre Gefühle nach, dafür hatte sie den Kopf nicht frei, aber das, was sie für Andrew empfand, konnte man wohl Liebe nennen. Dieses Gefühl war anders als das, welches sie stets ihrem Ehemann entgegengebracht hatte. Es war bunter, tiefer, vielschichtiger, und die körperliche Nähe spielte dabei eine große Rolle.

Elizabeth war seit ihrer Kindheit emotional geschädigt, und das war ihr auch bewusst. Sie hatte gelernt, geliebten Menschen gegenüber Distanz zu wahren.

»Ich liebe dich, Töchterchen, aber komm mir nicht zu nahe,

sonst bekleckerst du mein Kleid mit Eiscreme!« So ihre Mutter.

»*Setz dich nicht auf meinen Schoß, es ist zu heiß, wir werden beide schwitzen.*« So ihr Vater.

Später musste man es ihr nicht mehr eintrichtern, denn sie hatte gelernt, die Nähe zu anderen Menschen zu meiden. Auch wenn es Jeff war. Sie schliefen nicht mal in einem Bett. Wenn sie sich liebten, kehrte Elizabeth in ihr Bett zurück – oder Jeff in das seine, wenn alles bei ihr stattfand.

Und erst jetzt entdeckte sie die Berührung ... Jedes Mal, wenn sich ihre Hände mit denen von Andrew trafen, spürte sie eine elektrische Spannung. All seine Aufmerksamkeiten speicherte sie irgendwo tief in ihrem Inneren. Ein leichter Kuss auf die Wange, sein Arm um ihre Schultern, all diese Gesten waren für sie Offenbarungen – in ihrer Jugend war ihr so etwas nie passiert.

Auf einmal hörte sie das charakteristische Signal ihres Mobiltelefons, das anzeigte, dass sie gerade eine SMS erhalten hatte. Mit klopfendem Herzen holte sie es aus ihrer Tasche und las auf dem Display die Mitteilung:

»Der erste Schritt ist getan.«

Andrew kam eher als sie nach Hause; sogleich spürte sie, dass er aufgeregt war.

»Hast du Neuigkeiten von Oksana?«, fragte sie vorsichtig.

»Ich war bei Oksana ... Das heißt, ich kam nicht zu ihr durch. Sie erlauben es nicht, weil sie einen Hungerstreik begonnen hat.«

»Sie ist doch so mager!«, rief sie erschrocken. »Wie will sie das durchhalten? Aber vielleicht ist es eine effektive Methode, und sie lassen sie endlich frei.«

»Ich denke nicht. Diese Leute sind grausamer, als du denkst.«

»Aber ein Hungerstreik ist doch eine entsetzliche Waffe!«

»In der zivilisierten Welt, ja«, meinte er daraufhin. »Doch wir befinden uns hier in einem postkommunistischen Land. Es wird viel Zeit ins Land gehen müssen, bis das Leben eines Einzelnen wieder einen Wert haben wird.«

Andrew steckte sich eine Zigarette an und begann, im Zimmer auf und ab zu gehen.

»Der Kommunismus hat den Menschen ihren Selbsterhaltungstrieb genommen. Mag sein, dass dieser Vergleich dich empört, doch es ist wie bei wilden Tieren. In freier Wildbahn werden sie ihr Futter jagen und ums Überleben kämpfen. Aber wenn du sie zähmst und ihnen täglich das Essen hinstellst, werden sie eher verhungern, als sich um die Futtersuche zu kümmern.«

»Schrecklich, was du da sagst!«

»Aber es ist wahr ... Ich bin hierher zurückgekehrt, weil ich dachte, ich könnte etwas Sinnvolles für mein Land tun, doch ich verspüre eine immer größer werdende Enttäuschung. Ich glaube, dass ich nach dem Tod meiner Mutter zurück nach Kanada gehen werde.«

»Warum bist du überhaupt von hier weg?«

Andrew lächelte. »Erinnerst du dich an die Lebensgeschichte von Vito Corleone? Meine ist so ähnlich. Meine Mutter schickte mich als kleinen Jungen zu meinem Onkel nach Kanada, und so habe ich überlebt. Mein Bruder und mein Vater haben das Los der Intelligenzija in diesem Land geteilt – sie sind liquidiert worden ...«

»Das war doch zu Stalins Zeiten! Jetzt sollte die Intelligenzija wieder aufleben.«

Andrew zuckte mit den Schultern.

»Ich habe irgendwo gelesen, dass eure Wissenschaftler eine ausgestorbene gesellschaftliche Schicht untersucht haben. Bis diese Klasse wieder auflebt, können hundert Jahre vergehen. Vielen Dank, aber so lange kann ich nicht warten.«

Dieses Gespräch bekümmerte Elizabeth sehr, so dass sie gleich nach oben in ihr Zimmer ging und die Tür hinter sich abschloss. Sie hatte die vom Informer erhaltene Kurznachricht nicht einmal erwähnt.

Was war wohl mit dem *ersten Schritt* gemeint? Die Übersendung von Jeffs Dokumentation? Und wenn der Informer damit etwas zu tun hatte, was wollte er ihr damit sagen? Dass er die Leute ausfindig gemacht hatte, die ihren Ehemann gefangen hielten? Oder dass er Jeff persönlich getroffen hatte?

Die Lage schien so ernst, dass Elizabeth sich entschloss, den Informer direkt zu kontaktieren. Als sie die Nummer wählte, antwortete eine automatische Stimme zuerst auf Ukrainisch, dann auf Englisch. Sie sprach auf den Antwortbeantworter:

»Ich bitte dringend um ein Treffen.«

Nach einer Viertelstunde kam die Antwort-SMS:

»Morgen, dreizehn Uhr, am Brunnen.«

Sie wusste nicht, ob sie Andrew davon erzählen sollte. Außer, dass sie Freunde waren, war er in erster Linie ihr Anwalt, und sie sollte ohne Absprache mit ihm keine Schritte auf eigene Rechnung unternehmen. Andererseits hatte sie nicht damit gerechnet, dass die Dinge sich so schnell entwickeln würden. Sie hatte angenommen, dass es einige Tage dauern würde, bis der Informer sich meldete. Und nun? Sie musste sich doch auf dieses Treffen vorbereiten. Der Mann war ein gefährlicher Gegner, der nur scheinbar auf ihrer Seite war.

Alles war so schrecklich kompliziert geworden; zu den unbekannten Faktoren kamen neue hinzu, dann die emotionalen Probleme, die in ihrem Bewusstsein immer mehr Platz einnahmen, und sie hatte keine Kraft, um sich dagegen zu wehren – oder vielleicht wollte sie es gar nicht. Ihr heutiges Gespräch schien eine Wende zu markieren: Andrew begann, von sich selbst zu erzählen. Andererseits waren sie beide aufgewühlt von Oksanas Entscheidung zum Hungerstreik – denn es war eine Entscheidung am Rande der Verzweiflung.

Bis heute Morgen hatte Elizabeth ganz anders über das Mädchen gedacht: Oksana war jemand, wegen dem sie und Jeff nun Probleme hatten. Und nun erschien sie als ein zartes, hilfloses Wesen, das einen heroischen Kampf kämpfte. Eine solche Person musste man einfach schätzen und respektieren.

Nach dem Abendessen teilte sie Andrew mit, dass sie ihm etwas Wichtiges zu sagen habe.

»Warum so offiziell?«, fragte er. »Verheimlichst du mir etwas?«

»Nun ja …«, murmelte sie, ohne ihm in die Augen zu sehen. »Weißt du, ich glaube, ich habe eine Dummheit gemacht … Ich habe eine Nachricht vom Informer bekommen, und ich habe gleich darauf geantwortet. Wir treffen uns morgen …«

»Wahrscheinlich will er dir noch mehr Geld abluchsen.«

»Ich war es, die das Treffen vorgeschlagen hat.«

»Er hätte sich ohnehin gemeldet, keine Sorge. Was war das für eine Nachricht?«

Elizabeth holte das Mobiltelefon.

»*Der erste Schritt ist getan*«, las Andrew laut vor.

»Glaubst du, dass er damit Jeffs Dokumentenmappe meint?«

»Sehr gut möglich.«

»Warum hat er sie mir geschickt?«, überlegte sie laut.

»Allein schon darum, damit du dich mit ihm triffst.«

»Das wäre wohl zu einfach.«

»Es ist einfach, Elizabeth. Ich bin mir sicher, dass diese Sendung ein psychologischer Trick von ihm war. Denk daran – der KGB hat die besten Psychologen der Welt eingesetzt!«

»Ja ja, und die russischen Uhren sind die besten der Welt!«, spottete sie.

»Sowjetische Uhren, nicht russische. Du hast den Witz vermasselt.«

»Mir doch egal«, meinte sie ungerührt. »Ich möchte lediglich wissen, was ich diesem Mann morgen sagen soll.«

»Hör ihn erst einmal an. Und merk dir, kein weiteres Honorar, auf gar keinen Fall!«

Es war kalt. Elizabeth ging in ihrem Lammfellmantel zu dem Treffen am Diana-Brunnen, und auch der Informer trug einen Mantel mit Pelzkragen und eine Fellmütze auf dem Kopf.

»Ich habe eine Sendung bekommen. Wissen Sie etwas darüber?«, eröffnete sie und vergaß dabei völlig die Anweisungen Andrews, dass sie schweigen solle, bis der Informer ihr von seinen Aktivitäten berichtete.

Er machte ein verwundertes Gesicht.

»Eine Sendung? Was für eine Sendung?«

»Wenn Sie nichts darüber wissen, ist unser Treffen eigentlich hinfällig.« Sie machte eine Bewegung, als ob sie aufbrechen wollte, doch er packte sie am Ellbogen.

»Ganz ruhig, Mrs Connery, warum so hektisch?«

»Sie wissen also etwas darüber?«

»Möglicherweise ...« Er ließ den Satz in der Luft hängen.

»Was sollte es bedeuten? Kontakt mit meinem Ehemann?«

Der Mann grinste. »Wenn es so einfach wäre, würden Sie meine Dienste nicht brauchen. Ich habe Ihnen mitgeteilt, dass es der erste Schritt war, aber nach dem ersten kommen noch weitere.«

»Was für Schritte?«

»Sie können nicht von mir verlangen, dass ich meine Methoden verrate! Entweder Sie vertrauen mir oder nicht. Wer weiß, ob wir nicht abgehört werden; die heutige Technik ist sehr weit fortgeschritten.«

»Aber woher kommt diese Mappe?« Elizabeth wollte nicht lockerlassen.

»Einer meiner Leute ist an einen Ort gelangt, wo Ihr Ehemann direkt nach der Entführung festgehalten wurde. Er muss die Mappe versteckt haben, in der Hoffnung, dass jemand sie findet. Und er hatte recht. Wir haben den Raum durchsucht und … bitte schön!«

Elizabeth starrte ihn gespannt an.

»Und? Wo war das? Wo wurde Jeff festgehalten …?«, fragte sie hitzig.

»Soll ich Ihnen die Adresse geben?«, fragte er trocken.

»Wenigstens einen kleinen Anhaltspunkt … Es wäre mir wichtig … War es ein Keller?«

»Nein, eine ganz normale Wohnung.«

»Eine Wohnung …«, wiederholte sie mit Erleichterung in der Stimme. »Wurde er lange dort festgehalten?«

Der Mann rückte seine Mütze zurecht und zog sie sich tief ins Gesicht.

»Das wissen wir nicht. Anschließend wurde er an einen anderen Ort gebracht.«

»Also, also …«, stammelte sie, »gibt es noch eine Chance, dass er lebt?«

»Ich denke schon. Haben Sie alles genau durchgesehen? Gibt es da keine chiffrierte Mitteilung, vielleicht in den Notizen an den Rändern?«

Plötzlich fühlte sich Elizabeth hilflos.

»Ich weiß es nicht … Diese Notizen beziehen sich auf die Materialien, die Jeff, also mein Ehemann, für seine Arbeit gesammelt hat. Aber vielleicht hat er einen Code verwendet, ein Wortspiel, das ich nicht entdeckt habe …«

»Wir haben verschiedene Codes getestet, diverse Möglichkeiten, nichts ist aufgegangen. Ich habe darauf gehofft, dass Sie beide vielleicht eine Art Geheimsprache hatten, bevorzugte Formulierungen …«

»Nein, nichts dergleichen«, erwiderte sie und fühlte sich beinahe schuldig deswegen.

»Tja, schade. Aber wir bleiben dran.«

Diesmal streckte ihm Elizabeth als erste zum Abschied die Hand hin. Er nahm sie beflissen und hielt sie in seiner; dann sagte er: »Und noch etwas. Mein Geld ist fast alle. Ich werde diese Woche fünftausend und noch einmal fünftausend in der nächsten benötigen.«

Elizabeth ging zum Frühstück hinunter. Diesmal saß Frau Sanicka bei ihr am Tisch, und Elizabeth fühlte sich verpflichtet, eine Unterhaltung in Gang zu bringen. Sie erzählte von ihren Erlebnissen in den Bieszczady-Bergen, unter anderem von ihren ungeschickten Versuchen, Ski zu fahren.

»Ihr Sohn beherrscht diese Kunst allerdings ganz perfekt.«

»Ja, das stimmt. Andrew ist sehr begabt«, sagte Frau Sanicka. »Seine Kanzlei läuft auch sehr gut. Wenn man bedenkt, dass er bei null angefangen hat, als er zurückkam. Jetzt hat er ständig mit internationalen Vertragsabschlüssen zu tun, mit wirklich hohen Investitionen.«

Eine Weile saßen sie schweigend da.

»Ich weiß, dass mein Sohn Sie liebt«, sagte Frau Sanicka unerwartet. »Nur weiß ich nicht, was es für Sie bedeutet ...«

Elizabeth war verlegen, sie war auf eine so persönliche Frage nicht vorbereitet.

»Es bedeutet mir sehr viel«, presste sie schließlich hervor.

Frau Sanicka strich schweigend die Falten auf der Tischdecke glatt. Elizabeth blickte auf ihre Hände – die Haut war faltig und voller brauner Flecken, doch die Form der schmalen Hände mit den langen Fingern war immer noch aristokratisch. Sie nahm all ihren Mut zusammen und stellte Andrews Mutter die Frage, die sie ihr schon lange stellen wollte:

»Warum haben Sie Ihren Sohn eigentlich damals ins Ausland geschickt? Soweit ich weiß, war er damals doch noch ein kleiner Junge. Ist Ihnen das nicht sehr schwergefallen?«

Ein Schatten huschte über das Gesicht der alten Frau. »Ich hatte drei Söhne«, sagte sie leise. »Andrew war der jüngste … Es ist schwer, es jemandem zu erklären, der nicht von hier ist … Und dann auch noch in einer fremden Sprache …«

»Ihr Französisch ist in der letzten Zeit viel besser geworden!«, sagte Elizabeth.

»Die Gespräche mit Ihnen haben mein Französich wieder geweckt. Ich habe es einmal recht gut gekonnt, aber das war in meiner Jugend … Es ist so lange her, jetzt bin ich schon zweiundachtzig …«

»Das hätte ich nie vermutet!«, sagte Elizabeth erstaunt.

»Doch, doch, so ist es …« Frau Sanicka nickte traurig. »Ich bin alt. Wäre mein Sohn nicht zurückgekehrt, hätte ich mein Leben als abgeschlossen betrachtet … Warum ich Andrew nach Kanada geschickt habe? Ich hatte drei Söhne, wie ich Ihnen bereits gesagt habe … Wäre er nicht weg gewesen, hätte ich heute wohl gar kein Kind mehr. Ukrainer zu sein, hat immer bedeutet, um unsere Freiheit zu kämpfen. Die Männer wurden von klein auf darauf vorbereitet, eines Tages für ihr Vaterland zu sterben. Man hat das den ›ukrainischen Nationalismus‹ genannt. Auch mein Ehemann und die beiden älteren Söhne gehörten nach der Eingliederung unseres Landes in die Sowjetunion zu einer geheimen militärischen Organisation, die sich ›Freie Ukraine‹ nannte. Sie haben sogar Kinder aufgenommen … Mein ältester Sohn war siebzehn, der andere erst sechzehn, als sie Mitglieder wurden. Andrew war zum Glück noch zu klein. Es war das Jahr neunzehnhundertsechsundfünfzig, in der Sowjetunion begann das politische Tauwetter. Trotzdem fielen die Urteile sehr streng aus. Der Richter war Russe; er verurteilte Ukrainer auf ihrem Heimatboden … Über alle drei wurde die Todesstrafe verhängt … und vollzogen …«

Elizabeth starrte Frau Sanicka erschüttert an und sagte: »Kurz nachdem ich hier angekommen bin, habe ich eine alte

Polin kennen gelernt. Sie hatte mir etwas Ähnliches erzählt, nur über die Polen: dass im Jahre neunzehnhundertachtzehn, nach dem Ersten Weltkrieg, Kinder um die Freiheit Lembergs gekämpft haben.«

»Ja, schon, sie haben gegen uns gekämpft …«, lächelte die alte Frau bitter. »Es war unser großer Fehler, dass wir die Polen als Aggressoren betrachtet haben.«

Die Erzählung ging weiter: Nach dem Tode ihres Ehemanns und der beiden älteren Söhne hatte sich Frau Sanicka entschlossen, den Jüngsten nach Kanada zu schicken, zu ihrem Bruder. Dieser war viel älter als sie, hatte schon in den Zwanzigerjahren das Land verlassen und in Kanada Wurzeln geschlagen. Er hatte eine Kanadierin geheiratet, von seinem Schwiegervater die Anwaltskanzlei übernommen und diese schließlich an seine Söhne übergeben. Einer von ihnen war Politiker geworden und hatte Karriere gemacht, war sogar in der kanadischen Regierung Minister geworden. Als die Ukraine 1991 unabhängig wurde, hatte Polen sie als erstes freies Land anerkannt – fünf Stunden später Kanada. Das war zum großen Teil den beiden Neffen von Frau Sanicka zu verdanken.

»Aber die beiden sind nicht in die Heimat zurückgekehrt wie Andrew«, bemerkte Elizabeth.

»Sie sind mehr Kanadier als Ukrainer; dennoch sind sie sich ihrer Wurzeln bewusst.«

»Hatte Andrew damals keine Angst vor einer so großen Reise? Er war doch erst sechs … Und Sie waren nicht dabei, oder?«

Frau Sanicka sah sie traurig an.

»Ich saß damals im Gefängnis – dafür, dass ich meine Familie nicht verraten habe. Meine Freunde haben alles organisiert: Andrew wurde über die grüne Grenze geschafft, nach Deutschland, nach München. Und von dort aus nach Kanada. Der Vater von Maria, dieser Frau, die das Restaurant auf dem Berg hat, hat uns sehr geholfen. Andrew hat mir erzählt, dass ihr schon da wart.«

»Ja, und ihre Villa hat mir sehr gut gefallen.«

»Wir haben Maria geholfen, das Gebäude wiederzubekommen, das heißt mein Sohn. Die Kommunisten hatten es beschlagnahmt, sobald sie an der Macht waren.«

Elizabeth musste das alles erst einmal ordnen. Diese tragische Geschichte passte so wenig auf die momentane Lebenssituation der beiden. Die liebe alte Dame, die sich vor allem um ihren Garten kümmerte, ihr Sohn, ein vielbegabter Mann von großem Wissen, ein Kosmopolit, der sich selbstverständlich in der komplizierten Welt von heute bewegte. Und dahinter: das düstere Verbrechen, das an drei Menschen, die einfach nur frei sein wollten, vollzogene Todesurteil …

»Hat Andrew vor, die Ukraine zu verlassen?«, fragte Frau Sanicka vorsichtig nach.

»Warum?«, wunderte sich Elizabeth. »Wohin denn?«

»Nach … nach Amerika …«

Plötzlich verstand Elizabeth, warum seine Mutter dieses Gespräch begonnen hatte – sie hatte ganz einfach Angst, dass ihr Sohn sie zum zweiten Mal verlassen könnte.

»Nein, er wird nicht wegfahren«, beeilte sie sich, der alten Frau zu versichern. »Er wird ganz sicher nicht die Ukraine verlassen.«

Sie erzählte Andrew nichts von diesem Gespräch. Sie spürte, dass es seiner Mutter nicht recht gewesen wäre, obwohl sie das nicht gesagt hatte.

Schon im Bett, nachdem sie das Licht gelöscht hatte, versuchte sich Elizabeth das alles begreiflich zu machen: Sie stellte sich einen kleinen Jungen auf einem Schiff vor, ganz allein unter Fremden. Was ist bloß an Osteuropa, dass man es stets als Verletzter verlässt? Jeffs Großvater hatte fünf Jahre in einem polnischen Gefängnis verbracht, sein Enkel betrat ukrainischen Boden und war seither spurlos verschwunden. Und dann die Geschichte von Oksana und ihrem Sohn …

Die Jahre vergehen und nichts ändert sich – die Mutter sitzt im Gefängnis und wünscht sich, ihr Kind in die freie Welt zu schicken. Aber die Ukraine ist doch angeblich frei! Warum können die Menschen hier diese Freiheit nicht nutzen, warum müssen immer wieder Menschen ihr Leben lassen oder so fürchterlich leiden?

Mitten in der Nacht klingelte das Telefon und Elizabeth erkannte die Stimme ihrer Mutter. Sie klang sehr aufgeregt.

»Ich weiß nicht, wie spät es da bei dir ist«, entschuldigte sie sich, »aber ich war gerade in deiner Wohnung, um nach der Post zu sehen, und da fand ich einen an dich adressierten Brief, aus Russland …«

»Aus Russland?«, fragte Elizabeth erstaunt. »Von wem denn?«

»Ich weiß nicht, kein Absender.«

»Dann mach den Umschlag auf …«

Sie hörte, wie ihre Mutter das Kuvert aufriss. Dann Stille.

»Mutter, hallo? Bist du noch dran?«

»Elizabeth …«, hörte sie die veränderte Stimme ihrer Mutter. »Dieser Brief ist von Jeff …«

»Was? Was sagst du da?«, fragte Elizabeth.

»Es ist ein Brief von Jeff«, wiederholte ihre Mutter.

»Wo wurde er aufgegeben?«

»Der Stempel ist verwischt … und in dieser, du weißt schon, dieser kyrillischen Schrift. Aber er wurde vor zehn Tagen abgeschickt.«

»Bitte, Mutter, lies ihn mir vor! Oder noch besser … Ich gebe dir die Faxnummer von der Anwaltskanzlei eines Freundes, bitte faxe mir den Brief, ich flehe dich an!«

»Ich werde es sofort tun.«

Ihre Mutter schien genauso erschüttert wie sie. Elizabeth unterbrach die Verbindung und rief sofort Andrew an. Sie konnte nicht bis zum nächsten Tag warten.

»Gleich kommt ein Fax aus New York«, sagte sie aufgeregt. »Ich bin schon auf dem Weg zu dir in die Kanzlei.«

»Ich könnte es dir auch vorbeibringen ...«, schlug er mit verschlafener Stimme vor.

»Nein, ich ziehe mich gerade an. Weißt du, Jeff hat mir geschrieben, er ist in Russland ...«

Liebste Elizabeth,
es fällt mir schwer, mich zu konzentrieren, denn es ist mein letzter Tag in der Ukraine. Morgen kehre ich nach Hause zurück. Ich müsste dir also nicht schreiben, doch befürchte ich, wenn ich erst einmal hier weg bin, werde ich nicht imstande sein, das wiederzugeben, was im letzten halben Jahr mein Leben war. Ich habe mich verändert, Elizabeth, ich bin nicht mehr der Mann, den du gekannt hast.

Vielleicht haben mich meine privaten Angelegenheiten so verwandelt oder aber das Treffen mit einem alten Mann. Ich wollte Fotos für meine Monographie machen – und so kam ich auch in ein im Wald verstecktes Dorf, das nur aus ein paar Holzhütten bestand. Ich wusste, dass irgendwo in jener Gegend in den Zwanzigerjahren eine griechisch-orthodoxe Kirche aus dem fünfzehnten Jahrhundert von Bolschewiken zerstört worden war. Und ich war auf der Suche nach ihren Fundamenten.

Vor einer der Hütten saß auf einer Bank ein Greis, mit einem milchweißen Bart bis zu den Hüften. Er hatte eine Rubaschka, ein kragenloses Hemd, an und dazu Hosen mit roten Tressen – die Tracht der Kosaken. Neben ihm hockte eine Katze, am Holzzaun blühten Malven. Ich weiß noch, dass ich daran gedacht hatte, wie sehr dich dieses Bild aus der Vergangenheit entzücken würde. Ich habe mich sehr darüber gewundert, denn ich war der Meinung, in der Ukraine gäbe es schon lange keine Kosaken mehr. Zuerst wurden sie von Peter dem Großen vertrieben, aus Rache, dass sie sich während der Kriege für die Schweden ausgesprochen hatten. Katharina die Zweite beendete sein Werk, indem sie die übrig gebliebenen Kosaken an den Don deportierte. Doch ein paar Menschen waren anscheinend geblieben.

Der Greis wollte sich anfangs nicht auf Russisch mit mir unterhalten; wir seien schließlich in der Ukraine und nicht in Russland – doch als ich mich vorgestellt hatte und ihm erklärte, seine Sprache nicht zu beherrschen, war er einverstanden. Wir hatten uns über die verbrannte Kirche unterhalten, und auf einmal sagte er: ›Die Kirche brannte und schwieg, doch die Glocken haben geschrien.‹

Es stellte sich heraus, dass neben dem Gotteshaus ein Glockenturm gestanden hatte, in dem drei aus Bronze gegossene Glocken hingen. Die größte war vom reichsten Bauern des Dorfes gespendet worden, als sein Sohn geboren wurde. Sowohl er als auch sein Sohn wurden vertrieben, und das konnte bedeuten, dass sie nach Sibirien geschickt oder umgebracht worden waren.

Die Bolschewiken befahlen den Dorfbewohnern, auf den Glockenturm zu klettern und die Glocken hinunterzuwerfen. Doch niemand aus dem Dorf wollte es tun, so erschossen sie erst einen Mann, und dann noch einen. Der dritte stieg schließlich auf den Turm und schnitt die Seile durch. Zuerst fiel die kleinste Glocke und rammte sich in die Erde, dann die mittlere. Doch die größte wollte sich nicht abmachen lassen, der Bauer auf dem Glockenturm riss und riss an dem Strick. Die Bolschewiken schickten ihm jemand zu Hilfe, doch zu zweit konnten sie auch nichts ausrichten. Bis sie sich beide an den Glockenstrick hängten, und da ertönte die Glocke. Es war wie ein Schrei! Vor aller Augen sprang das Herz der Glocke entzwei … Alle haben es gesehen. Die Glocke stürzte herunter und ging an einem Stein kaputt, doch ihr Herz war schon vorher zerbrochen.

So will es die Geschichte, Elizabeth. Und dann unterhielten wir uns über die große Hungersnot in den dreißiger Jahren. Mein Gesprächspartner war zu jener Zeit ein zehnjähriger Junge mit mehreren Geschwistern, darunter die kleine Anisja. Alle liebten sie, weil sie ein gutes Herz hatte, weil sie Menschen und Tiere mochte. Sie soll den ganzen Tag nur gesungen haben. Und sie starb als erste – denn der Hungertod holte zuerst die Schwächsten, also die kleinen Kinder. Um zu überleben, legten Vater und Mutter das tote Mädchen in ein Loch in den Boden, wo es kühl war, und die Familie verspeiste sie nach und nach …

Was mich am meisten erschütterte, war seine Demut gegenüber dem grausamen Schicksal. Sich mit dem Leben auszusöhnen, ist eine große Kunst, die nur wenige beherrschen. Doch dieser Greis beherrschte sie ganz gewiss.

Ich fuhr weiter – doch es war für mich nicht mehr bloß das Land, in dem ich geforscht habe, sondern es wurde zu einem Boden, dessen Stimme ich zu verstehen begann. Ich weiß nicht, ob du imstande bist, es zu begreifen, Elizabeth, doch ich habe aufgehört, hier ein Fremder zu sein, obwohl ich doch eigentlich Ire bin. Die Vergangenheit dieses Landes kannte ich nur aus Büchern, doch sein Leid begriff ich erst durch das lebendige Wort.

Ich dachte, dass dieses Land die Freiheit verdient, die ihm so lange abgesprochen worden ist. Noch schmeckt diese Freiheit sehr bitter. Es muss viel Zeit vergehen, bis die Menschen hier lernen, keine Angst mehr zu haben, und begreifen, dass sie selbst für sich entscheiden können.

Dies hatte mir ein anderes Treffen bewusst gemacht, diesmal mit einem jungen Menschen. Er ist Journalist, ein edler und mutiger Mann. Siehst du, die Macht ist in den Händen unwürdiger Menschen geblieben. Die ukrainischen Medien sind unter ihrer Kontrolle, der Präsident und die Oligarchen entscheiden über alles. Die Oligarchen, das sind Neureiche, die auf illegalem Weg zu diesen Reichtümern gelangt sind. Während des Wahlkampfs standen alle Fernsehstationen, ausnahmslos, hinter Kutschma.

Eine Schwarze Liste wurde erstellt, mit den Namen der Politiker, die man in den Medien nicht zeigen durfte. Ist es also so verwunderlich, dass Kutschma schließlich die Wahl gewann? Bei der Auszählung wurde dann obendrein noch geschummelt.

In der Ukraine auf anständige Weise Geschäfte zu machen ist praktisch unmöglich; man würde 0,3 Prozent der Einnahmen bekommen, der Rest würde dem Finanzamt zufallen. Die meisten Geschäftsleute flüchten sich also in eine Grauzone. Beinahe jeder von ihnen könnte wegen irgendetwas belangt werden. Du weißt, wie es ist: Die erste Million hat man sich selten auf legale Art verdient.

Der Präsident verfügt über einen ganzen Apparat: Miliz, Sicherheitskräfte, Finanzpolizei. Mit ihrer Hilfe kontrolliert er das Land. Also fühlt er sich unverwundbar. Und sein Land, das von einer kleinen Clique reicher Männer ausgeraubt wird, blutet aus. Die Leute werden von Tag zu Tag ärmer. Die Lebensbedingungen werden immer schlimmer, es herrscht unvorstellbares Elend.

All das erinnert an eine makabre Theateraufführung: Der Präsident verbeugt sich, lächelt – und hinter den Kulissen werden seine politischen Gegner ermordet. Das muss ein Ende haben. Die Ukraine hat das Recht, als ein gleichberechtigter Partner in die Welt einzutreten. Das Recht muss über das Unrecht siegen. Zum Glück gibt es hier eine Handvoll Patrioten, die willens sind, dafür zu kämpfen. Und ich hoffe, dass es ihnen gelingen wird, das Volk aufzurütteln.

Auch ich werde meinen bescheidenen Beitrag dazu leisten; es macht mich stolz, es ist eine besondere Auszeichnung für mich.

Wozu ich nun kommen möchte, ist das private Anliegen, von dem ich am Anfang meines Briefes sprach.

Elizabeth, Du bist meine Ehefrau, meine Lebensgefährtin, ich habe es nie vergessen. Bis auf ein Mal. Es war vor sieben Jahren. Ich habe auf einer Party eine junge Frau kennengelernt. In der Vergangenheit hatte ich Hunderte getroffen, die so waren wie sie, und war an ihnen gleichgültig vorbeigegangen. Doch sie hatte etwas an sich, das mich sofort anzog. Ich konnte sie nicht vergessen. Ich wollte dieses Gefühl unter Kontrolle bringen und die Dinge normalisieren, deshalb lud ich sie zu uns zum Abendessen ein. Ich hatte gehofft, dass sie dadurch zu unserer gemeinsamen Bekannten werden könnte.

Doch das Schicksa lspielte mir einen Streich: An jenem Samstagabend bist du nicht nach Hause gekommen, weil Du Deinen Flieger verpasst hast. Aber sie kam. An jenem Abend existierte nur sie.

Dann fuhr sie wieder weg und ihr Gesicht wurde immer verschwommener, immer blasser in meiner Erinnerung. Wieder warst Du der wichtigste Mensch für mich, den ich liebte.

Diese Frau war Oksana. Sieben Jahre später bin ich ihr wieder begegnet, in der Ukraine, und ich war froh, dass die alten Gefühle nicht wieder aufkamen. Sie machte mich mit ihrem Sohn bekannt, den ich sofort ins Herz geschlossen habe – und er muss mich auch sofort gemocht haben. Einige Monate vergingen, wir trafen uns oft.

Eines Tages spielte der kleine Alek mit ein paar anderen Fußball. Ich saß auf einer Bank und schaute ihnen zu. Und plötzlich – als ich sah, wie der Kleine hinter dem Ball herrannte – begriff ich, dass er mein Sohn war. Ich musste es nicht bestätigt bekommen, ich wusste es. Warum sie mir nie davon erzählt hatte, weiß ich nicht. Vielleicht wollte sie unser Leben nicht verkomplizieren. Doch es ist eine Tatsache, die ich nicht mehr ignorieren kann. Was das nun bedeutet, darüber möchte ich zuerst mit Dir reden. Dass mir Oksana den Jungen überlassen könnte, ist unmöglich – Mutter und Sohn sind sehr eng miteinander verbunden. Ich möchte ihn auf jeden Fall als meinen Sohn anerkennen und ihm meinen Namen geben. Ich sehe mich in der Verantwortung, ihn finanziell abzusichern und ihm eine anständige Zukunft zu bieten. Aber ich möchte Dich dabei nicht verlieren.

Obwohl ich Dich so gut kenne, kann ich nicht voraussehen,

wie Du auf all das reagieren wirst. Du bist die einzige Frau, die ich liebe, die ich immer lieben werde, doch so viele widersprüchliche Emotionen kämpfen in mir. Ich bin sehr unsicher. Ich weiß nicht einmal, ob ich mich entscheiden werde, diesen Brief abzuschicken.

Vielleicht erzähle ich es Dir einfach.

Dein für immer –

Jeff

Jeffs Brief veränderte etwas in ihr. Sie spürte keinen Schmerz mehr wegen seines Fremdgehens, sondern war tief bewegt von seinem Edelmut und seiner Courage. Das quälende Gefühl, was nun aus Alek werden sollte, die Angst vor der Notwendigkeit, über sein Schicksal entscheiden zu müssen, war verflogen. Jeff war derjenige, der die Entscheidung getroffen hatte. Er wollte Alek als seinen rechtmäßigen Sohn anerkennen. Daher bestand für Elizabeth keine Notwendigkeit mehr, den Jungen illegal über die Grenze zu bringen. Es war ihr nicht bewusst, in welchem Maße es sie belastet hatte – bis sie eine unvorstellbare Erleichterung verspürte.

Doch was war mit Jeff? Hatte er den Brief, der einige Wochen zuvor datiert war, selbst abgeschickt? Oder war es jemand anderer? Schon wieder gab es Fragen ohne Antworten. Elizabeth war plötzlich wieder fest davon überzeugt, dass ihr Ehemann nach Tschetschenien verschleppt worden war – er konnte den Umschlag mit Absicht unterwegs verloren haben. Andrew hatte ihr mal davon erzählt, wie Menschen, die in Lager abtransportiert wurden, Postkarten aus den Fenstern der Züge geworfen hatten. Möglicherweise war es nun genauso: Jeff hatte den Umschlag fallen lassen und ein ehrlicher Mensch hatte ihn in den Briefkasten gesteckt.

Sie wusste es, sie konnte es spüren, dass Jeff schon lange nicht mehr in der Ukraine war. Ihre Reise nach Tschetschenien war nur eine Frage der Zeit. Doch zuerst musste sie noch Oksana sehen.

»Du wirst nicht zu ihr durchkommen«, versuchte Andrew, sie zu überzeugen. »Sie wird Tag und Nacht bewacht und mit einer Sonde ernährt. Mein bisheriger Mittelsmann macht nicht mehr mit, das hat er mir schon gesagt.«

»Doch, ich werde zu ihr durchkommen!«, sagte Elizabeth dickköpfig.

Ohne Sanicki davon zu erzählen, hinterließ sie dem Informer eine Nachricht und erwartete seine Antwort. Er kontaktierte sie noch am selben Tag. Sie verabredeten sich für den Tag darauf, wie immer am Diana-Brunnen.

»Haben Sie das Geld dabei?«, fragte er.

»Nein, habe ich nicht«, entgegnete sie streng. »Ihre Untersuchung führt in die falsche Richtung. Mein Ehemann ist schon lange nicht mehr in der Ukraine.«

Er blickte sie etwas konsterniert an. Scheinbar lächelte er, doch offensichtlich war ihm nicht zum Lachen zumute. »Das können wir doch gar nicht wissen.«

»Ich weiß es aber«, sagte sie. »Er wurde nach Tschetschenien gebracht, und ich habe vor, ihn dort zu suchen.«

Auf dem Gesicht des Informers bemerkte sie Erstaunen.

»Sie wollen nach Tschetschenien? Allein?«

»Ich sage es doch. Aber zuvor muss ich noch mit der Gefangenen Oksana Krywenko sprechen. Und ich erwarte Ihre Hilfe in dieser Angelegenheit.«

»Das ist nicht machbar. Sie hat kürzlich einen Hungerstreik begonnen. Wussten Sie das?«

»Ja, das wusste ich.«

»Nur der Arzt und die Krankenschwester, die sie künstlich ernähren, dürfen zu ihr. Aber es ist nicht machbar, dass Sie sich als diese Pflegerin ausgeben, völlig ausgeschlossen ...«

Elizabeth blickte ihn streng an. »Warum denn nicht? Alles ist möglich, wenn man bezahlt. Man muss sie bestechen, und auch noch den Arzt und den Wächter. Und natürlich erhalten Sie eine entsprechende Vergütung.«

Der Mann dachte intensiv über etwas nach. »Ich kann Ihnen jetzt keine Antwort geben. Warten Sie bitte auf meine Nachricht.«

Das Taxi hielt am Straßenrand, doch Elizabeth stieg nicht aus. Es gab einen Augenblick, da wollte sie nur noch weg, so weit wie möglich – doch sie konnte sich überwinden. Sie bezahlte den Fahrer und bat ihn, eine Weile zu warten.

Auf der Treppe vor der Schule erschienen die ersten Schüler. Alek kam als einer der Letzten heraus; Elizabeth dachte schon, er wäre gar nicht zum Unterricht gekommen.

Er bewegte sich auf sie zu, doch dann stoppte er in einiger Entfernung. Sie betrachteten sich lange.

»Ich war lange nicht hier …«, brach Elizabeth schließlich das Schweigen.

Sie versuchte zu lächeln, obwohl es ihr nicht besonders gut gelang. Er schwieg immer noch.

»Darf ich dich ein Stück begleiten?«, fragte sie. »Dann schicke ich das Taxi weg.«

»Heute ist Tante Ania da, wenn du willst, können wir in den Park fahren.«

»Aber natürlich will ich!«, rief sie erfreut. »Ich möchte sehr gern!«

Sie liefen eine verschneite Allee entlang.

»Magst du den Winter?«, fragte sie.

»Eigentlich schon«, meinte er. »Aber sie erlauben uns nicht mal, einen Schneemann zu bauen.«

»Warum denn nicht?«

»Weil er dann taut, und dann gibt es Dreck. Und außerdem friere ich im Winter. Da, schau!«, rief er aus. »Unsere Laube!«

»Wollen wir kurz vorbeischauen?«

Alek schaute sie verwundert an.

»Aber die Spuren? Wir machen doch Spuren im Schnee, sie werden es gleich bemerken ...«

»Darüber können wir uns später immer noch Sorgen machen.«

Der Schnee auf der Wiese war ziemlich hoch, doch auf der Spitze des Hügels sah man das Gras vom Vorjahr durchschimmern. Sie setzten sich, wie es ihre Gewohnheit war, auf den Boden der Laube, obwohl die Dielen feucht waren.

»Weißt du, wir müssen ein ernstes Gespräch führen ...«, begann sie.

»Du musst wieder weg?«

»Ja, ich fahre weg, aber darüber wollte ich gar nicht sprechen. Ich möchte dir von deinem Vater erzählen.«

»Dann habe ich also einen Vater?«, fragte er mit Zweifel in der Stimme.

»Ja, du hast einen – und du kennst ihn sogar.«

Alek sah sie wortlos an.

»Es ist Jeff.«

Alek schüttelte den Kopf, dann schwieg er lange.

»Aber warum haben sie mir nichts davon erzählt? Mama und Jeff ...«

»Weil es schwierig für sie war ...«

»Und jetzt ist Jeff weg, also habe ich wieder keinen Vater! Und Mama ist auch nicht mehr da. Ich bin allein, ich habe niemanden ...«, hörte sie seine verbitterte Stimme.

»Sie kommen zu dir zurück, Alek, das verspreche ich dir«, sagte sie. »Und jetzt hast du mich, ich bin auch für dich da ...«

In seinen Augen erschien ein warmer Schimmer.

»Weil du Jeffs Ehefrau bist? Also meine zweite Mama?«

»Na ja, so etwas in der Art … Es ist besser, zwei Mütter zu haben, als gar keine«, witzelte sie.

»Ella, wo willst du denn hinfahren?«

»Weit weg, in den Kaukasus, um dort Jeff zu suchen.«

»Und wenn du nicht zurückkommst?«, fragte er mit resigniertem Tonfall.

Sie hob sein Kinn, schaute ihm in die Augen und sagte langsam: »Ich werde zurückkehren. Entweder allein oder mit deinem Vater. Glaubst du mir?«

Elizabeth las die Nachricht auf dem Display:

»Um fünf am Brunnen.«

Es war knapp vier, also hatte sie nicht mehr viel Zeit. Andrew war im Gericht, also nicht zu erreichen. Sie hatte mit ihm gar nicht über das Geld gesprochen, um ihn noch nicht in diese Geschichte einzuweihen. Mit Sicherheit würde er ihr davon abraten, es über den Informer laufen zu lassen. Aber sie kannte doch niemanden sonst …

Trotz allem versuchte sie, Sanicki auf seinem Mobiltelefon zu erreichen. Er meldete sich sofort; zum Glück war das Verfahren seines Mandanten gerade zu Ende. Sie verabredeten sich in der Kanzlei.

Dann bestellte sie sich ein Taxi.

Andrew hörte ihr wortlos zu.

»Ist dir bewusst, auf was du dich da einlässt?«, fragte er, als sie mit dem Erzählen fertig war. »Als Anwalt muss ich dir dringend davon abraten, und als … als jemand, dem sehr viel an deinem Wohl gelegen ist, verbiete ich es dir!«

Sie schauten sich an.

»Andrew, hilf mir, bitte …«, sagte sie, als hätte sie nicht gehört, was er gerade gesagt hatte. »Ohne dich komme ich nicht schnell genug an das Geld.«

»Und was soll es diesmal für eine Summe sein?«

»Ich weiß es nicht, aber er wird es mir gleich sagen.« Ihre Stimme zitterte, sie konnte sie nicht beherrschen.

»Elizabeth, ich habe Angst. Ich glaube, du verlierst die Kontrolle …«

»Im Gegenteil, endlich sehe ich alles vollkommen klar. Ich weiß, was zu tun ist. Bitte, halte mich nicht auf, denn das würde alles nur erschweren.«

Andrew ging in seinem Büro auf und ab, und sie wartete auf seine Antwort, von der das Gelingen der ganzen Aktion abhing. Sollte mich Andrew jetzt abweisen, dachte sie bei sich, wäre das der Beweis, dass er mich nie verstehen wird.

»Du mischst dich in eine nicht nur politische, sondern auch kriminelle Affäre ein. Du bist hier illegal, bedenke es bitte! Wenn sie es so wollen, kannst du für mehrere Jahre ins Gefängnis wandern – und dann werden dir weder die Botschaft noch euer Präsident Bush helfen können. Und außerdem finanzierst du diese Gangster …«

»Ich habe keine andere Wahl«, entgegnete sie. »Was konntest du auf dem offiziellen Wege erreichen? Bisher warst du nicht sonderlich erfolgreich, also kritisiere mich bitte nicht!«

»Ich kritisiere dich doch nicht …«, sagte er in einem völlig anderen Ton. »Ich habe einfach nur große Angst um dich.«

»Ich habe auch Angst, Andrew. Aber ich kann nicht mehr zurück.«

Sie blickte ihm direkt in die Augen und er war es, der den Blick senkte.

»Geh zu diesem Treffen und komm anschließend wieder her. Mal sehen, wie viel der Schakal jetzt haben will.«

Werde ich Diana jemals wieder mit der antiken Mythologie in Verbindung bringen? – überlegte Elizabeth. Die Figur der Jägerin war für sie nunmehr ein Symbol für das große Ungewisse.

Der Informer war diesmal noch nicht am Brunnen, so dass Elizabeth über eine halbe Stunde warten musste. Als sie sich Sorgen zu machen begann, ob er vielleicht von der Aktion zurücktreten wollte, sah sie ihn, wie er raschen Schrittes den Markt überquerte.

»Wie gut, dass Sie gewartet haben …«, meinte er, leicht außer Atem. »Ich habe bis jetzt mit diesem Medizinmann verhandelt, es war wirklich hart. Wir sind übereingekommen, dass er fünftausend bekommt, und die Krankenschwester tausend.«

»Und Sie?«

»Mich haben Sie schon bezahlt.«

Elizabeth war erstaunt. Es schien, als hätten sogar Leute von seinem Schlag so etwas wie ein Gewissen.

»Wann soll es stattfinden?«

»Heute Abend um sieben.«

»Und das Geld?«

»Ich werde Sie abholen und um die Ecke parken. Solche Leute muss man hinterher bezahlen.«

Und ich habe damals vorher bezahlt, dachte sie. Dieser Mann hatte wirklich mehr Erfahrung als sie, was Bestechungen anging.

Sie kehrte in Sanickis Kanzlei zurück – und wurde ohnmächtig. Plötzlich wurde ihr die Luft knapp, dann wurde alles ganz fern und still. Später sah sie über sich Andrews erschrockenes Gesicht und stellte fest, dass sie sich in seinem Büro auf dem Sofa befand.

»Das ist nur die Aufregung …«, sagte sie. »Mir geht es gut.«

Der Anwalt war anderer Meinung und wollte einen Arzt rufen.

»Andrew, bitte, es ist schon wieder in Ordnung«, protestierte sie. »Mein Organismus reagiert nun mal so auf Stress. Weißt du, als ich mein erstes Mal haben sollte, ist mir das auch passiert. Ich lag schon fast nackt im Bett, mein Partner ging kurz ins Badezimmer, und als er zurückkehrte, fand er mich ohnmächtig vor. Ich muss nicht erwähnen, dass er so entsetzt war, dass danach nichts mehr geschah ...«

Andrew musste lächeln. »Kann ich verstehen«, sagte er. »Wie alt warst du denn damals?«

»Neunzehn.«

»So lange hast du gewartet?«, tat er verwundert, doch vielleicht war er wirklich überrascht. »Ich dachte, in Amerika ist es die Regel, dass Mädchen ihre Unschuld nach dem High-School-Ball verlieren, auf dem Rücksitz eines Chevrolet ... Warst du bei einem solchen Ball?

»Aber natürlich! Im Golfclub auf Long Island«, lachte sie. »Mein Daddy hatte mir ein Kleid bei Bergdorf gekauft. Aber ich bin nicht auf dem Rücksitz eines Chevy gelandet.«

»Das wissen wir ja schon.« Sie redeten noch länger so, scheinbar locker und sorglos, doch hinter diesen Worten verbarg sich eine enorme Anspannung. Später brachte er sie zu seiner Mutter und holte das Geld von der Bank.

Elizabeth verließ zur verabredeten Stunde das Haus und ging um die Ecke. Dort sah sie einen geparkten schwarzen Wagen. Als sie näher herankam, erkannte sie den Informer, der am Steuer saß.

»Werden Sie auch dabei sein?«

»Nein, ich vertraue Sie dem Arzt an. Leider spricht er kein Englisch. Aber Sie müssen ja keine Konversation mit ihm machen.«

»Umso besser, dann wird er auch nicht verstehen, was ich mit Frau Krywenko zu bereden habe.«

»Viel werden Sie von ihr nicht erfahren. Ich habe gehört, dass es ihr sehr schlecht geht.«

Bei diesen Worten spürte Elizabeth eine eisige Kälte in ihrem Inneren. Sie drückte ihm das Geld in die Hand und der Wagen fuhr los.

Als sie Andrew später davon erzählte, war sie nicht imstande, alles zu rekonstruieren. Manche Momente der Fahrt zum Gefängnis waren verschwunden, genauso wie der Augenblick, als sie das Gebäude betrat und sich hastig den Kittel der Pflegerin anzog. Sie erinnerte sich nur an den Geruch aus altem Schweiß und Staub. Sie lief hinter dem Arzt her, einem kräftig gebauten Mann mit einem abnorm großen Kopf. Er bedeutete ihr, eine Tasche zu tragen, die sehr schwer war.

Und dann die enge Zelle mit einem abgedunkelten Fenster und einer schmalen Pritsche, auf der Oksana lag. Im scharfen Licht der Glühbirne sah ihr Gesicht aus wie eine Maske, aus der jemand zu große Augen herausgeschnitten hatte.

Elizabeth beugte sich über sie. »Ich bin es, Elizabeth, erkennst du mich?«, flüsterte sie.

Oksana machte ein Zeichen mit den Augen. Elizabeth sah auf ihre Lippen – sie waren blau angelaufen. Ihr wurde bewusst, dass das Mädchen auf der Schwelle des Todes stand.

»Du musst den Hungerstreik abbrechen«, sagte sie. »Du musst hier herauskommen. Tu es für deinen Sohn. Jeff hat mir einen Brief geschrieben … Er weiß, dass Alek sein Sohn ist, er ist dahintergekommen. Er will ihn anerkennen. Dein Sohn ist in Sicherheit … und wartet nur noch auf dich …«

In Oksanas Augen traten Tränen, eine davon kullerte die Wange hinunter. Elizabeth wischte sie vorsichtig mit dem Handrücken weg.

»Versprichst du mir, dass du den Hungerstreik abbrichst! Ich bin hergekommen, um das von dir zu hören …«

Sie schauten sich in die Augen, und dann schloss Oksana die Lider, um ihr Einverständnis zu signalisieren.

Der Arzt schob Elizabeth zur Seite und die Zwangsernährung begann. Seine Bewegungen waren grob; Oksana wehrte sich zwar nicht, doch es schien, als wäre sie nicht imstande, so schnell zu schlucken, weil ein Teil des flüssigen Breis aus ihrem Mundwinkel bis zum Bettlaken floss. Elizabeth holte ein Stück Zellstoff aus der Arzttasche und wollte das Mädchen damit abwischen, doch der Arzt stieß sie weg. Und da drängte sich Elizabeth mit ihrer ganzen Kraft gegen ihn und beugte sich über Oksana, um ihr sanft das Kinn und den Hals abzuwischen.

Der Informer wartete im Wagen, was sie verwunderte.

»Vor dem Gebäude der Untersuchungshaft stehen keine Taxis«, stellte er fest.

Eine Weile fuhren sie schweigend.

»Wollen Sie immer noch nach Tschetschenien? Oder haben sich Ihre Pläne geändert?«

»Nein, das haben sie nicht.«

»Dann gebe ich Ihnen einen Tipp: Bei den Aufständischen ist eine Ukrainerin aktiv, Julia Okraszko; wir hatten mal ein Auge auf sie, doch sie entkam uns ... Sie ist dort als Funkerin tätig. Versuchen Sie, Okraszko zu kontaktieren.«

»Das ist eine wichtige Information.«

»Unbezahlbar!«, lachte er, was ihm Elizabeth übel nahm.

Nachdem sie aus dem Auto ausgestiegen war, fragte sie ihn: »Könnte es tatsächlich sein, dass mein Mann in Tschetschenien ist?«

»Ich würde es nicht ausschließen.«

Sie telefonierte jetzt jeden Tag mit ihrer Mutter. Der Ton ihrer Gespräche war anders geworden, obwohl die Mutter Jeffs Brief nicht gelesen hatte. Elizabeth hatte es ihr nicht erlaubt, darin ging es um Alek. Das war für eine ältere Dame wohl ein bisschen zu viel.

Eine ältere Dame ... Elizabeths Mutter wäre sicherlich beleidigt, wenn sie diese Bezeichnung gehört hätte, aber schließlich war sie schon über sechzig.

Wenigstens versuchte sie nicht mehr, Elizabeth zur Rückkehr zu bewegen, denn sie hatte endlich begriffen, dass ihr Schwiegersohn tatsächlich in Gefahr war. Es war für sie offensichtlich und real geworden, als der Brief aus Russland gekommen war.

»Ich habe ein bisschen über dieses Tschetschenien in Erfahrung gebracht«, sagte sie. »Wright hat mir Materialien zugesandt. Diese Menschen sind Muslime, das ist eine völlig andere Kultur … Ein bisschen wie die Taliban, die Kunstschätze zerstören, Buddha-Skulpturen in die Luft jagen …«

»Die Tschetschenen kämpfen um die Freiheit ihres Landes und suchen Verbündete im Westen. Sie werden schon nicht auf mich schießen, ich bin Amerikanerin.«

»Ich hoffe, dass du recht hast. Wann hast du vor, aufzubrechen?«

»In drei Tagen werde ich die Ukraine verlassen«, antwortete sie.

Doch sie konnte zu diesem Termin nicht fahren, denn es geschah etwas, was sie gänzlich aus der Bahn brachte. Plötzlich bekam sie ein hohes Fieber und ihr Kopf schmerzte unerträglich. Der Arzt, den die Familie Sanicki gerufen hatte, befürchtete eine Hirnhautentzündung und bestand darauf, das Rückenmarkswasser untersuchen zu lassen. Eine solche Untersuchung musste im Krankenhaus durchgeführt werden, was mit weiteren Problemen verbunden war. Zum Glück fiel das Fieber nach einigen Stunden, auch die typische Steifheit des Nackens verschwand. Anscheinend hatte Elizabeths Organismus nur auf den Stress reagiert.

Und dann wurde Andrew offiziell darüber informiert, dass Oksana Krywenko gestorben war. Anscheinend war es während der Zwangsernährung zu einem tödlichen Erstickungsanfall bei der Verdächtigen gekommen – so nannte man es.

»Das ist nicht wahr!«, schrie Elizabeth. »Sie haben sie umgebracht, weil sie den Hungerstreik beenden wollte! Diese Mörder! Mörder!«

Obwohl das Fieber verschwunden war, konnte Elizabeth eine Woche lang nicht das Bett verlassen. Sie weinte und schlief abwechselnd. Der Arzt spritzte ihr dauernd Beruhigungsmittel. Eines Tages öffnete sie die Augen und sagte vollkommen klar zu Andrew:

»Wir müssen über Aleks Zukunft nachdenken.«

Die Mutter des Jungen hatte gewollt, dass er im Land seines Vaters aufwuchs. Elizabeth beschloss, Oksanas Willen zu folgen. Es musste irgendwo seine Geburtsurkunde existieren, in der festgehalten wurde, dass er in den Vereinigten Staaten geboren war. Dies gab ihm das Recht, jederzeit einreisen zu können und die Staatsbürgerschaft zu beantragen, auch in fünfzig Jahren. Elizabeth benötigte dieses Dokument. Oksanas Wohnung musste durchsucht werden, doch leider war sie versiegelt. Elizabeth spielte mit dem Gedanken, noch einmal den Informer zu beauftragen, doch Andrew meinte, dass es einfacher sei, sich Aleks Geburtsurkunde direkt aus New Haven schicken zu lassen. Seine Kanzlei würde sich umgehend darum kümmern. Elizabeth war erleichtert und sofort damit einverstanden, denn die Aussicht, noch einmal diesem Mann zu begegnen, behagte ihr nicht.

»Ich werde aus Tschetschenien auf jeden Fall nach Lemberg zurückkehren, egal, ob ich Jeff finde oder nicht!«, versprach sie Andrew.

Vor ihr lag noch das Gespräch mit Alek. Andrew war beim Begräbnis von Oksana dabei. Der Leichnam wurde der Familie nicht ausgehändigt und wurde in einem versiegelten Sarg direkt zum Friedhof gebracht. Hinter dem Sarg gingen nur Alek und seine Großmutter.

Elizabeth wartete auf den Jungen vor der Schule. Andrew hatte die Direktorin des Kinderheims telefonisch vorgewarnt, dass der Kleine später zurückkehren würde.

Sie hatte Angst vor dieser Begegnung, sie hatte Angst vor dem bohrenden Blick des Jungen und seinen Fragen. Doch er fragte nichts, sondern setzte sich neben sie auf den Taxisitz. Sie fuhren in die Stadt und nahmen Platz an einem Tisch im McDonald's.

»Deine Mama hat sich gewünscht, dass ich dich mit nach Amerika nehme, in das Land, wo du geboren bist …«, begann Elizabeth unsicher.

Sie wusste nicht, wie sie mit ihm reden sollte. Sollte sie ihm alles erzählen oder den Tod seiner Mutter ausklammern? Was war das für ein Glück, dass sie das Gespräch über Jeff schon hinter sich hatten. Das wäre sonst zu viel auf einmal für den Jungen.

»Und was wünscht mein Papa?«

Elizabeth wusste nicht, was sie antworten sollte. Sie schauten sich eine Weile schweigend in die Augen.

»Ich denke, dass er sich für dich dasselbe wünscht wie ich … Und was hältst du davon?«

Alek neigte den Kopf. »Ich will nicht im Kinderheim bleiben …«

»Du wirst auch nicht im Kinderheim bleiben!«, sagte sie mit Nachdruck. »Ich muss nur noch etwas klären, in Tschetschenien. Dann werde ich wissen, dass ich alles in meiner Macht Stehende getan habe, um Jeff zu finden. In der Zwischenzeit wird sich mein Anwalt um einen Pass für dich kümmern. Das kann allerdings etwas dauern.«

Aufmerksame Augen schauten sie an.

»Ich weiß, dass es schwer ist ohne deine Mama …«, sagte sie.

»Immer, wenn ich allein zu Hause bleiben musste, hat sie gesagt, dass ich nicht weinen darf, weil ich ein Mann bin.«

Elizabeth schüttelte den Kopf. »Du bist ein Kind, Kinder

dürfen weinen«, sagte sie. »Aber du wirst nie mehr allein sein – ich werde bei dir sein und dich nie verlassen.«

Und da geschah etwas Unerwartetes: Über die Wangen des Jungen flossen Tränen. Elizabeth drückte ihn an sich und spürte, wie sein Körper von Schluchzern geschüttelt wurde.

Als sie am nächsten Tag aus dem Fenster schaute, sah sie einen wolkenlosen Himmel, der Garten war von Sonnenlicht durchflutet. Nach dem Frühstück ging sie auf die Terrasse und setzte sich in den Sessel. Nach einigen Minuten erschien Andrews Mutter mit einer karierten Decke und bedeckte Elizabeths Beine.

»Sie waren noch vor kurzem krank, Sie dürfen sich vor einer so langen Reise nicht erkälten.«

»Ich hätte eine Bitte …«, sagte Elizabeth scheu. »Ich wünschte, Sie würden Elizabeth zu mir sagen.«

Frau Sanicka lächelte daraufhin. »Das könnte ich tun, mein Kind, ich könnte dich so nennen, mein Alter gibt mir das Recht dazu.«

»Aber Sie sind doch jung, wirklich!«

»Nein, ich bin nicht mehr jung, und das wissen wir beide. Aber ich muss für meinen Sohn weiterleben … Wir haben nur noch einander.«

Sie stand in der Tür der Veranda, also erhob sich Elizabeth ebenfalls.

»Bitte, bleiben Sie sitzen«, sagte die alte Frau. »Ich werde mich auch gleich hinsetzen, ich hole mir nur schnell etwas Warmes zum Überziehen.«

Sie kam nach ein paar Minuten zurück und setzte sich in den anderen Sessel. Die Sonne beleuchtete ihr Gesicht und machte unzählige Falten sichtbar.

»Ich habe keine Enkel …«, sagte sie in einem traurigen Ton. »Andrew hatte eine Frau, haben Sie – hast du das gewusst?«

»Er hat es mir erzählt.«

»Er wollte unbedingt Kinder haben. Aber sie wollte nicht. Sie dachte, ein Kind würde sie einschränken.«

Bisher habe ich auch so gedacht …, sagte Elizabeth leise zu sich.

»War sie Kanadierin?«, wollte sie wissen.

»Ja. Und sie hat gar nicht zu meinem Sohn gepasst, sie war so kühl und herablassend. Dabei braucht Andrew Gefühle …«

Andrew und sie diskutierten lange über die Möglichkeit, die Ukraine zu verlassen. Elizabeth hatte vor, eine Maschine nach Moskau zu nehmen, weil es so am einfachsten war. Er meinte, sicherer wäre es, die ukrainisch-russische Grenze auf dem Landweg zu überqueren, wo sie auch ohne Visum nicht auffallen würde

»Wenn die Regierung sowieso weiß, dass ich hier bin, werden sie eher erleichtert sein, wenn ich verschwinde. Sie werden mich nicht aufhalten.«

»Nun ja, ich weiß nicht, ob es sie so glücklich machen wird, dass du nach Moskau fährst.« Andrew sah sie ernst an. »Sie könnten dich in der letzten Minute verhaften, bevor du das Flugzeug besteigst. Sie hätten einen Vorwand. Unter einem Vorwand wurde auch der Großvater deines Ehemannes verhaftet …«

»Das werden sie nicht tun«, erwiderte sie. »Das würde sich für sie nicht lohnen.«

»Das wissen wir nicht.«

Andrews Unruhe wirkte auf Elizabeth ansteckend, so dass sie sich entschloss, noch einmal die Hilfe des Informers in Anspruch zu nehmen. Wie immer verabredeten sie sich auf dem Markt.

»Ich weiß, dass Oksana Krywenko ermordet wurde«, erklärte sie gleich zu Anfang.

Der Informer lächelte säuerlich. »Das kann auch ein Betriebsunfall gewesen sein. Die Untersuchungshaft ist kein Krankenhaus, kein Gefangener wird wie ein rohes Ei behandelt.«

»Sie hatte mir versprochen, den Hungerstreik zu beenden. Deswegen haben sie sie getötet, um sie endlich loszuwerden.«

»Wenn Sie es so sehen, dann bleibt mir nichts anderes übrig, als Ihnen mein Mitgefühl auszusprechen.«

Warum erzähle ich ihm das alles ..., schoss es ihr durch den Kopf.

»Ich wollte mir von Ihnen einen Rat holen«, fuhr sie in einem anderen Ton fort. »Wie Sie wissen, verlasse ich die Ukraine. Ich habe vor, nach Moskau zu fliegen. Halten Sie das für eine gute Idee? Oder könnte ich auf dem Flughafen verhaftet werden?«

»Soweit ich weiß, wollen Sie Ihren Mann außerhalb der Ukraine suchen; ich glaube, das passt einigen Leuten hier ganz gut. Und dass Sie ihn in Russland suchen wollen, ist umso besser ...«

Elizabeth starrte ihn in völliger Anspannung an. Sie wusste nicht, wie weit sie ihm trauen konnte – und ob man jemandem wie ihm überhaupt vertrauen konnte. Es konnte ja sein, dass er ein doppeltes Spiel spielte. Als ob er ihre Gedanken lesen könnte, fügte er hinzu:

»Ich habe meine Ehre. Sie waren meine Klientin. Ich werde mich bemühen, das zu überprüfen, und dann werde ich Ihnen Bescheid geben.«

Noch am selben Tag erhielt sie eine Kurznachricht:

»Der Weg ist frei.«

Nun war es also entschieden – sie würde fliegen. Jetzt musste sie nur noch das Problem mit dem russischen Visum klären. Zum Glück war Andrew da optimistisch. Das russische Konsulat befand sich unweit seiner Kanzlei; Andrew kannte den Konsul gut und verabredete sich mit ihm zum Mittagessen. Noch am selben Abend konnte er Elizabeth einen Pass mit einem Visum aushändigen.

Als nächstes kaufte Elizabeth ihr Ticket nach Moskau. Der Vertreter der russischen Fluglinie prüfte ihren Pass zwar besonders gründlich, gab ihn aber kommentarlos zurück.

Andrew lud Elizabeth zu einem Abschiedsessen zu sich ein. Er hatte eine Wohnung in der Altstadt, in einem alten, aber wunderschön restaurierten Haus. Am Eingang ächzten zwei mächtig gebaute Athleten unter dem Gewicht des grandiosen Portals. Das weitläufige Treppenhaus war mit Marmor ausgelegt, mit dem das dunkle Eichenholz des Geländers kontrastierte.

Die Wohnung war ein wenig düster und hatte die Atmosphäre von Interieurs, die Elizabeth in Norditalien gesehen hatte. Der Vorraum war eine halbkreisförmige Halle, die mit einem zweifarbigen Eichenmosaik ausgelegt war. Gegenüber der Eingangstür stand ein hoher Spiegel mit einer Marmorkonsole. Breite zweiflügelige Türen führten in einen Salon mit edlen antiken Möbeln. Elizabeths Aufmerksamkeit wurde von einem vergoldeten Lüster gefesselt, dessen Arme mit kleinen Hähnen verziert waren. Andrew erklärte ihr, dass diese zur Regulierung der Gasflamme dienten.

Er machte einen verlegenen Eindruck, als wäre ein privater Besuch in seiner Wohnung eine Seltenheit. Er kochte selbst und servierte Elizabeth eine Seezunge in Dillsoße, die mindestens so gut wie die im Restaurant schmeckte. Dazu machte er eine Flasche Chardonnay auf.

»Bist du ein Weinkenner?«, fragte sie.

»Ich bin mir nicht sicher … Ich mag einfach guten Wein.

Aber ich lege keinen Wert auf Luxus, ich könnte viel bescheidener leben, geradezu spartanisch.«

»Und doch hast du eine wunderschön eingerichtete Wohnung, die sich über die halbe Etage erstreckt«, lächelte sie.

»Das ist die ehemalige Wohnung meiner Eltern, aus der sie hinausgeworfen wurden und die ich wieder zurückbekommen konnte, indem ich nach und nach den Bewohnern kündigte. Noch vor ein paar Jahren war dieses Haus in einem entsetzlichen Zustand – bis es reiche Leute kauften und ihm den alten Glanz wiedergaben.«

»Da siehst du!« Elizabeth hob den Zeigefinger. »Es gibt doch Dinge, die sich hier zum Besseren wenden!«

Andrew blickte sie sonderbar an und erwiderte: »In einer Stadt wie Lemberg kannst du für Geld alles kaufen, aber in der Provinz ist es immer noch wie zu Zeiten des Kommunismus: nur leere Regale. Alles, was es gibt, ist Essig, Streichhölzer und billige, ungenießbare Wurst.«

»Auch das wird sich ändern.«

»Zuerst muss sich etwas in den Köpfen der Menschen ändern, und das ist ein langer Prozess.«

Er schenkte ihr Wein nach – Elizabeth ließ ihr Glas gegen das seine klingen. »Lass uns auf die Ukraine deiner Träume anstoßen ...«

»Es gibt andere, bedeutendere Trinksprüche«, meinte er.

»Nein, gibt es nicht«, sagte sie. »Es gibt nichts Wichtigeres als die Heimat. Ohne sie sind wir niemand!«

»Und warum trinken wir dann nicht auf dein Land?«, fragte er trotzig.

»Ach, die Vereinigten Staaten schaffen es auch ohne uns, aber hier braucht man viel Engagement, viel Arbeit, und noch mehr solche Menschen wie dich. Du hast hier eine Aufgabe zu erfüllen.«

»Und du? Würdest du hierbleiben, mit mir?«, fragte er unerwartet.

Elizabeth merkte plötzlich, dass sie diese Frage schon seit einiger Zeit erwartet hatte. Sie spürte, wie ernst es ihm damit war.

»Ich würde gern, Andrew …«

Ja, sie würde wirklich gern bei ihm bleiben, aber das war unmöglich. Übermorgen musste sie nach Tschetschenien, und sie wusste nicht, wie diese Reise enden würde. Es konnte eine Reise ohne Wiederkehr sein, damit musste sie rechnen. Und wenn es ihr gelang, zurückzukehren, wartete schon die nächste Aufgabe: Sie musste einen kleinen Jungen nach Amerika bringen.

Doch auch ohne diese schwierigen Unternehmungen stand ihr die private Situation im Wege: Andrew lebte in Lemberg, sie in New York; weder sie noch er konnten auf das eigene Leben verzichten, aus so vielen Gründen … Es hatte also keinen Sinn. Sie sollten besser ihre Gefühle verleugnen, einander vergessen, das wäre am besten …

So überlegte sie und befand sich dabei in einem seltsamen Zustand, als wäre sie zweigeteilt. Ihr war, als könnte sie sich von außen beobachten und sähe jemanden, der seinen Körper nicht kontrollieren kann, nicht einmal das Gesicht, in dem jeder Muskel zuckte … Sie konnte genauso gut gleich in Tränen ausbrechen wie anfangen, lauthals zu lachen.

Ich glaube, ich bin betrunken, huschte es ihr durch den Kopf.

Doch es war etwas anderes. Die Gefühle, die sie gerade empfand, ließen sich nicht mehr kontrollieren, sie hatte es noch nie zuvor so erlebt. Sie wünschte sich nur noch, dass der Mann, der neben ihr saß, sie in den Arm nehmen würde; sie begehrte seine Nacktheit und ihre Nacktheit – aber sie wusste nicht, wie sie ihm das mitteilen sollte.

Ich werde die Hand ausstrecken, dann wird er es verstehen, er will mich doch genauso wie ich ihn, dachte sie.

Diese eine Geste wagen, seine Hand berühren, danach wäre

alles ganz einfach. Aber sie schaffte es nicht, ihm ihre Gefühle zu zeigen. Gleich würde sie sagen, sie sei müde, ihn bitten, dass er sie ins Haus seiner Mutter zurückbrachte. Sie hob den Kopf und begegnete dem Blick seiner dunklen Augen. Und er verstand …

An diesem Abend fielen keine Worte mehr zwischen ihnen. Sie waren zusammen, einander so nah, wie ein Mann und eine Frau es nur sein können.

Elizabeth war bis zum Morgen geblieben. Sie schlief mit ihrem Kopf auf seinem Arm ein, und als sie aufwachte, hatte sie das Gefühl, etwas erlebt zu haben, das niemals wiederkehren würde.

Am fünfzehnten Februar brachte sie Andrew zum Flughafen. Er war sehr nervös, obwohl er sich Mühe gab, es sie nicht merken zu lassen.

»Ruf mich bitte gleich nach der Landung an. Sollte ich bis abends keine Nachricht von dir haben, werde ich aktiv. Vielleicht solltest du mir die Telefonnummer deiner Mutter geben.«

»Alles wird gut«, sagte sie beruhigend. »Weißt du, ich habe nie an Dinge wie Wahrsagerei und Intuition geglaubt, doch irgendwo tief in meinem Inneren bin ich überzeugt, dass ich gesund von dieser Reise zurückkehren werde … Und ich werde Jeff mitbringen …«

»Ich wünsche es euch von ganzem Herzen!«, sagte er in einem seltsamen, gepressten Ton.

In einem jähen Reflex drückte Elizabeth sich an ihn.

Das Flugzeug nach Moskau wurde angekündigt, die verspäteten Passagiere zur Eile gemahnt. Ohne sich umzudrehen, ging sie hinter die Absperrung.

Sie konnte kaum glauben, dass sie sich in einem Flugzeug und sich dieses in der Luft befand. Also hatte der Informer nicht gelogen – der Weg war wirklich frei gewesen. Niemand hatte sie am Flughafen aufgehalten, niemand hatte sie verhaftet. Sie konnte ihre Pläne verfolgen, so wie sie es vorgehabt hatte.

Woher kam bloß diese Überzeugung, dass Jeff in Tschetschenien war und sie ihn dort finden würde? Worin war dies begründet? In ein paar Worten eines Wahnsinnigen auf einem Tonband …

Womöglich hatte der Präsident das bloß so dahingesagt? Sein Gesprächspartner hatte ja zugegeben, es sei etwas schiefgelaufen, sie hätten Probleme … Vielleicht hatte es gerade mit Tschetschenien nicht geklappt und die entführten Männer waren in der Ukraine geblieben – wobei einer von ihnen inzwischen zu 99,6 Prozent in der Erde lag.

Aber ihre Pflicht, ihre Pflicht als Ehefrau, befahl ihr, diesen Hinweis zu überprüfen. Nur war es nicht mehr so klar, dass sie Jeff als seine Ehefrau suchte … Es hat sich so viel verändert, seit sie das Flugzeug in New York bestiegen hatte. Damals war Jeff der einzige ihr nahe stehende Mensch – und jetzt hatte sie in Lemberg jemanden zurückgelassen, den sie nicht einmal für eine Minute vergessen konnte.

Diese Abhängigkeit beunruhigte sie, raubte ihr die Freiheit, an die sie so gewöhnt war und die sie so schätzte. Bisher hatte sie geglaubt, sie könne nur sie selbst sein, wenn sie von anderen Distanz hielt, auch von Jeff. Sie brauchte ihren leeren Raum, ihre Schutzzone. Nun war diese Zone verschwunden. Sie war auf dem Flughafen nicht mehr vorhanden, als sie sich an Andrew schmiegte, und jetzt auch nicht, als sie sich mit einer Geschwindigkeit von sechshundert Kilometern pro Stunde von ihm entfernte …

Warum hatte sie diese Reise also nicht unterlassen? Warum konnte sie nicht für sich entscheiden, dass in Jeffs Angelegenheit alles getan worden war, was nur möglich war? Warum konnte sie sich nicht denken, dass eine Reise nach Tschetschenien nur eine hysterische Reaktion einer Verzweifelten sein konnte?

Weil Jeff trotz allem dort sein konnte. Sie glaubte daran, ihm in Tschetschenien zu begegnen. Sie wünschte es sich mehr als alles andere auf der Welt. Sie wollte, dass Jeff lebte, um ihn zu sagen, dass sie ihn für einen anderen Mann verlassen würde ...

Das Leuchtzeichen erschien, sie legte den Sicherheitsgurt an.

Als sie in der Gruppe der anderen Passagiere zur Passkontrolle ging, überlegte sie, was ihre nächsten Schritte sein würden; was sollte sie tun, an wen sich wenden, um weiterreisen zu können?

Es gab kein tschetschenisches Konsulat, denn Tschetschenien war ein Teil Russlands. Aber der Krieg war in vollem Gange, es war zweifelhaft, ob man auf normalem Wege dorthin gelangen konnte, mit einem Linienflugzeug oder mit der Bahn. Sie beschloss, sich zuerst an die amerikanischen Botschaft zu wenden. Sie könnten doch helfen, und wenn sie nicht bereit sein sollten, würde sie ihre Mutter bitten, wieder einmal ihre Kontakte spielen zu lassen.

Der russische Immigrationsbeamte war ausnehmend freundlich und lächelte, als er ihr den Pass zurückgab. Sie hatte die sauren Gesichtsausdrücke seiner ukrainischen Kollegen noch gut in Erinnerung und war dementsprechend angenehm überrascht.

Im Ankunftsbereich des Flughafens warteten zahlreiche Journalisten mit Mikrofonen und Kameras. Bestimmt sollte bald jemand Wichtiges ankommen, ein Politiker oder Geschäftsmann. Ein Staatsoberhaupt würde sicher woanders landen.

Ich werde mich an der Seite vorbeiquetschen müssen, dachte sie und ging hinter die Absperrung. Aber plötzlich war sie von freundlichen, lächelnden Gesichtern umgeben, und schon fielen die ersten Fragen:

»Mrs Connery, was empfinden Sie jetzt, wo Sie in Moskau sind?«

»Wann werden Sie nach Tschetschenien aufbrechen?«

»Ihr Ehemann und Sie – Sie müssen sich sehr lieben?«

Sie schwieg konsterniert. Der amerikanische Konsul zwängte sich durch die Menge zu ihr hindurch, was sie mit Erleichterung begrüßte. Sie bat ihn, sie von hier wegzubringen.

»Wollen Sie keinen Kommentar abgeben?«, wollte er wissen. »Die Korrespondenten der größten Fernsehstationen und Zeitungen sind hier. Gestern Nacht berichtete CNN über Ihre Reise nach Moskau und brachte ein Portrait über Sie und Ihren Ehemann. Heute sind diese Informationen in allen Medien.«

Elizabeth starrte ihn erschrocken an.

»Aber woher? Woher wussten sie davon?«

Der Konsul zuckte mit den Schultern.

»Ich weiß es nicht. Aber Sie sollten wenigstens ein paar Worte sagen.«

Nach einem Augenblick der Überlegung entschied sich Elizabeth, mit den Journalisten zu sprechen, obwohl Andrew ihr bestimmt davon abraten würde. Er war der Meinung, dass es ihrer Angelegenheit nur schaden könnte, wenn sie publik würde – denn wenn sich die Ukrainer entschließen sollten, Jeff freizulassen, dann nur im Geheimen. Doch Jeff war nicht mehr in der Ukraine, und außerdem war alles ohnehin schon an die Öffentlichkeit gedrungen, und das konnte sie nicht mehr ungeschehen machen. Es wäre also wohl besser, wenn man die Wahrheit direkt von ihr erfahren würde und nicht darüber spekulierte.

»Ich habe fast fünf Monate in der Ukraine verbracht und

bin der Meinung, dass dieses Land untergehen wird, wenn man es sich selbst überlässt …«, begann sie, aber jemand rief, sie spräche zu leise, so begann sie von Neuem, lauter, selbstsicherer:

»Die Ukraine braucht Hilfe! Ich habe lange genug dort gelebt, um mich zu überzeugen, dass der Präsident und seine Handlanger das Volk terrorisiert haben, dass dort die Menschenrechte verletzt werden, dass unschuldige, normale Bürger erniedrigt werden, dazu verurteilt, in Elend und unwürdigen Lebensbedingungen zu leben – während die herrschenden Kreise unvorstellbaren Reichtum anhäufen. Ich möchte auch Ihre Aufmerksamkeit darauf richten, dass sich das Kräftegleichgewicht in der Welt sehr bedenklich ändern wird, falls die Ukraine es nicht schafft, als unabhängiger, demokratischer Staat zu bestehen. Es liegt also in unser aller Interesse, diesem Land zu helfen!«

»Aber wie?«, fiel eine Frage. »Die Wahlen waren doch demokratisch …«

»Der Präsident kontrolliert die Medien, das Fernsehen, die Presse … Die Politiker der Opposition sind quasi kaltgestellt, man darf ihre Gesichter in den Medien nicht zeigen. Der Führer einer oppositionellen Gruppierung hat außerdem verlauten lassen, dass es in der Ukraine Todesschwadronen gibt, die politische Gegner des Diktators liquidieren. So sind die Fakten. Ein Mann, der Blut an den Händen hat, regiert dieses Land. Ich weiß nicht, was mit meinem Ehemann passiert ist, ob er noch lebt, ob ich ihn jemals finden werde – aber ich klage den ukrainischen Präsidenten an, die Ermordung des oppositionellen Journalisten Gregorij Gongadze und seiner Mitarbeiterin Oksana Krywenko befohlen zu haben! In der offiziellen Erklärung heißt es, sie sei während der Zwangsernährung bei ihrem Hungerstreik erstickt. Doch ich war einen Tag zuvor bei ihr und weiß, dass sie den Hungerstreik unterbrochen hatte.«

»Wer ist Oksana Krywenko?«, fragte der Vertreter der Agentur Reuters.

»Sie war ein wunderbarer Mensch, der etwas für sein Land tun wollte – und dafür mit dem Leben bezahlen musste. Sie wurde festgenommen und monatelang unrechtmäßig im Gefängnis gehalten.«

»Wie sind Sie denn zu ihr durchgekommen?«, fragte die Korrespondentin einer russischen Zeitung.

»Ich habe meine Methoden«, erwiderte Elizabeth. »Ich habe sie mehrfach besucht, das letzte Mal kurz vor ihrem Tod.«

»Und wer war sie für Sie, Mrs Connery?«, wollte ein weiter hinten stehender Journalist wissen.

Elizabeth schwieg eine Weile.

»Eine sehr nahe stehende Person …«, antwortete sie schließlich.

Der Konsul brachte Elizabeth zu einem Treffen mit einem Beamten des russischen Verteidigungsministeriums, der Elizabeth dabei helfen wollte, nach Tschetschenien zu gelangen. Hinter dem Fenster des Wagens schoben sich die grauen Moskauer Straßen vorbei, mit hohen Schneehaufen neben den Bürgersteigen.

»Ich weiß nicht, ob das eine gute Idee ist, dass mich die Russen nach Tschetschenien bringen wollen. Für die Aufständischen könnte das ein Grund sein, ein Gespräch mit mir zu verweigern.«

»Aber auf anderem Wege wäre es für Sie beinahe unmöglich, dorthin zu kommen«, erwiderte der Konsul. »Aber das ist nicht das Schlimmste. Viele russische Familien fahren dorthin, um nach ihren im Krieg gefallenen Männern und Söhnen zu suchen; es heißt, die Partisanen helfen ihnen dabei.«

»Was wäre dann das Schlimmste?«

Der Konsul war ein kleiner bebrillter Mann mit einer beginnenden Glatze; Elizabeth war einen Kopf größer als er, was ihr ein wenig unangenehm war.

»Ihre Ansprache am Flughafen ... Wissen Sie, Politik ist eine sehr komplizierte Sache ... Wenn man ihre Mechanismen nicht kennt, kann man sehr schnell Schaden anrichten, obwohl man helfen will.«

»Auch, wenn man die Wahrheit sagt?«

Der Mann lächelte vage. »In der Politik zählt vor allem die Effektivität.«

»Ah ja, ich verstehe!«, sagte sie in beleidigtem Ton. »Es ist eine schmutzige Sache, nichts für zarte weibliche Gemüter. Aber ich bin nicht mehr so zart, wissen Sie, ich habe in der letzten Zeit einfach zu viel gesehen.«

»Ja, sicher«, sagte er beruhigend. »Nur dass Ihre Anklagen gegen die Führungsschicht der Ukraine in Kiew nicht gerade gefallen dürften. Den Russen allerdings kamen sie sehr zupass. Deswegen mögen sie Sie so gern, Mrs Connery! Sie warten ja nur darauf, die Ukraine zu schlucken.«

»Wenn sich nichts ändert, werden sie das Land schlucken, ganz gewiss! Kein Politiker, der etwas auf sich hält, sollte Kutschma die Hand reichen – doch er wird empfangen, die Leute katzbuckeln vor ihm. Ich habe den polnischen Präsidenten im Fernsehen gesehen, wie er ihn umarmte, ihm sogar einen Kuss gab ...«

Der Konsul lächelte wieder. »Tja, sehen Sie? Genau das ist Politik!«

Der Unterstaatssekretär im Verteidigungsministerium, General Sjerebrjakow, stellte sich als ein junger Mann heraus, der gut Englisch sprach. Der Konsul erklärte Elizabeth hinterher, dass Putin die Schlüsselpositionen mit KGB-Leuten besetzt hatte, also den am besten ausgebildeten Männern im Lande.

Der General war Elizabeth gegenüber sehr charmant, er stand sogar auf und ging um den riesigen Schreibtisch herum, um ihr die Hand zu reichen. Nach den Erfahrungen in der Ukraine, sie dachte nur an den Staatsanwalt, war das sehr angenehm. Sie setzten sich in weiche Ledersessel an einem niedrigen Tisch. Die Sekretärin brachte Kaffee, der Gastgeber schlug ein Glas Cognac vor, doch Elizabeth verneinte dankend.

»Stimmt schon, es ist noch etwas früh am Tage …«, sagte der General leicht verlegen.

Sie wollte höflich sein und erwiderte: »Ich trinke praktisch nie Alkohol.«

Dann besprachen sie die Details ihrer Reise. Es stellte sich heraus, dass sie auf Anordnung von Präsident Putin mit einem Militärflugzeug nach Grosny gebracht werden sollte. Nur der Luftweg sei wirklich sicher, hieß es. Die Russen hätten zwar auch die Straßen unter Kontrolle, und die Terroristen versteckten sich hoch in den Bergen, aber gelegentlich gäbe es doch Überfälle, und man wolle schließlich kein Risiko eingehen, nicht wahr?

»Ich werde Sie natürlich begleiten, Mrs Connery«, sagte der General. »Wir wollen ja ganz sichergehen, dass alles in Ordnung ist.«

Nichts ist in Ordnung!, dachte sie bitter und protestierte laut gegen eine Behandlung wie bei einem Filmstar.

»Es ist zwar richtig, dass man Marilyn Monroe vor den Soldaten schützen musste, als sie in Korea gesungen hat«, sagte sie mit einem spöttischen Lächeln. »Aber ich falle bestimmt nicht so auf.«

Der General machte ein empörtes Gesicht. »Wie können Sie Ihre subtile Schönheit mit dieser blondierten Puppe vergleichen!«

»Wenn es ein Kompliment ist, danke. Ich möchte nur nicht Ihre kostbare Zeit stehlen.«

»Es ist mir eine Ehre«, gab er zurück.

Der Abflug wurde für den Tag darauf angesetzt. Um sechs Uhr früh sollte ein Wagen zu ihrem Hotel kommen und sie zum Flughafen bringen.

»Noch eins«, sagte der General. »Besitzen Sie wetterfeste Schuhe, eine Mütze und Handschuhe? In den Bergen kann es sehr kalt werden.«

Ihr Hotelzimmer erinnerte an einen Salon; es war wohl fünfzig Meter lang und vollgestellt mit allerlei protzigen, nicht allzu geschmackvollen Möbelstücken. Es war alles sehr aufwendig, einschließlich der Türklinken und der Wasserhähne im Bad. Doch sie konnte ohne Probleme duschen und sich die Haare waschen, was sie nach ihren ukrainischen Erfahrungen als Luxus empfand. Und trotz allem: Lemberg, diese unglückliche Stadt, war ihr lieber.

Am Abend zuvor hatte sie lange mit Andrew telefoniert, und es war, als hätte sie zu Hause angerufen. Sie hatte in Lemberg zwei nahestehende Personen hinterlassen; die zweite war Alek. Ihre Gefühle für den Jungen hatten die unterschiedlichsten Stufen durchlaufen – von der Freundschaft über ein Gefühl der Abneigung und Eifersucht, bis schließlich zur Liebe. Elizabeth musste feststellen, dass sie dieses Kind nun bedingungslos liebte. Es erstaunte sie, denn so wurde ihr klar, dass sie nicht einmal sich selbst hundertprozentig kannte. Sie hatte sich gegen eigene Kinder entschieden, aus Angst, ihnen nicht genug Liebe geben zu können. Und nun gab sie diese Liebe einem fremden Kind. Und es ging nicht sosehr darum, dass Alek Jeffs Sohn war. Er war Oksanas Sohn – und das genügte. Damals, als sie das letzte Mal bei ihr war, hätte sie alles gegeben, um das Mädchen retten zu können. Gefühle waren nun mal irrational, gingen eigene Wege – es war sinnlos, gegen sie ankämpfen zu wollen. Und Elizabeth wollte nicht gegen sie kämpfen, denn das, was sie seit einer Weile erfuhr, war wie ein einziges Aufwachen.

Das Mobiltelefon klingelte. »Du fliegst morgen nach Tschetschenien, warum hast du dich nicht bei mir gemeldet?«, fragte ihre Mutter in einem verletzten Ton.

»Weil ich nicht möchte, dass darüber bei CNN berichtet wird.«

»Hör mal, das war doch nur zu deinem Schutz, dass ich der Presse Bescheid gesagt habe. Wright war auch der Meinung, dass man sich mit dieser Angelegenheit an die Medien wenden sollte«, sagte ihre Mutter. »Jetzt bist du nicht mehr anonym, also wird es schwerer sein, dir etwas anzutun.«

»Mutter!«, explodierte Elizabeth. »Mir wurde schon etwas angetan, sehr viel angetan! Schlimmer kann es kaum noch kommen. Und noch mehr hat man den Menschen angetan, die ich liebe.«

»Welche Menschen meinst du?«

Elizabeth schwieg.

»Hallo?«, hörte sie die Stimme ihrer Mutter.

»Ich bin noch dran, Mutter. Ich möchte mit dir über etwas sprechen, aber ich muss sicher sein, dass du diese Informationen nicht an die Medien weitergibst.«

»Ich hoffe, du verstehst irgendwann, dass ich dich nur schützen wollte!«, meinte ihre Mutter gekränkt.

»Vielleicht werde ich es verstehen, momentan habe ich noch Probleme damit. Hör zu, ich habe in der Ukraine einen sechsjährigen Jungen zurückgelassen, den ich holen muss.«

Ihre Mutter schwieg.

»Wessen Kind ist das?«, fragte sie endlich.

»Jeffs.«

Wieder Stille.

»Und wenn du Jeff nicht finden solltest?«

»Wird der Junge bei mir bleiben. In den Staaten.«

»Und seine Mutter?«

»Seine Mutter wurde ermordet …«

»Ich verstehe diese Welt nicht mehr …« Elizabeth hörte ein Schluchzen am anderen Ende der Leitung.

»Ich hab dich lieb, Mama …«

Und da wurde ihr bewusst, dass sie das zum ersten Mal in ihrem Leben gesagt hatte.

Das Flugzeug landete auf dem Militärflughafen in Grosny. Zusammen mit General Sjerebrjakow und zwei Offizieren fuhr Elizabeth in einem Panzerwagen zur Militärbasis, die sich außerhalb der Stadt befand.

Grosny erinnerte an einen zugeschneiten Trümmerhaufen. Sie dachte, dass hier genauso wenig jemand leben könnte wie in der Tschernobyl-Zone, doch es stellte sich heraus, dass die Bewohner in Kellern hausten, weil sie nicht anderes hatten.

Bald fuhren sie in das von Stacheldraht umzäunte Militärgebiet. Die ganze Umgebung war sicherheitshalber vermint. In der geschützten Zone standen Dutzende von halb in die Erde eingelassenen Containern und Wellblechbaracken. Es sah ziemlich schäbig aus, doch Elizabeth wurde in den Container für Gäste geführt, wo es einigermaßen erträglich war. Es stellte sich heraus, dass es sogar eine Nasszelle mit warmem Wasser gab.

Elizabeth packte ihre Tasche aus und begab sich zusammen mit dem General zu einem Gespräch mit dem befehlshabenden Offizier. Diesmal gab es keine Überraschungen. Der Mann sah aus wie wohl alle russischen Militärs. Er war nicht mehr jung, hatte ein von Pockennarben gezeichnetes Gesicht mit groben Zügen und einen bärenhaften Körperbau. Er hatte eine fleckige Felduniform an; es fehlten nur noch die Orden, doch sie waren sicher zu schwer, als dass er sie jeden Tag tragen würde. Sjerebrjakow fungierte als Dolmetscher, als der Offizier Elizabeth fragte, was sie von ihm erwartete. Er gab sich Mühe, freundlich zu sein, doch Elizabeth merkte, dass er sie nicht mochte.

Sie erwiderte, sie wolle Kontakt mit der tschetschenischen Funkstation aufnehmen, die von der Ukrainerin Julia Okraszko bedient werde.

Der Befehlshaber der Militärbasis blickte sie an, als ob er ihre Bitte ablehnen wollte, doch Sjerebrjakow schaute ihn streng an und sagte ein paar Sätze, die er anschließend nicht übersetzte. Dann meinte er, ihre Bitte würde ihr erfüllt werden.

Die Verbindung mit der Funkstation konnte erst abends zustande kommen. Der Funker, ein junger Kerl mit lustigen Augen, redete zunächst lange mit der Ukrainerin auf Russisch, bis er den Hörer an Elizabeth weitergab.

»Hallo, hier Elizabeth Connery!«, sagte sie aufgeregt. »Sprechen Sie Englisch?«

»Ich kann mich verständigen. Könnten Sie bitte Ihren Namen wiederholen?«, sagte die Ukrainerin durch das metallische Rauschen. »Ich höre Sie schlecht.«

»Connery«, wiederholte sie.

»Ach, Mrs Connery!«, rief die andere aus. »Jetzt weiß ich alles. Der Idiot da erzählte irgendwelchen Unsinn. Eine Amerikanerin kam mit Sjerebrjakow und will mit uns Kontakt. Willkommen in Tschetschenien, wir grüßen Sie! Wie können wir Ihnen helfen?«

»Ich möchte zu den Partisanen durchkommen. Ich habe das Foto meines Ehemannes mit, vielleicht erkennt ihn ja jemand …«

Die Verbindung wurde unterbrochen und kam erst zwei Stunden später wieder zustande. Die Ukrainerin sagte: »Unser Kommandant ist nicht hier, er muss darüber entscheiden. Lassen Sie sich morgen früh mit uns verbinden.«

Elizabeth verbrachte die Nacht in ihrem Blechcontainer und konnte lange nicht einschlafen. Hinter dem Fenster vernahm sie fremde Geräusche, das Tosen des Windes, irgendwelches Zischen, metallisches Klirren – und sogar etwas wie Wolfsgeheul. Als sie es beim Frühstück Sjerebrjakow erzählte, der soeben von der Inspektion der in Grosny stationierten Armee zurückgekehrt war, wunderte dieser sich gar nicht.

»Hier gibt es Wölfe!«, erwiderte er.

»Der kaukasische Wolf ist das Wappentier der Tschetschenen«, warf der grobschlächtige Stabschef ein, als ihm Sjerebrjakow Elizabeths Worte übersetzt hatte. »Sie tragen den Wolf auf ihren Fahnen.«

Elizabeth wäre beinahe damit herausgeplatzt, dass die Tschetschenen wohl ein eigenes Volk sind, wenn sie ein Wappen haben.

Nach dem Frühstück verabschiedete sich der General von Elizabeth, weil er nach Moskau zurückmusste. Sie begab sich in die Baracke, in der die Funkstation untergebracht war, und wurde sofort mit Julia verbunden.

»Es passt alles perfekt«, sagte diese gleich. »Lassen Sie sich zu dem ersten Pass hinter Machatschkala bringen. Das ist in Dagestan. Ganz in der Nähe von uns. Dort werden zwei Russinnen auf Sie warten, die auf der Suche nach ihren Söhnen sind. Wir sammeln euch dort auf. Die Russen müssen sich selbstverständlich zuvor zurückziehen.«

»Was plapperst du da die ganze Zeit, du tschetschenische Nutte!«, explodierte schließlich der russische Funker.

Julia antwortete lachend irgendwas, doch Elizabeth verstand kein Wort. Nach der Abreise Sjerebrjakows fühlte sie sich unwohl. Keiner im Stab sprach Englisch, so dass sie Schwierigkeiten hatte, sich zu verständigen.

Erleichtert stieg sie in den Wagen, der sie zu dem Bergpass bringen sollte. Außer dem Fahrer begleiteten sie ein junger Offizier und ein mit einem Karabiner bewaffneter Soldat. Alle drei schwiegen, und Elizabeth fühlte sich nicht verpflichtet, eine Konversation zu beginnen. Mit einer entschiedenen Geste öffnete sie das Autofenster, denn die Luft im Inneren war durchdrungen vom Geruch nach Schweiß und billigem Kölnischwasser. Der holprige Weg führte anfangs durch ein Tal zwischen schneebedeckten Feldern, dann stieg er neben einem steinigen Flussbett steil an. Als sie wieder auf eine Ebene hinausfuhren, erblickte Elizabeth ein riesiges Bergmassiv.

Der Offizier verzog das Gesicht und lächelte, dann wies er auf einen Berg und sagte: »Tebulosmta …«

Dies war es zumindest, was Elizabeth verstand. Wieder fuhren sie den Berg hinunter, und als sie einen weiteren Pass überquerten, sah sie eine im Tal gelegene langgezogene Stadt. Sie zeigte mit der Hand darauf.

»Machatschkala?«

»Da, prawilno«, antwortete der Offizier.

Der überaus enge und kurvige Weg führte nun durch eine tiefe, schneebedeckte Schlucht. Elizabeth hoffte, dass die Bremsen nicht versagen würden. Sie atmete erst dann erleichtert auf, als sie bereits unten im Tal waren. Bevor sie die Stadt erreichten, wurden ihre Ausweise zwei Mal kontrolliert. Nun fuhren Lastwagen an ihnen vorbei, so mit Schlamm bedeckt, dass sie wie Panzer aussahen. Und dann tauchte wieder dieser riesige Berg auf, der die gesamte Landschaft buchstäblich erschlug. Nach einer weiteren Stunde beschwerlicher Fahrt den Berg hoch fuhren sie über einen nächsten Pass. Elizabeth machte zwei Gestalten aus, die sich dunkel gegen den Schnee abhoben – es stellte sich heraus, dass es zwei in dicke Tücher eingemummte Frauen waren.

Der Offizier öffnete Elizabeth die Wagentür, salutierte und stieg wieder ein. Der Geländewagen wendete und fuhr langsam die Straße, die sie gekommen waren, wieder hinunter. Erst als er aus ihrem Gesichtsfeld verschwunden war, kam eine der Frauen auf Elizabeth zu.

»Ich Swieta Koryzkina, das ...«, sie wies auf die andere, »Natalia Worcowa.«

»Elizabeth Connery.«

Beide Russinnen lächelten breit und zeigten dabei Silberzähne.

Nach ungefähr einer halben Stunde kam immer noch niemand, um sie abzuholen. Die Ältere der Frauen – oder diejenige, die zumindest so aussah – zog eine Wurst aus dem Bündel, das sie bei sich trug. Sie brach ein Stück ab und gab es Elizabeth, dann wickelte sie zwei dicke Brotscheiben aus. Die Wurst war durchsetzt mit Knoblauch und Elizabeth bekam für einen Augenblick keine Luft, nachdem sie abgebissen hatte. Dann biss sie in ein Stück Brot, um das Brennen im Hals zu mildern. Sie hatte großen Hunger und verschlang so das ungewohnte Essen. Die Russinnen waren besser auf diese Reise vorbereitet. Elizabeths Schuhe, die sie neulich gekauft hatte, erwiesen sich als zu dünn, und sie fror an den Füßen. Auch der kurze, bestickte Lammfellmantel schützte sie nicht vor Kälte. Sie dachte, dass sie trotz allem noch Glück hatte, weil es nur circa fünfzehn Grad minus waren, und in dem Gebiet waren vierzig Grad unter Null keine Seltenheit. Eine der beiden Russinnen holte eine Thermoskanne heraus und – nachdem sie die heiße Flüssigkeit in den Deckelbecher gegossen hatte – gab sie Elizabeth zu trinken. Es stellte sich als unglaublich süßer Tee heraus, doch Elizabeth trank gierig, bis sich die Wärme allmählich in ihrem Körper ausbreitete.

Beinahe im selben Moment tauchten zwischen den Felsen am Hang drei Gestalten auf. Elizabeth konnte ausmachen, dass es sich um eine Frau und zwei Männer handelte. Alle hatten sie Militäranoraks und Pelzmützen mit Ohrenwärmern an; die Männer schleppten Gurte mit Munition und über die Schulter gehängte Waffen. Die Frau kam sofort auf Elizabeth zu.

»Mrs Connery?«, fragte sie.

»Ja.«

»Ich bin Julia«, sagte die Ukrainerin mit einem Lächeln.

Der größere der Männer, mit einem grauen Bartwuchs, wies mit der Hand die Richtung und sagte etwas in einer Elizabeth unbekannten Sprache. Sie liefen hinter ihm her. Der Marsch war lang und anstrengend. Nach drei Stunden mussten sie rasten, denn die Amerikanerin verließen immer wieder die Kräfte. Es war ihr bewusst, dass sie den Marsch verzögerte, doch sie konnte nichts dagegen tun. Einmal wurde es sogar dramatisch, denn ihre Füße rutschten auf dem harten Schnee aus und sie begann, mit großer Geschwindigkeit abzurutschen. Erst an einem großen Felsblock kam sie zum Stillstand. Beide Tschetschenen kamen ihr zu Hilfe, und es gelang ihnen schließlich, sie wieder auf den Pfad zurückzuziehen; doch ihre Haut war an mehreren Stellen bis aufs Blut aufgeschürft.

Der Jüngere der beiden machte den Gürtel auf, der bisher seine Jacke festgehalten hatte, gab ein Ende Elizabeth und ergriff selbst das andere. So gingen sie nun hintereinander – oder, um ehrlich zu sein, wurde Elizabeth von dem jungen Mann gezogen. Die anderen Frauen kamen besser zurecht: Die Ukrainerin kraxelte wie ein erfahrener Trapper, die beiden Russinnen gingen fast auf allen vieren und erinnerten an Bären, die an vereisten Felsen kletterten.

Plötzlich blieben sie stehen, und diesmal war es nicht Elizabeths Schuld. Es stellte sich heraus, dass sie die Gruppe aufteilen würden: Die Russinnen und der ältere Tschetschene bogen in ein Seitental ab, und Elizabeth, Julia und der junge Mann stiegen noch weiter hinauf. Elizabeth bekam Probleme mit der Atmung, offensichtlich war die Luft hier sehr dünn.

Sie waren jetzt acht Stunden unterwegs und Elizabeth war völlig erschöpft, ihre verletzten Hände schmerzten, Schweißrinnsale liefen ihr den Rücken hinunter, und ihre Füße waren so durchfroren, dass sie schon lange nichts mehr davon spürte. Die Ukrainerin schaute sie immer wieder mitleidig an, sagte aber kein Wort.

Endlich kamen sie in ein Lager, das aus mehreren großen Höhlen bestand, die durch Tunnel miteinander verbunden waren. Es sah vollkommen unwirklich aus, wie die Welt in Tolkiens Romanen, die Jeff so mochte. Dies bewerkstelligt zu haben, musste eine große Herausforderung gewesen sein, denn diese Menschen verfügten weder über spezielle Werkzeuge noch über Baumaschinen. Diese Tunnel hatten Menschen mit bloßen Händen und einfachstem Werkzeug geschaffen. Später erzählte ihr Julia, dass es das Werk russischer Kriegsgefangener war.

»Nach einer solchen Arbeit hatten sie doch sicher die Freiheit verdient?«, fragte Elizabeth, aber die andere sagte nichts, sondern wandte den Blick ab.

In einer der Höhlen befand sich Julias Funkstation und dort wurde Elizabeth einquartiert. Sie kroch unter eine Decke aus Tierfellen und allmählich wurde ihr wieder warm. Sie hatte keine Lust und keine Kraft, um etwas zu essen, doch trotz der Erschöpfung redete sie lange mit Julia.

Nachdem diese ihre Fellmütze und die dicke Militärbekleidung abgenommen hatte, stellte sich heraus, dass sie ein hübsches Mädchen war. Sie hatte von Natur aus blondes, sehr langes Haar und ein schmales Gesicht mit leicht schräg stehenden Augen. Elizabeth fiel auch ihre Figur auf – diese Frau hätte Model werden können, doch stattdessen hockte sie hier, an diesem gottverlassenen Ort. Julia erzählte ihr, dass sie einst als Lehrerin in einer Grundschule gearbeitet hatte. Ihre Eltern waren »Sechziger« – so nannte man zur Zeiten des Kommunismus Intellektuelle, die in den Sechzigerjahren das System verbessern wollten. Sie bemühten sich, einen »Sozialismus mit menschlichem Gesicht« zu schaffen. Natürlich kamen sie deswegen auf die schwarze Liste des KGB, der Vater musste seine Position an der Universität aufgeben; auch Julias Mutter verlor ihre Arbeit. Sie konnte sich noch erinnern, in welchem Elend sie gelebt hatten: Zeitweilig hatten sie und ihre beiden Geschwister zusammen nur ein einziges Paar Schuhe. Sie war die Jüngste, und so rutschten ihr die Schuhe von den Füßen – um sie überhaupt tragen zu können, stopfte sie den Zehenraum mit Zeitungspapier aus.

»Und wenn eines von euch die Schuhe trug, was war dann mit den anderen?«, wunderte sich Elizabeth.

»Nichts. Sie mussten zu Hause bleiben. Aber zum Glück hatten wir in der Schule Schichtunterricht.«

Sie erzählte auch, dass man zu Hause immer Ukrainisch sprach.

»Ich dachte, dass in der Ukraine alle Ukrainisch sprechen?!«

Das Mädchen schüttelte den Kopf. »Nein. Das ist Surzyk, eine Mischung aus dem Ukrainischen und dem Russischen. Doch unser Vater achtete darauf, dass wir zu Hause Hochukrainisch sprachen.«

Die Ehe von Julias Eltern war nicht sonderlich glücklich. Die Mutter kam aus der Westukraine, der Vater aus der Ostukraine. Ihre Eheschließung war beiden Familien ein Dorn im Auge gewesen, sie wurden enterbt, und deswegen ging es ihnen so schlecht – weil sie arbeitslos waren und für drei Kinder sorgen mussten.

»Aber was ist das für ein Unterschied, West- oder Ost-Ukraine?« Elizabeth wollte das nicht in den Kopf.

»Es ist ein Riesenunterschied! Die aus dem Osten wurden als Untermenschen angesehen, man hat sie verachtet …«

»Aber dein Vater war doch Professor!«

»Das spielte keine Rolle. Er war schlechter als die Familie meiner Mutter, ganz einfach.«

Julias Eltern trennten sich schließlich, und auch sie selbst war nicht im Stande, mit jemandem glücklich zu werden. So engagierte sie sich in der Politik und wählte die Opposition. Bald schon wurde sie diskriminiert, musste ihre Stadt verlassen – und gelangte schließlich nach Tschetschenien.

»Wie schaffst du das hier ganz allein, unter all den bärtigen Typen?«

Julia lachte auf. »Manchmal sind sie feinfühliger als alle Gentlemen, die ich jemals gekannt habe.«

»Bis sie betrunken sind …«

»Sie sind Muslime. Sie trinken nicht, nicht einmal Wein, Alkohol ist verboten.«

Wieder musste Elizabeth an ihre Erfahrungen in der Ukraine denken, wo alle tranken, sogar die Frauen. Sie war nun wirklich erstaunt: »Aber ich habe gehört, dass wir Frauen für Muslime kaum besser als Haustiere sind, Eigentum der Männer und Packesel …« Elizabeth mochte sich nicht geschlagen geben. »Die Frauen dürfen nicht mit unverhülltem Gesicht auf die Straße – warum tolerieren sie also dich?«

»Weil ich für sie keine Frau bin. Für ihre eigenen Frauen gilt das vielleicht, aber ich bin ihr Kampfgefährte«, erklärte Julia voll Stolz.

Der Funk schaltete sich ein. Julia redete zunächst lange mit jemandem, dann lief sie zum Befehlshaber, um den Inhalt des Gesprächs wiederzugeben. Dann kam sie leise zurück in die Grotte, wohl in der Vermutung, dass Elizabeth schon schlief. Sie kuschelte sich zu der Amerikanerin unter die dicken Decken.

Elizabeth fragte unvermittelt: »Hast du Oksana gekannt?«

»Ja, ich hab sie gekannt. Eine Weile hat sie sogar mit ihrem Söhnchen bei mir gewohnt. Aber ich hatte den Eindruck, dass sie ihr Kind vernachlässigt hat. Einmal hab ich sie besucht, als sie schon ihre eigene Wohnung hatte. Es war abends, ganz dunkel. Und der Winzling öffnete mir die Tür, so ein Dreikäsehoch, und sagt: Mama ist nicht da, ich bin ganz allein zu Hause …«

»Sie hatte doch niemanden, der sich um ihn hätte kümmern können, sie war ganz allein«, versuchte Elizabeth, Oksana zu verteidigen.

»Ich will sie gar nicht schlechtmachen. Nur der Kleine tut mir leid …«

Lange Zeit sprachen sie nicht.

»Glaubst du, dass mein Mann irgendwo hier ist? Dass ich ihn finden werde …«

Julia antwortete nicht gleich.

»Morgen triffst du dich mit dem Kommandanten. Er wird dir alles erklären.«

Als Elizabeth aufwachte, war Julia nicht mehr in der Grotte. Elizabeth hatte keine Lust, unter den dicken Tierfellen hervorzukriechen, so lag sie da mit offenen Augen. Plötzlich kam ihr Fred Feuerstein in den Sinn, ein Zeichentrickfilm mit einer Familie von Steinzeitmenschen, den sie mal im Fernsehen gesehen hatte. Diese Steinzeitmenschen hatten alle positiven und negativen Eigenschaften ihrer Landsleute, obwohl sie Felle trugen und sich mit Keulen verteidigten. Besonders eine der Figuren war lustig, die Frau der Hauptfigur, Elizabeth glaubte, dass sie Wilma hieß.

Und nun spielte Elizabeth ebenfalls eine Rolle – die Rolle einer Frau, die nach ihrem Ehemann sucht, einer Frau, von der viel zu viel verlangt wurde, die viel zu schwere Entscheidungen treffen musste … Hinzu kam die Sehnsucht nach Andrew, eine unerwartet heftige Sehnsucht, die Unsicherheit, wenn nicht Angst hervorrief. Elizabeth befand sich seit ein paar Monaten auf unsicherem Boden, auf dem sie sich nicht zu bewegen wusste. Seit Langem hatte sie kein Bedürfnis mehr gehabt, sich an jemanden anzulehnen, eine tröstende

Stimme zu hören … Und jetzt … Sie fühlte eine physische Verbundenheit mit Andrew, sie spürte seinen Körper an dem ihren – wie damals, als sie zusammen waren, als sie in seiner Umarmung lag. Der Duft seiner Haut hatte sie damals berauscht, seine Berührungen machten sie zittern, sie war hilflos, vollkommen diesem Mann ausgeliefert … Neben ihm entdeckte sie ihre Weiblichkeit neu – und in dieser Weiblichkeit war auch Platz für mütterliche Gefühle. Sie konnte nicht aufhören, an Alek zu denken …

Julia erschien mit dem Frühstück. In der Thermoskanne war heißer Kaffee, ein überraschender, aber hochwillkommener Luxus hier in den Bergen. »Hast du ihn aufgebrüht?«, wollte Elizabeth wissen.

»Nein, nicht ich. Wir haben hier einen Kaffeespezialisten, was denkst du denn!«, lachte Julia. »Aber du hast nicht viel Zeit, um den Kaffee zu genießen, weil der Kommandant schon auf dich wartet.«

Der Kommandant war ein großer, hagerer Mann mit einem langen schwarzen Bart und glühenden Augen, mit denen er Elizabeth aufmerksam musterte. Julia fungierte als Dolmetscherin.

In dem Gespräch erfuhr Elizabeth, dass weder ihr Ehemann noch Georgij Gongadze jemals in Tschetschenien waren. Das sei absolut ausgeschlossen. Man habe ihr das nur nicht deshalb schon früher gesagt, weil man ihren Plan, nach Tschetschenien zu kommen, sehr begrüßt habe. Ihr Auftritt in Moskau sei sehr überzeugend gewesen. Sie könne sich um die Unabhängigkeit Tschetschiens sehr verdient machen, wenn sie der Weltöffentlichkeit mitteilte, worum es hier ging. Wenn ihre Stimme so viele Menschen erreichen könnte, wäre sie eine hervorragende Verbündete im Kampf für ein freies Tschetschenien …

Elizabeth fühlte sich betrogen. Deswegen war sie nicht nach Tschetschenien gekommen. Sie war in der Hoffnung gekommen, hier ihren Mann zu finden, nicht um für irgendwen Propaganda zu machen.

Wenn die Tschetschenen keine Geiseln bei sich versteckten, warum habe dann der ukrainische Präsident auf den geheimen Bändern etwas davon erzählt, dass Gongadze und noch ein anderer Mann nach Tschetschenien verschleppt werden sollten, wollte sie wissen. »Auf so etwas kommt man doch nicht ohne weiteres«, sagte sie. »Solche Praktiken hat es doch offensichtlich gegeben. Und von Lösegeld war auch noch die Rede.« Vielleicht gab es neben den Partisanen noch andere Gruppen? Oft verhält es sich so zu Zeiten des Krieges, es bilden sich Banden, die rauben und Geld machen wollen.

»In Tschetschenien gibt es keine solchen Gruppen!«, sagte der Anführer zornig. »Ich fühle mich nicht verantwortlich dafür, was der ukrainische Präsident an Unsinn erzählt.«

Es gab keinen Grund mehr, noch länger zu bleiben. Julia stellte eine Verbindung zum russischen Stab in Grosny her, um Elizabeths Rückkehr anzukündigen. Lange stritt sie sich mit dem dortigen Funker herum, schließlich schienen sie sich einig geworden zu sein.

»Was wollte er von dir?«

Julia verzog das Gesicht.

»Dauernd hacken sie auf mir herum. Sie nennen mich Rotkäppchen, sagen, der kaukasische Wolf wird mich fressen. Und wenn nicht, werden sie sich um mich ›kümmern‹, verstehst du? Sie haben mir versprochen, dass sie mich … du weißt schon … bis ich tot bin … Sie werden nicht ruhen, bis sie mich irgendwann kriegen …«

Das eine Wort sagte sie auf Russisch, aber Elizabeth kannte seine Bedeutung bereits.

»Hast du denn keine Angst?«, fragte sie. »Wenn sie dich in die Finger kriegen, könnten sie ihre Drohungen wahr machen ...«

»Sie werden mich nicht lebend kriegen!«

Elizabeths Rückkehr wurde für den darauffolgenden Tag festgelegt. Die Partisanen sollten sie zu dem ihr bereits bekannten Pass in den Bergen führen.

»Werdet ihr euch vergewissern, dass ich tatsächlich abgeholt wurde?«, fragte Elizabeth beunruhigt.

»Wir haben Feldstecher«, beruhigte sie Julia. »Außerdem kommen die beiden Russinnen mit.«

Elizabeth erfuhr von der jungen Ukrainerin, dass es in diesem Krieg drei Seiten gäbe: Die dritte Seite seien die Familien der getöteten Soldaten. Wenn der Schnee taute, pilgerten ganze Scharen zu den Massengräbern, öffneten sie und suchten darin nach ihren Lieben. Julia hatte von einer Frau gehört, die nur die untere Hälfte ihres Sohnes gefunden hatte – auf die obere Hälfte musste sie bis zum Frühling warten, weil man das Grab nicht vollständig freilegen konnte.

»Sie hat seine Beine erkannt?«, wunderte sich Elizabeth.

»Mütter sehen anders als andere Menschen«, sagte Julia.

Die Söhne der beiden Russinnen waren desertiert und hatten sich der tschetschenischen Befreiungsarmee angeschlossen. Einer von ihnen war am Leben, hier in den Bergen. Der andere war von seinen ehemaligen Kameraden erwischt worden; auf Geheiß des Befehlshabers wurde ihm der Kopf abgehackt und auf einen Pfahl gesteckt.

»Weiß seine Mutter es schon?«

»Wir haben ihr erzählt, dass er ihm Kampf gefallen sei.«

Elizabeth verbrachte noch eine Nacht in der Höhle und redete bis zum Morgengrauen mit Julia. Sie wollte wissen, wie lange die junge Frau vorhatte, in den Bergen zu bleiben, unter primitivsten Lebensbedingungen, allein unter Männern. Julia erklärte, dass sie sich erst hier wirklich frei fühle. Und deswegen sei sie hier und nehme die ganzen Anstrengungen auf sich.

Elizabeth erzählte Julia, dass sie Oksanas Sohn mit sich nach New York nehmen wollte. Die Ukrainerin schüttelte den Kopf.

»Sie werden ihn nicht gehen lassen, er wird keinen Pass bekommen.«

»Sein Vater ist Amerikaner.«

»Stimmt, ja, Oksana hatte Alek aus Amerika mitgebracht. Aber der Vater hat sich ja die ganze Zeit nicht für seinen Sohn interessiert …«

»Vielleicht wusste er nichts von seiner Existenz …«, meinte Elizabeth vorsichtig.

»Das würde Oksana ähnlich sehen! Ich habe ihr so oft gesagt, sie soll ihrem Loverboy schreiben. Wenn er ihr wenigstens ein paar Dollar geschickt hätte, aber nein. Sie war so eifersüchtig auf das Kind, sie war der Meinung, der Junge gehört nur ihr …«

Elizabeth fühlte sich durch ihre Worte gekränkt, als wäre sie jemand, der falsche Rechte an dem Jungen anmeldete. »Sie selbst wollte es so. Sie hat mich angefleht, dass ich ihn mitnehmen soll.«

»Oksana muss gespürt haben, dass der Sarg schon auf sie wartete … Aber ich weiß wirklich nicht, ob sie das Kind außer Landes lassen. Sie werden sagen, dass die Mutter Ukrainerin war und er also auch in die Ukraine gehört. Er trägt ihren Namen.«

»Ich werde um ihn kämpfen.«

»Aleks Vater sollte endlich auftauchen – er könnte mehr erreichen als du, du bist eine fremde Person.«

Daraufhin sagte Elizabeth nichts mehr. Sie war beinahe eingeschlafen, als Julia sagte: »Bist du unzufrieden, dass deine Reise umsonst war?«

Elizabeth überlegte, was sie ihr antworten sollte. »Der Weg in diese Berge war das Ende meiner Illusionen. Aber ich musste wohl erst hierherkommen, um mir dessen bewusst zu werden …«

Als Elizabeth zurückmusste, nahm Julia gerade einige wichtige Meldungen entgegen. So wurde die Amerikanerin von zwei jungen Tschetschenen begleitet, die sich martialische Munitionsgurte über die Brust gehängt hatten.

Diesmal war der Weg noch schwerer für sie. Irgendeine gewaltige Kraft zog sie zu Boden, sie konnte nicht normal gehen, lief nur noch, immer wieder stolpernd und hinfallend. Schließlich gab sie auf, setzte sich auf einen Felsen und versteckte das Gesicht in den Armen. Einer der Mudschaheddin zog sie wortlos hoch, band sie mit einem Strick an seinen Gürtel – und so bewältigten sie den Abstieg gemeinsam. Dabei behinderte Elizabeth seinen Marsch, und doch lief der Mann gleichmäßig, ohne zu stolpern, rasch und mit großen Schritten.

Nach einer Weile erschien auf ihrem Weg eine Menschengruppe. Elizabeth erkannte die beiden Russinnen. Ihre Führer kehrten bald zurück in die Berge; Elizabeth, ihre Begleiter und die beiden Frauen liefen weiter. Hier war der Weg viel einfacher und die Amerikanerin schaffte es allein, ohne den Strick, der sich in ihre Haut schnitt, und ohne den Körpergeruch ihres Führers, der eine undefinierbare Mischung aus altem Fett und Tierhaaren zu sein schien.

Elizabeth versuchte zu erraten, welche der Frauen um ihren Sohn trauerte und welche sich freuen durfte, den ihren besucht zu haben, doch es gelang ihr nicht. Beide sahen genauso aus wie vor ein paar Tagen, als sie sie zum ersten Mal gesehen hatte, der Gesichtsausdruck weder der einen noch der anderen hatte sich wirklich verändert.

Endlich gelangten sie an die Passstraße. Elizabeth erkannte den Ort aufgrund eines gewaltigen Felsens am Rande des Pfades, der sie an den »Denker« von Rodin erinnerte – die Linie des leicht gebeugten Rückens, ähnlich geneigter Kopf.

Die Partisanen murmelten etwas Unverständliches und entfernten sich dann eiligen Schrittes. Und wieder waren sie nur zu dritt. Elizabeth lächelte die Frauen an und sie lächelten zurück, doch keine sagte etwas.

»*Wy otkuda?*«, fragte sie auf Russisch, woher sie kamen, in der Hoffnung, sie würden ihre Aussprache verstehen.

»*Is Moskwy*«, gaben sie fast gleichzeitig zurück.

Sie warteten ungefähr eine Stunde, bis ein Geländewagen auf dem Weg erschien. Er bremste hart unweit von ihnen und die Schneepartikel schlugen schmerzhaft gegen Elizabeths Gesicht. Sie begann, sich auf den Wagen zuzubewegen, und wunderte sich, dass die anderen Frauen ihr nicht folgten und immer noch am Wegesrand standen. Sie drehte sich nach ihnen um und machte eine einladende Geste, aber sie bewegten sich nicht von der Stelle.

»Sie kommen mit«, sagte sie auf Russisch zu dem Offizier, der sie einige Tage zuvor schon hierher gebracht hatte. Daraufhin schüttelte er verneinend den Kopf.

»Sie kommen mit!«, wiederholte sie in einem gefährlichen Ton.

Der Offizier überlegte, und Elizabeth schaute ihn mit gerunzelter Stirn an. Sie blieb eisern neben dem Auto stehen, das groß genug für alle drei Frauen war. Endlich winkte der Mann, und die Frauen kamen eilig auf ihn zu. Dann nahmen sie neben Elizabeth Platz, und sie versuchte, sich mit ihnen zu unterhalten: »Ihr in Moskau und ich in Moskau«, sagte sie wie in einem Abzählreim, während sie mit dem Zeigefinger zuerst auf die beiden Mütter und dann auf sich wies. »Wir zusammen.«

Die Frauen sahen sie unsicher an.

»Ich Freund«, beeilte sie sich zu versichern und versuchte, sich an andere russische Vokabeln zu erinnern, die sie während der letzten Monate aufgeschnappt hatte.

Der Offizier hatte zunächst vor, die Frauen in einem Vorort von Machatschkala aussteigen zu lassen, und dann später in Grosny, doch Elizabeth protestierte heftig. Als sie keine entsprechende Formulierung finden konnte, sagte sie nur: »General Sjerebrjakow!«

Das wirkte, und sie kamen alle zusammen in der Militärbasis an. Elizabeth ging sofort zum Stabschef und teilte ihm in ihrem gebrochenen Russisch mit: »Frauen ... zusammen ... nach Moskau!«, dann zeigte sie auf sich.

Der Mann starrte sie entgeistert an und dann ließ er einen seiner Adjutanten holen, der etwas Englisch sprach.

»Diese Frauen sind eure Landsleute und wohnen in Moskau, warum dürfen sie nicht mit mir kommen?«, wollte Elizabeth wissen.

»Es ist ein Transportflugzeug«, erklärte der Adjutant. Er hatte ein unnatürlich rotes Gesicht; es sah aus, als hätte er schwere Erfrierungen erlitten.

»Na und? In einem Transportflugzeug wird bestimmt viel Platz sein, umso besser!«

Diese Diskussion hätte noch lange mit ungewissem Ausgang so gehen können, hätte Sjerebrjakow nicht angerufen. Er wollte sich versichern, ob Elizabeth heil in der Militärbasis angekommen war. Sie nahm den Hörer in die Hand und wiederholte ihre Bitte: »Ich möchte diese Frauen mitnehmen. Eine von ihnen hat gerade erfahren, dass ihr Sohn in diesem Krieg gefallen ist!« Dabei verschwieg sie wohlweislich die Umstände seines Todes – es hätte ja sein können, dass der Offizier, der den Jungen hatte köpfen lassen, sich hier im Lager befand, oder dass er der Stabschef selbst war.

Der General antwortete schließlich, dass er nichts dagegen habe, wenn die anderen Frauen mitflögen. Der Stabschef unterhielt sich anschließend mit einem seiner Untergebenen. Sie sprachen lange, und Elizabeth war sich auf einmal nicht mehr sicher, ob dieser es zulassen würde.

Und doch – er war einverstanden. Er fragte nur, ob Elizabeth nun zu einer Fürsprecherin der Tschetschenen geworden sei? Sie möge bitte nicht vergessen, ihren amerikanischen Freunden zu erzählen, was die Freiheitskämpfer mit den russischen Kriegsgefangenen gemacht hätten. Erst hätten sie die armen Kerle gezwungen, ein ganzes Labyrinth aus Tunneln in die Berge zu schlagen, und ihnen dann die Köpfe abgehackt. Es dürfe keine Zeugen geben, hatten sie zur Erklärung gesagt. Aber warum hatten sie dann eine gewisse Amerikanerin in ihr Lager gelassen und ihr alles gezeigt? Warum hatten sie dabei keine Bedenken?

Woher will er wissen, wohin mich die Tschetschenen gebracht haben?, dachte sie.

Im Flugzeug, das groß und geräumig war, setzten sich die beiden Russinnen weit weg von Elizabeth. Während des Fluges bemerkte sie, dass eine von ihnen, die Jüngere, sich die Augen abtrocknete – wahrscheinlich war sie es, die ihren Sohn verloren hatte.

Und dann kam die Landung in Moskau. Diesmal war Elizabeth eine Privatperson und nahm ein Taxi in ihr Hotel. Noch bevor sie ihre Sachen auspackte, rief sie Andrew an.

»Ich bin wieder in Moskau«, eröffnete sie. »Ich habe Jeff nicht finden können … Und habe verstanden, dass ich ihn niemals finden werde …«

»Dessen kannst du dir doch nicht sicher sein!«

»Ich bin mir sicher, Andrew. Ich kann mir keine Hoffnungen mehr machen, sonst werde ich noch verrückt. Jeff ist nicht mehr da. Und jetzt muss ich mich um seinen Sohn kümmern.«

Andrew schwieg.

»Hallo? Hast du gehört, was ich eben gesagt habe?«

»Ja, das habe ich, Elizabeth … Doch in der Zwischenzeit ist hier etwas vorgefallen. Alek wird keinen Pass bekommen. Seine Großmutter hätte ihn beantragen müssen, ich habe sie darum gebeten. Aber sie hat es ihrem Mann erzählt, und der hat gegen die Ausreise seines Enkelsohns protestiert. Er will ihn adoptieren.«

»Was!«, rief sie. »Dieser Gauner! Bisher hat ihn weder das Los seiner Tochter noch das seines Enkels interessiert.«

»Wir können nichts dagegen tun …«

»Doch, das können wir! Und wir werden es tun! Ich werde noch heute ein Visum für die Ukraine beantragen.«

»Elizabeth!«, nun wurde auch Andrew laut. »Nach der Erklärung, die du in Moskau gegeben hast, wirst du noch an der Grenze festgenommen.«

»Sie sollen mir nur ein Visum geben!«

»Du wirst kein Visum bekommen.«

»Dann werde ich die Grenze illegal übertreten!«

»Elizabeth, das ist alles kein Scherz! Ich habe Angst um dein Leben. Ich flehe dich an, flieg zurück nach New York, und ich … ich werde zu dir kommen …«

Sie nahm einen tiefen Atemzug und erwiderte: »Andrew, ohne Alek werde ich nicht zurückfahren. Keine Chance, denke nicht mal daran. So oder so – warte auf mich in Lemberg.«

Sie legte auf und fuhr gleich nach dem Telefonat zur ukrainischen Botschaft, um den Antrag auf ein Visum zu stellen. Die Antwort sollte innerhalb von zwei Tagen da sein.

Die Wartezeit verbrachte sie im Hotel. Andrew versuchte, sie dazu zu bewegen, sich Moskau anzusehen. Sie solle zum Kreml fahren, meinte er, und dann in die Tretjakow-Galerie, um sich die russische Malerei anzusehen, über die sie so wenig wusste. Es solle auch ein sehr interessantes Puschkin-Museum geben, mit einer Kollektion französischer Impressionisten, mit Gemälden von Renoir.

Beinahe wäre sie tatsächlich hingegangen, doch dann übermannte sie die Erschöpfung. Sie hatte keine Kraft, aufzustehen, lag nur auf dem Bett und starrte stundenlang an die Zimmerdecke. Ihr Leben war in den letzten sechs Monaten so schnell vorangegangen, als hätte es die ganzen Jahre aufholen wollen, in denen es gleichmäßig und ohne Überraschungen verlaufen war. Das damalige Leben war gut, bequem und sicher – doch sie würde es nicht mehr gegen ihr jetziges eintauschen wollen. Sie könnte es nicht mehr. Doch um es richtig anzufangen, das neue Leben, musste sie zuerst Jeff finden. Sie konnte nicht normal existieren, weil sie nicht wusste, was mit ihm geschehen war. Die schlimmste Wahrheit wäre ihr lieber als diese Ungewissheit, die sie geradezu lähmte. Nun schien es aber, als wäre sie dazu verurteilt.

Nur dieser Brief ... Wer hatte ihn abgeschickt? Vielleicht befand sich Jeff hier, irgendwo in Russland? Nein, nein, sie durfte nicht wieder anfangen zu grübeln. Sie musste diesen Teufelskreis aus Gedanken unterbrechen, sonst würde sie den Rest ihres Lebens mit der Suche nach Jeff verbringen – und irgendwann würde ihr bewusst werden, dass sie eine alte, einsame Frau war ...

Dann stellte sich heraus, dass ihr die ukrainische Botschaft tatsächlich das Visum verweigerte. Was sollte sie nun tun? Andrew wollte sie um jeden Preis davon abhalten, illegal einzureisen, und zählte ihr alle damit verbundenen Gefahren auf. Doch sie blieb stur.

»Elizabeth, ich komme nach Moskau, dann können wir in Ruhe reden!«, schlug er vor.

»Nein«, sagte sie. »Wir würden nur Zeit verlieren. Ich habe mich bereits entschieden. Ich werde heute Abend den Zug vom Kiewer Bahnhof nehmen und morgen Mittag in Lemberg sein. Warte auf mich am Bahnsteig.«

»Sie werden dich an der Grenze festnehmen!«

»Ich glaube daran, dass ich durchkomme, dass ich es schaffen werde. Und falls ich nicht unter den Reisenden sein sollte, die morgen den Zug verlassen, suche mich im Gefängnis ...«, sagte sie.

Andrew war so aufgeregt, dass er nicht sprechen konnte. Elizabeth indessen erfasste eine sonderbare Ruhe. Die Entscheidungen wurden gefällt, nun sollten sie nach und nach realisiert werden.

Sie packte ihren Koffer, rief ein Taxi und kam pünktlich am Bahnhof an. In der Bahnhofshalle herrschte Gedränge, ein Jugendlicher in zerrissener Kleidung wollte ihr eine Tüte gerösteter Sonnenblumenkerne verkaufen – sie kaufte eine, damit er Ruhe gab, und warf sie umgehend in eine Mülltonne.

Sie begab sich auf den Bahnsteig. Nach etwa einer Viertelstunde wurde der Zug bereitgestellt – ein Express mit dem Namen »Taras Schewtschenko«. Schon zum zweiten Mal begegnete Elizabeth auf ihrem Weg dem berühmten Dichter. War es ein gutes Omen?

Sie fand bald ihren Schlafwagen, in dem sie ein Bett reserviert hatte. Die Schaffnerin, eine gedrungene Frau mit der Figur einer Matrjoschka (das waren diese Holzpuppen, die man ineinanderstecken konnte, eine kleiner als die andere, Jeff hatte ihr mal so eine aus Russland mitgebracht) brachte sie zu ihrem Abteil. Es gab dort vier Liegen, jeweils zwei unten und zwei unter der Abteildecke. Ihr Platz war oben. Sie fühlte sich eingesperrt, als sie sich hinlegte, und hätte am liebsten gleich wieder weggewollt – aber das ging nicht. Bevor der Zug losfuhr, erschienen noch zwei mitreisende Frauen. Ein Platz im unteren Bereich blieb frei und Elizabeth zog sofort erleichtert um.

Der Zug fuhr mit einem Quietschen der Räder an, die rasch einen regelmäßigen Rhythmus fanden. Elizabeth lauschte ihnen, und es war, als sagten sie: »Alles wird gut … alles wird gut …«

Es muss gut werden, ich werde es schaffen …, dachte sie.

Die Frauen unterhielten sich flüsternd auf Russisch. Die Amerikanerin konnte bereits Russisch vom Ukrainischen unterscheiden – vor allem an dem charakteristischen ukrainischen »h«. Sie merkte sich einige Worte, *bohato, harko.* Am besten gefiel ihr, dass die Frauen ihre Männer *tschelowjek,* Mensch, nannten. Als ob sie wüssten, dass der Ehemann menschlich war …

Nach ungefähr einer Stunde kam die Schaffnerin und brachte ungebeten heißen Tee in Gläsern. Der Tee war zu stark und entschieden zu süß. Trotzdem trank Elizabeth ein paar Schlucke. Die Frau von der Nachbarliege betrachtete sie eine Weile und sagte schließlich auf Russisch:

»Ich kenne Sie. Sie sind die Amerikanerin, die ihren Ehemann sucht. War er nicht in Tschetschenien?«

»Nein«, antwortete Elizabeth.

Die andere sagte noch etwas, was Elizabeth allerdings nicht verstand. Die Frauen redeten lange, sie lauschte ihnen und versuchte, etwas zu verstehen. Das Rattern des Zuges verformte jedoch die Worte, die Elizabeth ohnehin fremd waren. Sie überlegte, ob es gut war, dass man sie erkannt hatte. Diese Frauen konnten nicht wissen, dass sie kein Visum hatte und illegal über die Grenze wollte – doch sie würden es zweifelsohne erfahren, wenn sie von den Zollbeamten verhaftet wurde. Da wäre dann ohnehin alles egal.

Und wenn sie diese Russinnen um Hilfe bat? Zum Beispiel könnte sie sich während der Kontrolle in der Toilette verstecken, und sie könnten sagen, dass sie nur zu zweit reisten. Es war nur gut, dass sie keine Ukrainerinnen waren, denn diese würden wohl kaum ihre Obrigkeit betrügen wollen. Sie müsste sich mit ihnen verständigen, jetzt gleich, bevor sie einschliefen. An der Grenze wären sie erst im Morgengrauen.

»Wie heißen Sie?«, fragte sie die Frau an der unteren Liege auf Russisch.

»Irina Iwanowna Tschalygina.«

»Elizabeth Connery. Ich …« Sie wusste plötzlich nicht, wie sie weitermachen sollte. Wie sollte sie ihre Bitte erklären? Sie fühlte sich hilflos, ohne die Kenntnis ihrer Sprache.

Sie holte ihren englisch-ukrainischen Sprachführer heraus, denn einen anderen hatte sie nicht, und begann mühsam ein paar Formulierungen herauszusuchen. Schließlich konnte sie den Frauen begreiflich machen, was sie meinte, zum Teil mit Händen und Füßen. Die Idee mit dem Versteck in der Toilette wurde bald verworfen, denn der Grenzschutz schaute dort als erstes nach. Sie trösteten sie, dass die Kontrollen nicht sehr genau seien. Vor allem nachts würde niemand so genau hinschauen bei den Dokumenten. Doch da gab es ja noch die Schaffnerin – die wusste von der Amerikanerin, und es bestand die Gefahr, dass sie es den Grenzern erzählen würde. Sie sei schließlich da, um alles zu melden. Die Gefahr war zu groß, denn die Frau war Ukrainerin.

Andererseits gab es gar keinen Ausweg. Der Zug würde an keinem Bahnhof vor der Grenze mehr halten, erst in Charkow, wo eine der Frauen aussteigen wollte. Sie beschlossen, dass Irina die Schaffnerin betrunken machen sollte. Sie hatte eine Flasche Weinbrand für ihren Schwiegervater dabei, die würde sie für den guten Zweck opfern.

Und das tat sie auch. Sie kam lange nicht zurück, aber dann war sie sehr zufrieden mit sich. Die Schaffnerin habe ganz allein drei Viertel der Flasche getrunken, sagte sie, und sei nun bewusstlos. Irina selbst habe nur so getan, als ob. Die Schaffnerin würde bis zur Grenze nicht mehr aufwachen. Der zweite Teil des Plans bestand darin, dass Elizabeth sich hinter die andere Russin, Larissa, ins obere Bett legen und dort verstecken sollte. Die Frauen würden sie mit Wolldecken und zusätzlich mit ein paar Taschen zudecken.

»Und falls wir auffliegen?«, fragte Elizabeth.

»Dann fliegen wir auf. Dann ist es so. Sie werden uns schon nichts tun, unsere Pässe sind in Ordnung.«

Elizabeth war sich nicht so sicher, ob die Russinnen im Falle des Falles keine Konsequenzen zu tragen hätten. Doch sie hatte keine andere Wahl, als sich auf den Plan einzulassen.

Und es kam genauso, wie sie es sich ausgedacht hatten: Irina gab dem Grenzer zwei Pässe, er schaute hinein und gab sie wortlos zurück. Der ihn begleitende Zollbeamte verfuhr genauso. Er fragte lediglich, ob sie etwas zu verzollen hätten, und die Frauen verneinten.

Als der Zug anfuhr, jubelten die Frauen vor Freude. Elizabeth kroch aus den Decken hervor und kletterte hinunter; alle drei umarmten sich.

»Ich danke euch!«, sagte sie.

»Nichts zu danken«, sagte Irina. »Frauen müssen doch zusammenhalten.«

Aber das Problem mit der Schaffnerin bestand nach wie vor. Sie würde mit Sicherheit wieder nüchtern werden, bis der Zug in Lemberg ankam. Andererseits konnte sie ja nicht wissen, dass Elizabeth kein Visum hatte, und würde hoffentlich denken, dass sie an der Grenze kontrolliert worden war. Sie mussten fest daran glauben.

Irina stieg in Charkow aus, Larissa fuhr weiter bis Kiew, so dass Elizabeth schließlich ganz allein im Abteil blieb.

Wie das Leben so spielt, dachte sie. Zuerst habe ich zwei Russinnen geholfen, und jetzt haben zwei andere Russinnen mir geholfen.

Das erinnerte sie an ein Buch, das sie als Kind gelesen hatte, von einer skandinavischen Schriftstellerin. Es war eine Geschichte über Waldtrolle (so hießen die Monster, wenn sie sich recht erinnerte), die ein menschliches Kind entführt und der Mutter einen kleinen Troll untergeschoben hatten. Die Frau behandelte den Troll, trotz der Einwände ihres Mannes, sehr gut – und so kümmerten sich die Waldwesen auch liebevoll um ihr Kind. Obwohl alle die Mutter verachteten, hielt sie durch – lief über die Felder, sammelte Frösche und Echsen für das Kleine. In dieser Geschichte gab es ein Happy End, denn die Opferbereitschaft der Frau führte dazu, dass ihr das Kind zurückgegeben wurde.

Würde Elizabeths Geschichte auch ein Happy End haben? Sie war überzeugt, dass es ihr gelingen würde, Alek außer Landes zu schaffen.

Der Zug fuhr im Hauptbahnhof Lemberg ein und hielt mit einem ohrenbetäubenden Quietschen der Räder. Elizabeth griff nach ihrer Tasche und ging zum Ausgang. Die Waggontür war offen, die Schaffnerin stand daneben auf dem Perron. Sie hatte trübe Augen und Elizabeth hatte den Eindruck, dass die Frau sie gar nicht bemerkte.

Andrew sah sie schon von Weitem. Er rannte in ihre Richtung und stolperte dabei gegen Koffer und Taschen der aussteigenden Passagiere. Sie warfen sich einander in die Arme; er umarmte sie fest, hielt sie lange, als ob er nicht glauben könnte, dass sie tatsächlich da war.

»Ich stinke nach dem Zug ...«

»Elizabeth, es ist der schönste Duft der Welt«, flüsterte er in ihr Haar.

Er brachte sie in die alte Villa hinter der Stadt, in der sie zum ersten Mal gemeinsam zu Abend gegessen hatten. Er war der Meinung, dass sowohl das Haus seiner Mutter wie auch seine eigene Wohnung unter Beobachtung stehen könnten.

»Sie können doch gar nicht wissen, dass ich hier bin«, meinte Elizabeth.

»Sie werden es sehr schnell herausfinden«, gab er zurück.

Andrew wäre es am liebsten gewesen, dass Elizabeth die Villa überhaupt nicht verließ. Sie hatte jedoch noch einiges zu erledigen. Deswegen hatte sie diese riskante Fahrt ja überhaupt unternommen. Sie war fest überzeugt, dass sie Aleks Großvater überreden könnte, für den Jungen einen Pass zu beantragen. Er war ein Mensch, genau wie sie, und jeder Mensch hatte ein Herz – wenn auch manche es gut versteckten. Vor dem Gespräch mit dem Alten wollte sie jedoch den Jungen unter vier Augen treffen und ihn fragen, ob er immer noch mit ihr mitkommen wolle. Er war ja nicht mehr im Kinderheim, sondern wohnte bei seinen Großeltern, vielleicht hatte sich doch etwas verändert.

Die Besitzerin der Villa führte Elizabeth in den obersten Stock, in ein Zimmerchen unter dem Dach. Es war wie aus einem Traum: mit einem dreieckigen Fenster, einem Eisenbett, einem Korbtisch und einem Sessel, und mit einem mit Bildern bemalten Schrank – darauf schwebten wunderhübsche Mädchen mit langen Zöpfen, Schaukelpferdchen, Vögel in Nestern herum; ganz, als wäre Chagall in diesem Zimmer gewesen.

Abends kam Andrew vorbei. Sie nahmen ihr Abendessen eine Etage tiefer zu sich, in einem privaten Zimmer mit einem großen Fenster. Danach gingen sie zu ihr hoch. Sie fanden zu zweit keinen Platz auf dem schmalen Bett, so legten sie das Bettzeug auf den Boden.

Andrew verließ sie erst am nächsten Morgen; Elizabeth ging zurück in ihr Bett und schlief bis elf Uhr. Dann wusch sie sich in einer Schüssel mit Wasser, denn in ihrem Zimmer gab es kein Waschbecken. Die Bedingungen erinnerten sie ein wenig an die tschetschenische Höhle – eine Schüssel und kaltes Wasser in einem Krug.

Am Abend zuvor hatte ihr Andrew aus der Küche heißes Wasser gebracht, damit sie sich nach der Reise waschen konnte, diesmal gab es nur kaltes. Außerdem musste sie sich beeilen, es war schon nach zwölf und Alek würde bald aus der Schule kommen.

Sie bezahlte das Taxi und wartete in einer gewissen Entfernung von der Schule, weil sie nicht wusste, ob nicht jemand den Jungen abholte – möglicherweise der entsetzliche Großvater.

Sie lief auf und ab und plötzlich vermisste sie ihr vertrautes New York, das so anders als diese Stadt war, in der sie das letzte halbe Jahr verbracht hatte …

Lemberg war schön, mit nostalgischer Atmosphäre, und Andrew würde hinzufügen, dass es unglücklich war – doch war New York eine glückliche Stadt? Sicherlich, es hatte einen unverwechselbaren Rhythmus und Geruch, in jeder Jahreszeit einen anderen. Sogar zufällige Besucher gaben sich seinem Charme hin und wurden wenigstens für kurze Zeit zu New Yorkern. Das war das Großartige an dieser Stadt: die Leichtigkeit, mit der man mit der Menge eins werden konnte. Diese Erfahrung hatte Elizabeth nirgendwo sonst auf der Welt gemacht. Die Streifzüge durch SoHo, das Erkunden der Galerien, Shopping, Kleideranproben in den Boutiquen … Treffen mit Freunden in Greenwich Village … Es schien so weit weg, wie in einem anderen Leben …

Konnte sie jemals dahin zurück? Würde sie jemals wieder

vollkommen sie selbst sein können? Die Frau, die sie einst gewesen war, konnte sie sich gar nicht mehr vorstellen, sie konnte sie nicht mehr verstehen. Nur die Sehnsucht nach New York blieb unverändert …

Alek ging ganz allein in Richtung der Bushaltestelle. Er hatte die Jacke von Elizabeth an und die Schuhe, die sie gemeinsam gekauft hatten – diesmal hatte sie keiner gestohlen.

Eilig lief Elizabeth hinter ihm her, holte ihn ein und fasste ihn am Ärmel.

»Erinnerst du dich noch an mich?«, fragte sie lächelnd.

Er sprang hoch, warf ihr beide Hände um den Hals und hielt sie lange fest, so dass sie sich nicht aus seiner Umarmung befreien konnte. Sie hatte Angst, dass jemand sie beobachten könnte, und zog ihn etwas beiseite.

»Hast du meinen Papa gefunden?«, wollte er wissen.

»Nein, leider nicht«, sagte sie.

Er schüttelte traurig den Kopf.

»Aber … ich muss dich noch einmal fragen – willst du mit mir nach New York kommen?«

»Ich will«, antwortete er ernst.

Elizabeth ging in die Hocke und schaute ihm direkt in die Augen. »Es ist eine sehr schwerwiegende Entscheidung. Wenn du mit mir kommst, wirst du zu jemand anderem werden, du wirst eine andere Heimat haben.«

»Wirst du mit mir dort leben?«

»Ja, wir werden zusammen wohnen.«

»Wirst du jetzt meine Mama sein?«

Sie überlegte eine Weile. »Du hattest eine Mama. Ich werde versuchen, sie zu ersetzen. Hoffentlich werde ich es können.«

»Du wirst es können, und ich werde dir helfen«, sagte er.

Ihr stiegen Tränen in die Augen. »Bist du sicher, dass du nicht bei deinen Großeltern bleiben willst?«

Auf dem Gesicht des Jungen erschien Furcht. »Nein, ich will nicht bei ihnen bleiben, lass mich nicht dort! Sie mögen mich nicht ... Und den Opa hasse ich, er erzählt schlimme Sachen über meine Mama ...«

»Dann ist es entschieden«, erwiderte sie. »Ab nun sind wir zu zweit, nur wir beide.«

Sie liefen langsam zur Haltestelle.

»Ich werde mit deinem Großvater reden müssen. Wir müssen einen Pass für dich beantragen.«

Er nickte verständig. »Aber wenn du mit ihm reden willst«, sagte er, »musst du morgens kommen. Später ist er betrunken.«

Am Tag darauf fuhr Elizabeth mit dem Taxi vor das Haus, in dem Aleks Großeltern lebten. Ihr Herz raste, als sie die Treppe hochging. Sie hatte eine regelrechte Ansprache an diesen Mann vorbereitet, bei deren Übersetzung ihr ihre aktuelle Gastgeberin behilflich gewesen war. Sie hatten den ganzen Abend mit dem Wörterbuch in der Hand zusammen verbracht, in Geheimhaltung Andrew gegenüber; er wäre niemals damit einverstanden, dass Elizabeth allein hinfuhr. Und sie war überzeugt, dass seine Anwesenheit alles vermasseln würde.

Die Tür wurde ihr von Oksanas Mutter aufgemacht. Als sie Elizabeth sah, machte sie ein entsetztes Gesicht und versuchte, die Tür gleich wieder zu schließen. Aber Elizabeth stand schon im Flur. In diesem Moment stampfte aus dem Badezimmer ein riesiger Mann in Unterhemd und Hosenträgern. Anscheinend war er gerade mit der morgendlichen Rasur fertig, weil an seinen Wangen und unter der Nase Spuren von Seife zu sehen waren.

»Herr Krywenko«, hob Elizabeth an »Ich komme Alek holen. Sein Vater Amerikaner. Amerika sein Land ...«

Der Mann wurde rot im Gesicht und konnte einen Moment lang nicht sprechen – dann brüllte er los: »Sein Land ist hier! Hier! Raus hier, du amerikanische Nutte!«

Und bevor Elizabeth reagieren konnte, packte er sie an den Schultern und schob sie vor die Tür, die er gleich hinter ihr zuknallte.

Ich habe es falsch angefangen, dachte sie, ich hätte ihm gleich Geld bieten sollen.

Sie versuchte, noch einmal an der Tür der Krywenkos zu klingeln, doch niemand wollte ihr öffnen. Sie trommelte mit der Faust gegen die Tür, und dann, am Rande der Verzweiflung, trat sie am Ende dagegen. Aus der Nachbarwohnung schaute der Kopf einer Frau mit Lockenwicklern heraus und verschwand, sobald sie Elizabeth erblickte.

Schließlich verstand sie, dass niemand ihr öffnen würde, und begann, langsam die Treppe hinunterzusteigen. Das Taxi hatte sie weggeschickt, also musste sie zu Fuß zur Bushaltestelle gehen. Sie überquerte gerade die Straße, als um die Ecke ein graues Auto hervorgeschossen kam. Es hielt mit einem Quietschen der Bremsen am Bürgersteig und zwei Männer sprangen heraus. Sie packten Elizabeth und zogen sie ins Innere des Wagens.

Es musste dieselbe Zelle sein, in der Oksana gefangen gehalten worden war. Sie war schmal wie eine Speisekammer, ganz oben unter der Decke war ein kleines abgedecktes Fenster untergebracht; sogar die Pritsche kam ihr bekannt vor …

Elizabeth setzte sich vorsichtig, ganz an den Rand, mit dem Gefühl, ein Sakrileg zu begehen. Hier war Oksana gestorben, hier hatte sie ihren letzten Gedanken …

Elizabeth war so davon bewegt, dass sie für einen Moment

ihre eigene Lage vergaß. Vielleicht würde sie diese Zelle ja ebenfalls nicht mehr verlassen. Einer der Männer, die sie hier eingesperrt hatten, hatte so etwas gesagt. Er war jung, unverschämt und sprach gut Englisch, also stammte er nach Andrews Theorie aus der Schule des KGB. Anscheinend hatte er weiter gelernt, nachdem die Ukraine sich von Russland getrennt hatte. Er schaute Elizabeth direkt in die Augen und zischte: »Jetzt bist du dran, du amerikanisches Flittchen. Hast du gedacht, dass du dir alles erlauben kannst, weil du ein paar Dollar mehr hast? Niemand wird je wieder etwas von dir hören. Offiziell bist du ja gar nicht in der Ukraine.«

»Was habt ihr mit meinem Ehemann gemacht?«, fragte sie trotzig, obwohl sie zu Tode verängstigt war.

»Dasselbe, was wir mit dir machen werden!«, erwiderte er und lachte ihr ins Gesicht. »Oder ein bisschen mehr.«

Alles, was sie dabeihatte, wurde ihr abgenommen; einschließlich des Mobiltelefons, so dass sie keinen Kontakt zu Andrew aufnehmen konnte. Sie hatte keine Möglichkeit, ihm zu sagen, wo sie sich befand. Doch er würde sicher darüber nachdenken, würde anfangen, aktiv zu werden.

Als sie verlangte, Andrew und den amerikanischen Konsul zu sehen, quittierten das die Männer mit höhnischem Lachen. Derjenige, der vorhin mit ihr sprach, wiederholte ihr Anliegen seinen Kollegen, woraufhin diese ebenfalls zu lachen anfingen. Es war, als hätte sie etwas komplett Unsinniges gesagt.

Die Lage schien wirklich ernst. Bisher hatte sie den Eindruck gehabt, in der Ukraine unantastbar zu sein. Sie dachte, dass Andrew übertrieb, wenn er von Gefahr sprach. Es gab doch so viel Aufregung um Gongadzes Verschwinden und die Suche nach ihrem Mann; wenn sie jetzt auch noch verschwinden sollte, wäre es zumindest ein wenig verdächtig. Doch scheinbar machte sich der ukrainische Präsident nichts aus Empörung und Protesten. Seine Verwaltung bestritt einfach alles, und er wurde in der Welt immer noch als das Staatsoberhaupt der Ukraine behandelt.

Aber das, was der amerikanische Konsul in Moskau gesagt hatte! Dass Elizabeths Auftritt politisch ungünstig war – weil er den Russen zupass kam ...

Wahrscheinlich nahm die amerikanische Regierung deshalb nicht eindeutig gegen die ukrainischen Machthaber Stellung. Die Botschaft hatte eine Note mit der Bitte um Klärung abgeschickt, und es wurde geantwortet, dass der und der Bürger der Vereinigten Staaten an dem und dem Tag das Territorium der Ukraine verlassen habe. Und obwohl alle ahnten, dass es eine Lüge war, wurde die Erklärung offiziell akzeptiert.

Und genau dasselbe könnte ihr jetzt passieren ...

Aber Andrew würde nicht zulassen, dass ihr Schicksal in Vergessenheit geriet! Was für ein Glück, dass sie ihn kennen gelernt hatte – mit ihm hatte ihr Leben eine neue Bedeutung gewonnen. Es würde ihr schwerfallen, ihn zu verlassen ... Sie konnte nicht wissen, was sie in den nächsten Stunden erwartete; ob diese Leute sie foltern würden, aus Rache für ihre Ansprache auf dem Moskauer Flughafen. Diese jungen Geheimdienstmänner hatten so kalte Augen ...

Was würde aus Alek werden ... Sie hatte ihm versprochen, dass sie – egal, was kommen möge – zusammenbleiben würden. Würde sie ihr Wort nicht halten? Dann musste Jeffs Sohn bei diesem entsetzlichen Mann, seinem Großvater, bleiben. Es kam ihr sonderbar vor, dass dieser primitive Alkoholiker der Vater eines so zarten, empfindsamen Geschöpfs wie Oksana sein konnte, die gleichzeitig so stark und so klug war und eine so aufopferungsvolle Mutter. Wie hatte sie Alek und Oksana nur je als Gegner betrachten können? Als Menschen, die ihre Ehe mit Jeff in Gefahr brachten? Es war wohl nur der Schock gewesen, aber dann hatte sie sich doch sehr schnell an den Gedanken gewöhnt, dass Jeff der Vater von Alek und Alek sein Sohn war. Und Oksana war eine enge

Freundin gewesen; war es nicht so, als hätten sie zusammen ein Kind zur Welt gebracht?

Ja, Alek war ihr gemeinsamer Sohn. Als er sie neulich gefragt hatte, ob sie zukünftig seine Mutter sein würde, hatte sie ihm geantwortet, er hätte schon eine Mama gehabt und dass sie nur versuchen könne, Oksana zu ersetzen …

Doch in Wahrheit verhielt es sich anders. Hatte sie denn nicht wie eine richtige Mutter gehandelt, die zurückkehrte, um ihr Kind zu holen, obwohl sie ihr Leben dabei riskierte? Möglicherweise würden diese Männer sie bald zu Tode prügeln – das war der Preis, den sie zahlen musste. Denn ohne Alek nach New York zurückzukehren – das wäre nicht möglich gewesen. Sie hätte dort nicht mehr leben können …

Und nun sah es so aus, als ob keiner von ihnen New York jemals wiedersehen würde …

Elizabeths größte Angst war, dass sie nicht wusste, wie sie auf Schmerz reagieren würde. Bisher hatte sie noch keine starken Schmerzen erlebt, sie ließ sich sogar die Zähne unter Narkose behandeln. Und den Schmerz bei der Geburt eines Kindes hatte sie auch nicht bestehen müssen. Andererseits wusste sie aus Büchern und Filmen, dass es Schmerzen gab, die man einfach nicht ertragen konnte, unter denen Menschen alles zugeben würden, sogar Dinge, derer sie sich nie schuldig gemacht hatten. Wenn sie gefoltert wurden, flehten die Menschen um Gnade, krochen auf Knien vor ihren Henkern …

Wenn es ihr ebenfalls geschehen sollte? Sie bedauerte, dass sie keine Giftkapsel mit sich führte, um sich im äußersten Fall das Leben zu nehmen. Sie konnte sich nicht vorstellen, eine solche Erniedrigung zu erleiden …

Elizabeth hatte sich nicht hingelegt – obwohl es schon Nacht war und sie müde war. Sie hätte wegen Oksana nicht schlafen können – die auf diesem Gefängnisbett so viel hatte leiden müssen ... Stattdessen setzte sie sich auf den Boden, mit der Pritsche im Rücken. Sie lehnte sich gegen den eisernen Rahmen und ... schlief ein. Als sie mit dem Gefühl durchdringender Kälte erwachte, musste sie feststellen, dass sie mit ans Kinn gezogenen Knien auf dem Betonboden lag. Sie klapperte mit den Zähnen und wickelte sich in die Wolldecke ein – und so harrte sie aus bis zum Morgen.

Der Wächter brachte ihr einen Becher Malzkaffee und einige dicke, mit Schmalz bestrichene Brotscheiben auf einem Blechteller. Sie aß nichts, trank nur den Kaffee.

Nach der entsetzlich stillen Nacht vernahm sie nach und nach verschiedene Geräusche – das Öffnen und das Schließen von Türen, Fetzen von Gesprächen der Menschen, die den Flur entlanggingen, jemandes Lachen.

Also kann man an diesem Ort lachen, dachte sie. Doch mit Sicherheit hatte keiner der Gefangenen gelacht. Sie hörte Lärm hinter dem Fenster, die vorbeifahrenden Autos, das eilige Klappern von Absätzen ...

Man hatte Elizabeth auch die Uhr abgenommen, so dass sie keine Vorstellung davon hatte, wie spät es war. Es war sicherlich Tag, denn durch das vergitterte Fenster drang Tageslicht in die Zelle – trotzdem brannte an der Decke eine Funzel.

Plötzlich hörte sie Schritte vor der Tür, die an ihrer Zelle anzuhalten schienen. Und dann das Klappern des Schlüssels im Schloss. Elizabeth schlug das Zeichen des Kreuzes, etwas, was sie in ihrem erwachsenen Leben noch nie getan hatte.

Der Wächter gab ihr mit einem Zeichen zu verstehen, dass sie ihm folgen sollte. Wohin? Das wusste sie nicht ...

Er führte sie in einen ihr bereits bekannten Raum. Derselbe Tisch, dieselben zwei Stühle, der Ventilator, der sich träge an der Decke drehte. Sie hatte das Gefühl, als würde sich alles wiederholen; es war, als hätte sie Oksanas Platz eingenommen – zuerst als Aleks zukünftige Mutter, nun als Gefangene in diesen Räumen ...

Nur eine Weile befand sie sich allein. Bald ging die Tür auf und Vizekonsul Smith trat ein. Elizabeth wollte ihren Augen nicht trauen, dass er es tatsächlich war.

»Mrs Connery …«, begann er in offiziellem Ton. »Wir haben mit der ukrainischen Regierung die Bedingungen Ihrer Ausweisung ausgehandelt. Ich bin persönlich dafür verantwortlich, Sie zum Flughafen zu bringen.«

»Wer hat Sie denn informiert, dass ich hier bin?«, fragte sie, in einem Versuch, mit der Situation klarzukommen.

»Ihr Bevollmächtigter, Rechtsanwalt Andrew Sanicki. Er hat sich sehr für Sie eingesetzt. Diese Leute hätten Sie hier monatelang festhalten können, wenn sie gewollt hätten. Solche Geschichten können dauern. Es war sehr unvorsichtig von Ihnen, illegal in die Ukraine einzureisen …«

»Ich muss ein Kind mit nach New York nehmen«, sagte sie. Smith klapperte mit den Augendeckeln. »Was für ein Kind?«

»Das Kind meines Mannes – und somit auch meines.«

»Ich weiß aber nichts von einem Kind …«, sagte er in einem Ton, als würde er gleich anfangen zu weinen.

»Mister Smith … Wie ist Ihr Vorname?«

»Robert.«

»Wissen Sie, Robert, ich bin hierher zurückgekommen, um dieses Kind zu holen – nicht wegen meines Ehemannes. Es ist der Sohn von Oksana Krywenko. Er trägt ihren Nachnamen, doch er wurde in den Staaten geboren, somit ist er amerikanischer Staatsbürger.«

»Hat Ihr Ehemann ihn als seinen Sohn anerkannt?«

»Er wusste nichts von seiner Existenz. Doch in meinem Besitz befindet sich ein Brief, in dem er den Jungen anerkennt.«

Smith holte ein Taschentuch hervor und wischte sich die Stirn ab.

»Wenn es so ist, wird der Junge einen Pass bekommen und darf offiziell ausreisen«, sagte er, nun etwas ruhiger.

»Er wird nicht ausreisen, denn sein Großvater hat ihn adoptiert und ist mit seiner Ausreise nach Amerika nicht einverstanden.«

»Dann können wir nichts tun.«

»Doch, das können wir«, sagte sie ruhig. »Sie werden mich nicht zum Flughafen fahren, sondern nach Przemysl. Wir werden den Jungen im Kofferraum über die Grenze schmuggeln. Sie sind Diplomat, niemand wird sie kontrollieren …«

Der Vizekonsul schwieg, doch sein Gesichtsausdruck sagte alles. Er war wohl der Meinung, dass Elizabeth verrückt geworden sei.

»Das Kutschma-Regime tötet Menschen. Er hat den Journalisten Gongadze ermorden lassen, mit ziemlicher Sicherheit auch meinen Mann und die Mutter dieses Jungen!«, sagte sie streng. »Es war Oksana Krywenkos Wunsch, dass der Junge im Land seines Vaters aufwächst. Und dieser Wunsch ist ihr Testament, und es ist meine – und Ihre – Pflicht, dieses Testament zu erfüllen.«

»Ich … ich … ich kann das nicht! Wie stellen Sie sich das vor?« Der Adamsapfel im Hals des Vizekonsuls hüpfte aufgeregt auf und ab.

»Wie ich Ihnen bereits gesagt habe, gibt es eine Möglichkeit«, erwiderte sie. »Nur unter dieser Bedingung werde ich hier herauskommen. Zuerst müssen Sie mir versprechen, dass Sie uns helfen werden.«

»Ich bin ein Beamter … Ich repräsentiere mein Land. Ich kann mir kein Risiko leisten, das hätte unvorstellbare Folgen …«

»Aber Sie sind auch ein guter, ehrlicher Mensch, so sehe ich Sie zumindest«, gab sie zurück. »Und jeder aufrichtige Mensch sollte sich in extremen Situationen nach seinem Gewissen richten. Was sagt Ihnen Ihr Gewissen, Robert?«

Der Mann schwieg.

»Bitte nehmen Sie Kontakt mit meinem Bevollmächtigten auf, er wird Ihnen die amerikanische Geburtsurkunde des Jungen vorlegen – sowie die Briefe seines Vaters und seiner Mutter. Damit alle Unklarheiten aus dem Weg geräumt sind«, schloss sie.

»Wie alt ist der Junge?«, fragte er leise.

»Sechs.«

Smith schwieg lange, man merkte ihm an, dass er einen inneren Kampf ausfocht. Elizabeth wollte ihn nicht dabei stören.

»Ich kann Ihnen jetzt noch nichts antworten. Es wäre eine illegale Handlung, die ich nicht begehen darf. Es sei denn, mein Chef stimmt dem zu …«, sagte er schließlich. »Können Sie sich an die Angelegenheit mit dem kubanischen Jungen erinnern? Es gab einen Skandal, und am Ende wurde der Junge doch wieder zu seinem Vater nach Kuba gebracht.«

»Ja, aber der Vater dieses Jungen hier ist Amerikaner – und ihr habt die Pflicht, ihm zu helfen.«

Der Vizekonsul schwieg erneut und leckte sich nervös die Lippen. Elizabeth hatte plötzlich Mitleid mit diesem langen, hageren Mann, den sie einer solch schweren Prüfung unterzog.

Zum wohl tausendsten Mal stellte sie sich die Frage, ob sie bei dem Kampf um den Jungen nicht einen entscheidenden Fehler begangen hatte. Vielleicht existierte doch eine legale Möglichkeit, den Kleinen ausreisen zu lassen. Doch diese Möglichkeit war ihr nicht bekannt – weder ihr noch Andrew, noch diesem Vizekonsul, den sie bemitleidete. Sie hatte keine großen Hoffnungen, dass er sich auf ihre Idee einlassen würde, von der sie zugeben musste, dass sie irrsinnig war – dieser Plan würde jeden normalen Menschen entsetzen, erst recht einen so rechtschaffenen Beamten, wie Smith einer war.

Vielleicht würde sein Chef mehr Courage beweisen … Doch sie wollte nicht darauf zählen.

Es müsste sich wohl ein Wunder ereignen – aber gab es in der Wirklichkeit Wunder? Nun ja, gestern hatte sie gedacht, dass sie bald sterben müsse, und nun konnte sie jederzeit freikommen – wenn sie nur wollte. Das Schicksal war sanfter mit ihr umgegangen als mit Oksana …

Elizabeth wusste, was ihr Ziel war, was sie erreichen wollte, was sie zulassen konnte – und was nicht. Falls Smith ihren Vorschlag zurückwies, würde sie im Gefängnis bleiben, um Druck auf die amerikanische Politik auszuüben. Aber was dann?

Ihr weiterer Aufenthalt im Gefängnis würde nichts an Aleks momentanen Lebensumständen ändern. Ein Überschreiten der grünen Grenze kam nicht in Frage. Sollte sie abgeschoben werden, würde sie nicht mehr versuchen, zurückzukehren – es wäre purer Wahnsinn. Aber wenn sie jemanden damit beauftragte, den Jungen illegal außer Landes zu schaffen? Das könnte gefährlich für Alek werden, sie konnte ihn einem solchen Risiko nicht aussetzen. Alek könnte bei seinen Großeltern halbwegs normal leben, nur dass es so eine schlimme Familie war. Wenn er wie sein Großvater werden sollte …

Eigentlich blieb ihr nur eines: abwarten, hartnäckig bleiben und abwarten. Vielleicht konnte sie an die Öffentlichkeit gehen, die Leute für ihre Sache interessieren, damit sie auf die Regierung Einfluss nehmen könnten – vielleicht würden sie den Jungen dann ausreisen lassen. Nur dass sie nicht daran glaubte.

Ein Kratzen des Schlüssels im Schloss erklang, und wieder wurde Elizabeth in den Gesprächsraum gebracht. Dort wartete Andrew auf sie. Sie fielen sich in die Arme.

»Ich dachte schon, dass wir uns nie wieder sehen ...«, sagte sie mit tränenerstickter Stimme.

Andrews Gesicht war ganz verändert, er hatte eingefallene Wangen und tiefe Ringe unter den Augen.

»Warum bist du zu dem alten Krywenko gegangen? Er hat die Polizei alarmiert!«

»Ich habe gehofft, mit ihm übereinkommen zu können.«

»Eher hättest du mit den steinernen Löwen an den Stadtgrenzen verhandeln können«, gab er mit Bitternis zurück. »Und jetzt willst du nicht das Gefängnis verlassen und stellst noch Forderungen!«

»Ich muss es tun.«

»Nein, Elizabeth, du musst gar nichts. Du musst nur so schnell wie möglich dieses Land verlassen.«

»Nein, Andrew, ich werde die Ukraine nicht ohne Alek verlassen«, wiederholte sie stur.

»Smith wird nie auf deinen Vorschlag eingehen, er ist ein Feigling.«

»Mal sehen ... Hast du ihm die Briefe und Aleks Geburtsurkunde gegeben?«

»Ja, er hat alles mitgenommen. Wir wollen uns in zwei Stunden treffen. Aber bitte, mach dir keine Hoffnungen, Elizabeth.«

Es tat ihr leid, diesen Menschen verletzen zu müssen, doch sie konnte nicht anders. »Andrew ...«, begann sie. »Ich habe verstanden, dass ich, wenn ich schon Jeff nicht finden konnte, etwas für seinen Sohn tun muss. Sonst kann ich nicht normal leben ... Und das wäre auch für unser beider Zukunft wichtig, deine und meine ...«

»Du scheinst nicht so viele Gedanken an unsere gemeinsame Zukunft zu verschwenden.«

»Bitte, denke nicht schlecht von mir, tu mir nicht weh, wenigstens du nicht ...«, sagte sie.

Andrew nahm sie in den Arm.

Elizabeth blickte auf die leere Pritsche und sah immer noch Oksana darauf liegen; ihr armes, blasses Gesicht an jenem Tag, als sie zum letzten Mal bei ihr war. Sie befühlte den rauhen Stoff des Bettlakens und fühlte sich dem toten Mädchen ganz nahe. Der Mensch ging nicht einfach fort, etwas blieb immer von ihm da, an den Orten, an denen er sich aufgehalten hatte.

Sie beschloss, in dieser Nacht ganz normal auf der Pritsche zu schlafen. Sie hatte das Gefühl, dass sie jetzt das Recht dazu hatte. Es war, als hätte Oksana es ihr erlaubt …

Den Wächter, der ihr das Mittagessen brachte, erkannte sie wieder. Es war derselbe junge Mann mit mädchenhaften Wangen und zartem Flaum auf der Oberlippe, der sie damals, beim ersten Treffen, zu Oksana gebracht hatte. Er erkannte sie auch und lächelte sie an. Sie antwortete mit einem Lächeln. Und so schlossen sie schweigend einen Waffenstillstand. Es war ja nicht seine Schuld, dass sie hier steckte.

Das Essen war widerlich, Kartoffelbrei und ein Stück felsenhartes Rindfleisch. Sie verschlang das alles jedoch, weil sie großen Hunger hatte.

Kurz nach dem Mittagessen rief man sie wieder in den Gesprächsraum. Andrew wartete schon.

»Smith ist einverstanden«, sagte er als Eröffnung. »Wir haben uns überlegt, wie es ablaufen soll. Der Konsul wird dich morgen früh um acht abholen, er wird deine persönlichen Sachen dabeihaben. Dann habt ihr drei Stunden, um außer Landes zu kommen.«

Elizabeth starrte Andrew an und versuchte herauszufinden, ob er sie nicht womöglich austricksen wollte. Vielleicht wollte er sie ja nur aus dem Gefängnis herauslocken, und morgen früh zeigte sich dann, dass Smith von alledem gar nichts wusste?

»Warum ist er nicht selbst gekommen, um mir das zu sagen?«, fragte sie misstrauisch.

»Weil *ich* gekommen bin, Elizabeth …«, sagte Andrew in einem solchen Ton, dass sie sich schämte, an ihm gezweifelt zu haben.

Sie begriff, dass er sie niemals anlügen würde.

Elizabeth wurde ihre persönliche Habe zurückgegeben und sie konnte sich vergewissern, dass ihre Armbanduhr acht Uhr früh zeigte. Der Wächter brachte sie zum Auto des Vizekonsuls und sperrte hinter ihr die Tür wieder zu. Der Wagen fuhr an.

»Wo ist das Kind?«, fragte sie sofort.

»Bei Herrn Sanicki, wir werden ihn unterwegs treffen«, antwortete er gehorsam, als ob er Angst vor ihr hätte.

Hat es also geklappt? – überlegte sie staunend. Hat es wirklich geklappt? Es klang völlig unwahrscheinlich, schien jedoch Realität zu sein. Doch vielleicht war es noch zu früh, um Triumph zu empfinden. Bis zur Grenze war es noch weit, und dann kam der Grenzübergang. Es konnten noch unerwartete Umstände eintreffen. Zum Beispiel könnte der Wagen kaputtgehen …

Oder Alek würde irgendetwas anstellen, er war doch ein Kind – und alles würde auffliegen.

»Sind drei Stunden ausreichend?«, fragte sie Smith.

»Es sind nur hundert Kilometer, sogar auf diesen löchrigen Straßen schaffen wir es in anderthalb Stunden. Die ukrainische Seite war diesmal großzügig.«

»Weiß Alek von unserem Plan?«

»Ja, natürlich. Herr Sanicki hat lange mit ihm gesprochen, er soll ein sehr kluger Junge sein.«

Das Gespräch war scheinbar ganz ruhig, doch über ihnen schwebte eine enorme Anspannung. Der Einsatz war hoch.

Den großen Teil des Weges legten sie schweigend zurück, jeder war in seine Gedanken versunken. Elizabeths Aufgabe war es, das Straßenschild zu erkennen, an dem sie von der Hauptstraße abbiegen mussten, um nach drei Kilometern zu einer Waldgaststätte zu kommen, die nur im Sommer bewirtschaftet war. Dort wollte Andrew mit dem Jungen auf sie warten.

Außerdem sollte sie darauf achtgeben, ob sie nicht verfolgt würden. Ein paar Mal war ihr, als ob sie ein Auto sähe, das ihre Spur aufnahm, doch dann stellte es sich als falscher Alarm heraus.

»Ich denke nicht, dass uns jemand folgt«, sagte der Vizekonsul. »Sie wollen Sie so schnell wie möglich loswerden und denken, dass ich nun dafür sorgen werde.«

»Das wollen Sie doch auch, Robert ...«, lächelte Elizabeth.

»Ich ... Ich bewundere Sie und habe großen Respekt vor Ihnen«, sagte er stotternd. »Nicht viele Menschen besitzen so viel Zivilcourage.«

»Sie schon!«, erwiderte sie voller Überzeugung.

Schon von weitem sah sie das Straßenschild und ihr Herz überschlug sich. Und falls Andrew nicht auf sie wartete? Falls dieser schreckliche Großvater den Jungen eingesperrt oder die Polizei gerufen hatte und Andrew jetzt in Schwierigkeiten steckte? Nein, sie durfte nicht so denken. Alles wird gut, es musste ihnen gelingen: Andrew wartete auf dem Rastplatz, und Alek war bei ihm.

Sie fuhren nun auf einer holprigen, vereisten Straße, das Auto schlitterte immer wieder, die Räder drehten durch.

»Hier ist niemand vor uns gefahren«, meinte Elizabeth mutlos. »Sie sind nicht da!«

»Dann warten wir eben«, sagte Smith, phlegmatisch wie immer.

Man konnte nicht in den Wald hineinfahren, weil der Weg völlig zugeschneit war. Sie sahen im Schnee keinerlei Spuren, weder von Autoreifen noch von menschlichen Füßen.

»Herr Sanicki konnte nicht damit rechnen, dass es schneien würde, aber wir sind so weit von der Hauptstraße entfernt, dass wir uns hier treffen können.«

»Was ist bloß passiert? Warum sind sie noch nicht da?«, fragte Elizabeth beunruhigt. »Wie viel Zeit haben wir noch?«

Smith blickte auf seine Uhr.

»Bis zur Grenze brauchen wir noch etwa eine halbe Stunde. Also haben wir noch eine gute Stunde Zeit.«

Es begann zu schneien. Es war windstill, die Schneeflocken tänzelten in der Luft und fielen langsam auf die Erde.

»Es ist so schön hier, es ist ein wirklich wunderschönes Land.«, sagte sie. »Diese Wälder ...«

»Im Winter schon. Im Sommer sieht es nicht mehr so gut aus, weil überall Müll herumliegt. Die Ukrainer schaffen ihren Müll in den Wald, werfen ihn einfach hier ab oder an den Wegrand.«

Sie wollte irgendetwas darauf erwidern, doch in diesem Augenblick bemerkte sie das sich nähernde Auto. Sie rannte darauf zu, stolperte und wäre fast in den Schnee gefallen. Sie hatte Angst, dass Andrew allein gekommen war, doch nach einigen Sekunden erschien Aleks Kopf auf dem Rücksitz.

»Was war los, warum kommt ihr so spät?«, wollte sie wissen.

»Ich hatte den Eindruck, dass wir verfolgt werden, deshalb bin ich einen Umweg gefahren«, erwiderte Andrew.

Alek warf sich Elizabeth an die Brust und fragte: »Fahren wir wirklich weg?«

»Ja, wirklich«, antwortete sie.

»Aber zuerst muss ich dir ein paar Fragen stellen ...«, wandte sich Smith an den Jungen. »Ich bin der Vizekonsul der Vereinigten Staaten von Amerika und muss ein paar Dinge klären. Erstens: Heißt du Oleksandr Krywenko?«

»Ja, das bin ich«, gab der Junge etwas erschrocken zurück.

»Du wurdest in Amerika geboren und hast das Recht, dich dort aufzuhalten. Möchtest du das denn?«

»Ich will bei Ella sein!«

»Bist du sicher, dass du nicht bei deinen Großeltern bleiben willst?«

Alek drehte sich hilfesuchend zu Elizabeth um. Er war den Tränen nahe, denn er verstand nicht, was hier gespielt wurde.

»Antworte dem Herrn Konsul …«, sagte sie sanft.

»Mein Opa schlägt mich …«

Andrew hatte anscheinend genug von diesem Verhör, denn er sagte:

»Sein Opa will einen guten Kommunisten aus ihm machen, und das sollten wir zu verhindern wissen.«

»Also willst du auf jeden Fall von hier weg?« Smith gab nicht auf.

»Ja«, sagte der Junge mit Tränen in den Augen.

Elizabeth beugte sich über ihn. »Du weißt, dass du jetzt im Kofferraum fahren musst? Das kann etwas schwierig für dich werden.«

Alek nickte bestätigend.

»Du darfst auf keinen Fall reagieren, egal was passiert. Auch dann nicht, wenn jemand klopfen oder etwas fragen sollte. Wenn wir es sind, werden wir den Kofferraum einfach aufmachen.«

»Und wenn ich keine Luft kriege?«, fragte er beunruhigt.

»Der Wagen hat eine Klappe für Skier, die den Kofferraum mit dem Inneren des Autos verbindet. Diese Klappe wird die ganze Zeit offen sein. Wir werden sie erst direkt an der Grenze schließen.«

»Gut«, sagte Alek.

Andrew nahm Elizabeth am Ellbogen. »Ich muss so bald wie möglich wieder in Lemberg sein, ich brauche ein Alibi. Sie werden gegen ein, zwei Uhr anfangen, nach Alek zu suchen, so viel Zeit würde er benötigen, von der Schule nach Hause zu kommen …«

»Und die Schule wird seine Abwesenheit nicht melden?«

Andrew verneinte kopfschüttelnd. »Es ist nichts Ungewöhnliches, dass er nicht in der Schule ist. Sie werden denken, dass er erkältet ist – bei dieser Witterung werden viele Kinder krank.«

Er umarmte Elizabeth. »Ruf mich aus Polen an.«

»Ich werde dich sofort anrufen, sobald wir sicher drüben sind«, versprach sie. »Wann sehen wir uns wieder?«

»Wir sehen uns wieder. Ganz sicher. Aber zuerst solltet ihr Zeit zu zweit verbringen, du und Alek.«

Sie nickte, als Zeichen, dass sie ihm recht gab. Und dann schaute sie dem wegfahrenden Auto Andrews mit einem schmerzlichen Gefühl nach; es fiel ihr schwer, sich von ihm zu trennen, doch sie wusste, dass es nicht anders ging.

Der Grenzübergang nach Polen war auch diesmal vollgestopft mit riesigen Lastwagen aus allen europäischen Ländern. Elizabeth bemerkte russische, deutsche, ukrainische, belgische, polnische, niederländische und französische Kennzeichen. Viele hatten schon viele Stunden gewartet. Neben ihren Wagen, die an riesige Käfer erinnerten, standen die resignierten Fahrer mit ihren Papieren. Viele schliefen auch in den Fahrerkabinen. Es gab aber auch lange Schlangen von PKWs und Bussen. Die Menschen saßen am Straßenrand, alle hatten sie müde Gesichter. Eine Frau stillte ihr Kind und blickte neidisch auf das Auto des Konsuls, das ohne warten zu müssen zur Abfertigung vorfahren durfte.

Du brauchst mich nicht zu beneiden …, dachte Elizabeth. Du kannst dir sicher sein, dass du mit deinem Kind die Grenze überqueren wirst …

Smith stieg mit Elizabeths Pass aus dem Auto und musste

sich um die Formalitäten der Ausweisung kümmern. Der uniformierte Beamte, ein unangenehmer Mann mit gerötetem Gesicht und Schweinsäuglein, warf Elizabeth einen prüfenden Blick zu und fragte den Vizekonsul lange aus. Es wurde ein langwieriges Gespräch daraus. Die beiden Männer mussten sich mehrfach mit Gesten und Mimik behelfen, weil es offenbar Verständigungsprobleme gab. In der Zwischenzeit ging ein anderer Beamter um das Auto herum und inspizierte es von allen Seiten.

Elizabeth versuchte, Ruhe vorzutäuschen, und holte ihren Taschenspiegel hervor, um ihr Make-up aufzufrischen. Es stellte sich als unmöglich heraus, denn ihre Hände zitterten zu stark. Sie dachte an Alek, der hinter ihr im dicht verschlossenen, dunklen Kofferraum lag und nicht wissen konnte, was draußen vorging. Hoffentlich rührte er sich jetzt nicht! Sie betete beinahe darum, dass er es psychisch durchhielt.

In einem Augenblick klopfte der Grenzer mit dem Finger gegen den Kofferraum. Es war der Moment, in dem Elizabeth das wohlbekannte Engegefühl in der Kehle verspürte. Wenn sie nun ohnmächtig wurde und die Grenzer einen Arzt rufen würden, wäre alles vorbei. Sie öffnete die Tür auf ihrer Seite des Wagens, doch der Beamte bedeutete ihr, sie wieder zu schließen. Wenigstens hatte es seine Aufmerksamkeit vom Kofferraum abgelenkt.

Endlich stieg Smith wieder ein und ließ den Motor an. Die Abfertigung auf der polnischen Seite ging ohne Störungen vor sich. Als sie drüben waren, machte Elizabeth schleunigst die Verbindungsklappe zum Kofferraum auf.

»Alek? Wie geht es dir?«

Stille.

»Alek?«, wiederholte sie beunruhigt. »Hörst du mich?«

»Ja, ich höre dich«, sagte ein dünnes Stimmchen.

Sie hielten unterwegs an einem McDonald's, weil sich Alek das wünschte. Elizabeth konnte immer noch nicht glauben, dass sie es tatsächlich geschafft hatten und dass sie nun nebeneinander saßen, sie und dieses Kind, das nun ihr Kind war. Dies war ihr nun vollkommen bewusst. Sie spürte eine große Freude und gleichzeitig Furcht, ob sie das alles schaffen würde; doch jetzt war keine Zeit für solche Fragen.

Ein Gedanke ließ sie jedoch nicht in Ruhe – warum hatte Smith ihnen geholfen? Sie musste ihn danach fragen.

Zum ersten Mal sah sie ein Lächeln auf seinem Gesicht, als er antwortete: »Während unseres Gesprächs in der Untersuchungshaft haben Sie etwas über das Gewissen gesagt …«

* * *

Ein paar Tage, nachdem sie in New York angekommen waren, fuhr Elizabeth mit Alek auf das Dach des World Trade Center, um dem Jungen das Stadtpanorama zu zeigen.

Ein halbes Jahr später hörte dieser Ort auf, zu existieren …